LOVERBOYS 34

TRIEBHAFT

**HRSG. VON
BRUNO PAUL**

BRUNO GMÜNDER

Loverboys 34

Copyright © 2002 by Bruno Gmünder Verlag
Leuschnerdamm 31, D-10999 Berlin

Originalausgabe
Copyright © 2002 bei den Autoren

Umschlaggestaltung: Stefan Adler
Coverfoto: © kristen bjorn, www.kristenbjorn.com
Druck: Nørhaven Paperback A/S, Dänemark

ISBN: 3-86187-734-1

*Die in diesem Buch geschilderten Handlungen
sind fiktiv.*

*Im verantwortungsbewußten sexuellen Umgang
miteinander gelten nach wie vor die Safer-Sex-Regeln.*

INHALT

Leon DaSilva: Ein Duschquickie 9

Sebastian Dox: Ein Nachmittag am See 35

Marco Siegel: Weiße Nächte - heiße Nächte 53

Lars Lanzner: Fishermen's Fuck 69

Reiner Ötisheimer: Dimmi, der Türke 91

GG. Dick: Versunkene Schiffe 115

Alberto F. Contini: Jim und die Carabinieri 129

Udo Herrscher: Der neue Nachbar 147

Joshua F.: Schulden 165

Alex Varlan: Blue Movie Experience 181

Die Autoren 217

EIN DUSCHQUICKIE

VON LEON DA SILVA

Die Sonne knallte auf ihn herab.

Andrew wusste, weshalb er hierher gekommen war. Er hatte alles bis ins kleinste Detail geplant: der enge schwarze Speedo, der seine gewissen Körperstellen hervorragend betonte, das Öl für seine Haut, damit er glänzte und seine Muskeln bestens zur Geltung kamen.

Damit werde ich schon einen rumkriegen, dachte er lächelnd, als er das Ticket in den Automaten steckte. Welch eine Hitze! Wie geschaffen für das Schwimmbad und ein geiles Abenteuer. Einen unvergesslichen Quickie. Andrew ließ die Schwimmbadkasse hinter sich, kaufte am Kiosk eine Packung Kaugummis, von denen er sich gleich zwei in den Mund schob, und überquerte die Liegewiese in Richtung Pool. Er spürte es im Blut, dass heute etwas Besonderes passieren würde. Er hatte wieder einmal so eine gewisse Vorahnung.

Doch erst die Arbeit, dann das Vergnügen.

Auf einem strategisch ausgewählten Platz, genau auf halben Weg zwischen Pool und Duschhaus, wo jeder früher oder später vorbei kam, ließ er sich nieder. Er packte seine Siebensachen aus und machte sich auf seinem meerblauen

Badetuch breit. Schnell war er aus den Jeans geschlüpft, hastig hatte er das T-Shirt heruntergerissen. Nur noch der enge schwarze Speedo bedeckte seinen Vorzeigekörper. Den Schwanz hatte er zu Hause richtig im knappen Stoff platziert, so dass er am besten wirkte. Es gab nichts Peinlicheres als einen Pimmel, der in die falsche Richtung zeigte oder den man überhaupt nicht erkennen konnte.

Langsam zog er im beinahe leeren Pool seine Bahnen. Er schwamm von einem zum anderen Rand, ärgerte sich über die platschenden Kinder, die ihm in die Quere kamen. Konnten die sich nicht in ihrem Nichtschwimmerbecken vergnügen? Der Sprungturm war leer. Sonst tummelten sich dort oben die Obermachos und zeigten ihre Bizepse. Was war denn heute nur los? Auch am Bassinrand kein Mensch. Nur eine Mutter, die in einer Illustrierten blätterte und mit einem Auge immer wieder zu ihren Bälgern schielte. Hier würde er keinen Fang machen, auch wenn er Stunden im Wasser blieb. Und dazu hatte er keine Lust. Alleine im Wasser zu sein, war tödlich. Frustriert stieg er aus dem Pool, packte sein Tuch und schlenderte zur Liegewiese zurück. Selbst der Umweg durch den Umkleideraum war vergebens. Menschenleer der Saal. Als ob sich noch nie jemand hier umgezogen hätte.

Andrew ließ sich auf seinem Badetuch nieder. Auch hier hatte sich nicht viel getan.

Gut Ding will Weile haben, tröstete er sich und beschloss, sich in der Zwischenzeit selbst ein bisschen zu verwöhnen.

Er ölte sich ein. Seine Beine, seine Arme und natürlich seinen Sixpack. Sinnlich rieben seine Finger über den Waschbrettbauch, seine Oberschenkel, seinen Bizeps.

Schon allein das brachte seinen kleinen Freund zum Anschwellen. Die Erektion war im engen Stoff deutlich zu erkennen, so wie Andrew es geplant hatte. Er brauchte seinen Body wirklich nicht zu verstecken. Erregt beobachtete er, wie sein Schwanz mit ganzer Wucht gegen den Speedo drückte. Diese Szene hätte man in einen Porno einbauen können. Doch für einen Pornostar war Andrew leider viel zu schüchtern. Nicht auszudenken, wenn ein Lehrerkollege oder gar seine Schüler davon erfahren hätten. Dann wäre er seinen Lehrerjob auf der Stelle los gewesen.

Andrew war jung, attraktiv, muskulös und vor allem im Intimbereich mit Traummaßen ausgestattet. Dazu kam sein schwarzer Bürstenhaarschnitt, dem fast keiner widerstehen konnte. Trotzdem lag sein letzter Quickie schon einige Zeit zurück. An ihm hatte das nicht gelegen. Eher an mangelnden Gelegenheiten. Wie zum Beispiel vor einer Woche mit dem knackigen Azubi, der in Andrews Wohnung dem Büro einen neuen Anstrich verpasst hatte. Als Andrew nackt und mit prallem Schwanz ins Zimmer gekommen war, hatte der Maler nur den Kopf geschüttelt und ihm zu verstehen gegeben, dass er nicht auf Typen wie Andrew stehe. Wenigstens seine Bewunderung für Andrews Pimmel hatte er ausgesprochen. Selbst als Andrew dem Maler ein paar Minuten später in die Hose gegriffen hatte, war dieser nicht auf Andrews Anmache eingegangen. Hatte ihn abgewimmelt und gemurmelt, dass er auf jüngere Typen stehe. ›Auf natürliche, auf Jungs von nebenan‹, wie er es genannt hatte. Andrew hatte sich natürlich nicht so schnell abfertigen lassen, hatte angefangen, ungeniert seinen Schwanz zu wichsen, während der junge Maler seine Arbeit fortgesetzt hatte.

»Bist wohl kein Schnellspritzer?«, hatte dieser Minuten später gefragt, als Andrew noch immer nicht gekommen war. Dabei hatte er den Gipfel nur hinauszögern wollen und gewartet, dass sich der Handwerker doch noch ein Herz fasse und seine Arbeitskluft abstreife. Andrew konnte doch auch nichts dafür, dass ihn Latzhosen so anturnten. Allein bei ihrem Anblick hätte Andrew schon abspritzen können. Aber es hatte alles nichts geholfen. Andrew hatte seinen Schniedelwutz bis zum Höhepunkt georgelt, dabei laut vor sich hin gestöhnt, auf den Boden gespritzt und sich danach eine Zigarette angezündet.

Der Maler hatte sich nicht aus der Ruhe bringen lassen. Hatte nur hin und wieder grinsend den Kopf geschüttelt. Der Typ hatte zum letzten Mal seine Wände gestrichen. So viel war sicher. In Zukunft würde er nur noch Callboys als Maler engagieren.

Hatte schon jemand Witterung aufgenommen? Wurde er schon beobachtet? Ergötzte sich schon jemand an Andrews Körper? Geilte sich bereits ein süßer Typ an seinem Body auf?

Unauffällig schaute Andrew sich um. Er nahm die dunkle Sonnenbrille ab, damit er ja nichts verpasste. Langsam, Stück für Stück, suchte er den Rasen ab. Nicht viel los heute. Niemand da, der in sein Schema passte. Nur ein Fettkloß, der auf einem Handtuch vor sich hinschmorte. Im Pool tummelte sich eine Gruppe kleiner Kinder. Dabei war doch Hochsaison, Urlaubszeit.

Irritiert schüttelte er den Kopf. Wo waren die nur? Sonst herrschte doch bei diesem Wetter mehr Betrieb. Wo waren die Milchbubis mit den schüchternen, neidischen Blicken? Die durchtrainierten Prachtkerle, die sich bewundernd in den Schritt griffen? Die ungeouteten Teenager, die sich bei seinem Anblick unter der Decke ihre kleinen Zipfel bearbeiteten und dann die Sauce mit einem Tempo wegwischten?

Gelangweilt ließ sich Andrew auf seinem Handtuch nieder. In Italien wäre um diese Zeit *Full House* gewesen. Dort hätte es keine Minuten gedauert, und die Sunnyboys hätten sich in Scharen seinem Body genähert, seinen Schwanz gepackt oder sich an seinem Po zu schaffen gemacht.

Andrew bereute es, dass er nicht wie im vergangenen Jahr in den Süden geflogen war. Dort gab es Chancen wie Sand am Meer. Verträumt dachte er an die fünf Prachtexemplare von Schwänzen, die er in mancher Nacht gleichzeitig gewichst, geleckt, geblasen und zugeritten hatte. Die Südländer waren für so was schnell zu haben. Die zögerten nicht lange. Die ließen sich ohne mit der Wimper zu zucken auf ein außergewöhnliches Abenteuer ein. Ein flotter Fünfer gehörte schon lange zur italienischen Tagesordnung. Zudem war dort praktisch jeder Bursche ein durchtrainierter Beachboy, der ohne weiteres bei Baywatch hätte mitspielen können.

 In einer einzigen Nacht hatte er auf einem Segelschiff drei Typen hintereinander durchgenudelt, praktisch ohne Pause dazwischen. Einfach unglaublich das Erlebnis auf dem schwankenden Schiff, das Meeresrauschen im Ohr, mehrere Traumbodys, die zuschauten, ihn anfeuerten und sich dabei die Schwänze um die Wette rubbelten. Andrew hätte nie gedacht, dass er ein so gutes Standvermögen und dass soviel Saft in ihm Platz hatte. Aber in jenen vierzehn Tagen war sein kleiner Freund nonstop auf Sendebetrieb gewesen. An praktisch jedem Ort hatte er sein Rohr verlegt. Egal ob in seinem Hotelzimmer, auf dem Balkon mit dem Meerpanorama vor Augen, in einer engen Discotoilette, in der Hotelküche mit dem schwulen Koch, zwischen Kartoffel- und Reissäcken, die während des Ficks nach und nach platzten, oder beim Blowjob in der hintersten Kinositzreihe. Die Italos waren für alles zu haben. Und immer offen für Neues. Selbst sein größter Traum war in Erfüllung gegangen: FKK auf einer kleinen Insel, auf der nur er und vier andere Jungs herumtollten. Er, ein athletischer Engländer (ein ziemlich derber

Brite, der sich auf die linke Pobacke einen Männerarsch hatte tätowieren lassen!) und drei Einheimische. Rund um die Uhr hatten sie es sich besorgt. In allen möglichen Variationen. Zu Wasser und zu Land. Noch nie hatte Andrew so viel Sperma geschluckt. Er war mit Schlucken beinahe nicht mehr nachgekommen. Zeitweise hatten sie sich gleichzeitig gevögelt. Im Doppelsandwich. Zwei Jungs vor ihm, zwei Jungs hinter ihm. Andrew in der Mitte. Der Hahn im Korb.

Und jetzt lag er hier.

Warum in die Ferne schweifen, hatte sich Andrew anfangs des Sommers gedacht und beschlossen, dieses Jahr den Urlaub in heimischen Gefilden zu verbringen. Das hatte er nun davon. Kein geiler Typ weit und breit. Nicht einmal ein Foto besaß er von diesem geilen Briten mit dem Tattoo. Allein von dem Bild hätte er jetzt abgespritzt. Der Typ war einfach allererste Sahne gewesen. Nichts zu spüren von der angeblichen britischen Kühle. Der Typ hatte ihn mehr als eine Stunde durchgenudelt und dabei geschrien wie ein Irrer. Englische Ausdrücke, die Andrew noch nie gehört hatte. Er hatte Andrew an die Bettpfosten gebunden, an den Händen und an den Füßen. Andrew hatte sich gefühlt wie bei einer Folterung. Doch er war zu bekifft gewesen, um protestieren zu können. Der Brite hatte sich wild brüllend auf seinen Kopf gesetzt und Andrew befohlen, seinen Arsch zu lecken, während er ihn zwischen den Beinen rasiert hatte. Dieses Gefühl war einfach unbeschreiblich gewesen. Am meisten beeindruckt hatte ihn jedoch das Tattoo. Als er daran geschleckt hatte, war er vor Geilheit beinahe geplatzt. Schade, dass er vergessen hatte, den Typen um seine Adresse zu bitten.

Für ihn wäre Andrew bereit gewesen, seine Regel, nicht mehr als einmal mit einem Typen zu bumsen, über den Haufen zu werfen. Der Brite hatte ihm von einem Schloss erzählt, das er besaß und wo an den Wochenenden immer wilde Sexorgien stattfanden. In einem riesigen Bett, auf dem sich bis zu zehn Boys gleichzeitig tummelten, um den Besitzer zu befriedigen. Angeblich musste jeder Boy zuerst an einem Casting teilnehmen, um für die Orgie zugelassen zu werden. Und zu den Teilnehmern würde nur die Creme de la Creme gehören. Nach jedem Wochenende würde die Gästeliste aufs Neue gemischt, so dass dem Besitzer nie langweilig wurde.

Ob es der Wahrheit entsprochen hatte, wusste Andrew nicht. Doch allein die Vorstellung brachte bei ihm ein Anschwellen seines besten Stückes zustande.

Eines Morgens hatte der Brite eine Sahnetorte auf Andrews Morgenlatte gesteckt und mit der Zunge alles weggeschleckt. Hatte geleckt, bis kein Krümelchen mehr übrig gewesen war. Andrew war bei dieser Aktion beinahe draufgegangen. Er hatte gewusst, dass er erst abspritzen durfte, wenn alles aufgegessen war. Eine vorzeitige Ejakulation hätte ihm der Brite nie verziehen. Der Typ war wirklich ein Fall für sich gewesen, jeden Tag hatte er Andrew mit einer neuen Sauerei überrascht. Die Tortennummer gehörte noch zu den am harmlosesten Einfällen. Andrew hatte ihn als *Bad-Bad-Boy* bezeichnet. Kein Wunder, dass der sich so ein schräges Tattoo hatte machen lassen!

Leider war das alles nur Erinnerung. Niemand da. Alle ausgeflogen. Nur er in diesem spießigen Schwimmbad. Nächstes Jahr würde er wieder in den Süden fliegen oder in den Osten, wo man es angeblich noch viel doller treiben konnte. Wenigstens das Wetter war heute ganz passabel. Eigentlich beinahe wie am Mittelmeer. Ein kitschig blauer Himmel, nirgendwo ein Wölkchen, Temperaturen über dreißig Grad. Das war auch nicht selbstverständlich. Und doch war Andrew alles andere als zufrieden.

Selbst wenn jetzt ein Durchschnittstyp oder ein Teenager in der Nähe gewesen wäre, hätte er ihn angemacht, ihn zu einer Wichssession animiert, zum Kekswichsen, das bei der jüngeren Generation zur Zeit ja hoch im Kurs stand.

Andrew fand es einfach süß, wenn ihm Schüler schüchterne Blicke zuwarfen und er genau wusste, dass sie zu Hause täglich mit der eigenen Hand Druck abbauten. Mit Hilfe von halbnackten Popstars in Jugendmagazinen und Schauspielern in vorabendlichen Daily Soaps. Das hatte Andrew in seiner Jugend auch zur Genüge getan. Mehr als tausend Schüsse hatte er dafür verwendet. Heute konnte er darüber nur noch lachen, dass er sich an solchen Teenie-Stars aufgegeilt und von ihnen feucht geträumt hatte. Stundenlang hatte er im Internet nach Oben-ohne-Fotos gesucht und sich vorgestellt, wie die Stars wohl unten ohne aussahen.

Peinliche Geschmacksverirrungen nannte er seine früheren Taten heute. Inzwischen wusste er, warum sich diese Soap-Darsteller nie nackt hatten ablichten lassen: Im Gegensatz zu ihren Gesichtern herrschte im unteren Bereich total tote Hose. Bei Fotoshootings waren die Shorts präpariert und ausstaffiert, um ihre Babylatten zu verstecken.

Für Andrew war das einfach nur lächerlich und völlig unbefriedigend. Sein Traumboy war ein mit allen Wassern gewaschener Typ mit Muckis, wohin man auch schaute, und einem Prügel in der Hose, für den eigentlich ein Waffenschein nötig gewesen wäre. Ein richtig körperbewusster Typ, der etwas für sein Aussehen tat, der hart trainierte.

So etwas hatten seine pubertierenden Schüler bei weitem nicht zu bieten.

Aufgrund seines Körperbewusstseins hatte er sich für den Beruf des Sportlehrers entschieden. Es hatte ihm immer davor gegraut, irgendwann mit einer fetten Bierwampe herumlaufen zu müssen.

Als Sportlehrer war er immer in Bewegung, total fit und knackig bis in die Zehenspitzen. Nein, der Hauptgrund war sein ehemaliger Sportlehrer. Ein geiler Macho, aber leider hetero, der regelmäßig für eine Latte in Andrews Turnhose gesorgt hatte. Leider war er damals zu schüchtern gewesen, um den Typen anzumachen. Von dessen Seite waren jedenfalls keine Signale gekommen. Vielleicht hatte sie der unerfahrene Andrew auch nur nicht bemerkt. Oft hatte er sich nach der Turnstunde zu Hause in der Dusche sein hartes Teil gerieben und dabei auf ein Foto von seinem Turnlehrer gestarrt, das er auf der Klassenfahrt von ihm geschossen hatte. Wenn der wüsste, wie viele Stunden Handarbeit er Andrew beschert hatte!

Andrew liebte es, wenn die Schüler ihn anstarrten, ihre dünnen Ärmchen mit Andrews protzigem Bizeps verglichen. Es machte ihm Spaß, am Reck Übungen zu zeigen, bei denen beim Überschlag das T-Shirt nach unten rutschte und somit den Blick auf seine Bauchmuskeln freigab. Es war geil, sich von vierzig Teenageraugen begaffen zu lassen. Aber noch viel geiler war es, wenn sie Aerobic machten, so dass ihnen überall der Schweiß herunterrann, die Jungs um eine Pause bettelten und vor Anstrengung laut stöhnten. Andrew war auch ein großer Fan von Hallenbadbesuchen. Da konnte er beobachten, wie die jungen Männer ihre Augen auf seinen Speedo hefteten und vor Neid erblassten. Andrew nutzte seine Überlegenheit stets voll aus. Schritt elegant den Bassinrand ab, während seine Schüler ihre Kilometer schwammen. Er wusste genau, woran sie dabei dachten: ›Wie bekomme ich auch so ein geiles Waschbrett? Warum habe ich nicht auch so einen geilen Sack? Warum hat der so einen großen Schwanz?‹

Zwar hatte sich noch keiner gewagt, diese Fragen laut zu stellen, doch Andrew konnte in solchen Dingen Gedanken lesen. Nein, eigentlich war er auch ein sehr sozialer Lehrer. Mit allen Mitteln versuchte er, seinen Schützlingen die Wünsche vom perfekten Body ein Stück weit zu erfüllen. Daher standen regelmäßig Fitnessübungen, die den Hintern straffen, den Waschbrettbauch aufbauen und den Bizeps wachsen lassen, auf dem Turnprogramm.

In seinen Anfangsjahren als Sportlehrer hatte er nach dem Unterricht noch regelmäßig mit seiner Klasse geduscht, um einen Blick auf die unerfahrenen, zum Teil noch jungfräulichen Schwänze zu werfen. Doch schon bald hatte er gemerkt, dass sie ihm nicht die gewünschte Befriedigung brachten. Sie waren einfach lächerlich im Vergleich zu den Geräten der 25-Jährigen, mit denen er es trieb. Das war der Grund, warum er sich heute nur noch in seiner Lehrerdusche, wo er alleine und ungestört war, den Schweiß vom Körper wusch. 18-jährige Jungs hatten einfach noch keine Ahnung, was Sex bedeutete. Für sie war das bisschen Wichsen mit einer Jennifer Lopez-Vorlage oder die Missionarstellung mit der Freundin das Größte. Wenn sie mal eine Tussi fanden, die ihre Schwänze in den Mund nahm, war das die Erfüllung, das Nonplusultra.

Einmal nach dem Sportunterricht hatte Andrew einen seiner Schüler in der Dusche überrascht, als sich dieser genüsslich einseifte, seinen prallen Schwanz bearbeitete und sich vom Duschstrahl stimulieren ließ. Für seine achtzehn Jährchen war er schon ziemlich gut ausgerüstet gewesen. Andrew hätte nie gedacht, dass sich so ein großer Kolben unter Marks Turnshorts versteckte. Seine Freundin konnte wirklich stolz auf ihn sein. Hoffentlich wusste sie das zu schätzen. Aber wahrscheinlich schämte sie sich wie die meisten anderen Tussen, seinen kleinen Freund ausgiebig zu liebkosen. Dabei hatte es Mark wirklich verdient, dass man sein Rohr verwöhnte.

Andrew hatte bewundernd gepfiffen. Mark hatte sich erschrocken umgedreht und war knallrot angelaufen. Schon immer war Mark im Sport der Beste gewesen, hatte Andrew immer wieder mit Rekordzeiten in Staunen versetzt. Ein Musterschüler. Ein Vorzeigetyp. Aber dass er Mark einmal wichsend in der Dusche antreffend würde, hätte sich Andrew nicht im kühnsten Traum ausgemalt.

Es lag natürlich auf der Hand, dass es für Andrew kein Halten mehr gegeben hatte. Dass er Marks Schwanz gepackt, gewichst und geblasen hatte und sich anschließend von seinem Schüler hatte durchficken lassen. Mark hatte es sichtlich genossen. Auch wenn er später von seiner Freundin erzählt hatte und dass er eher auf Muschis stand als auf Männerschwänze.

Dennoch schienen Andrews Fähigkeiten Mark beeindruckt zu haben. Im Unterricht vollbrachte er noch bessere Leistungen, und auf der Klassenfahrt schlich er sich eines Nachts ins Leiterzimmer. Andrew hatte sich schlafend gestellt, während Mark Andrews Schwanz aus den Boxershorts ausgepackt und zu blasen begonnen hatte. Erst kurz vor seinem Orgasmus hatte er Marks Kopf gestreichelt und seine Finger durch seine Locken fahren lassen. Mark hatte Andrew unsicher angesehen. Doch dieser hatte nur stumm genickt und damit das Zeichen zum Fortfahren gegeben. Das Bett hatte gequietscht. Andrew hatte sich bemüht, möglichst leise zu sein, damit seine Schüler im Nebenraum nichts mitbekamen. Zur Belohnung hatte er anschließend Marks Pimmel bis zum Höhepunkt geblasen.

Leider hatte er Mark nach dem Abi nie mehr gesehen. Wahrscheinlich vergnügte sich der Boy heute nur noch in weiblichen Gefilden.

Mit Mark war es das einzige Mal gewesen, dass er es mit einem so jungen Typen getrieben hatte. Ein Glück, dass er sich nichts aus Pubertierenden machte. Denn das hätte bei seiner Arbeit als Sportlehrer über kurz oder lang Probleme gegeben. Peinlich, wenn er in jeder Stunde mit einem Harten in der knappen Turnhose herumgelaufen wäre. Da wären Respekt und Achtung im Nu verflogen, und er wäre dem Gespött dieser Grünschnäbel ausgesetzt gewesen.

Gut, manchmal hatte er mitbekommen, wie sich die Jungs in der Dusche gegenseitig sexuelle Befriedigung verschafften und dass ein Gruppenwichs nach dem Unterricht nicht selten war. Allerdings machten sie es wohl kaum der Geilheit wegen. Die Rubbelei war für sie ein Kräftemessen; wer den Größten hatte, wer am schnellsten kam, wer am meisten abspritzte. Für seine Schüler war das eine Disziplin, ein richtiger Wettkampf. Ob Mark dabei auch mitgemacht hatte, wusste er nicht.

Bei seinen Kontrollgängen war Andrew öfters in klebrige Flüssigkeiten getreten, die den Wassermassen standgehalten hatten. Er hatte nur gelächelt und das jugendliche Sperma kommentarlos beseitigt.

Leider war es in Andrews Jugend nicht so freizügig zugegangen. In seiner Klasse war eine Erektion in der Dusche eine große Peinlichkeit gewesen. Kein Wunder, dass Andrew bereits achtzehn gewesen war, als er zum ersten Mal in den Genuss eines männlichen Körpers kam und ihm gezeigt wurde, was zwei Männer mit ihren Schwänzen alles anfangen konnten. Ein bisexueller Cousin hatte ihn während eines Zeltausfluges verführt und so ziemlich alles gemacht, was man in diesem Alter machen kann. Tagelang war Andrew wie auf Wolken geschwebt und hatte geglaubt, das sei der Höhepunkt seines Lebens gewesen. Wenn er damals schon gewusst hätte, das es noch viel besser kommen würde!

Sein Cousin hatte nicht gerade über einen Traumbody verfügt. Keine Muskeln, ein eher mittelmäßiger Zipfel. Doch beim ersten Mal hatte Andrew noch keine hohen Ansprüche gestellt. Das Gefühl, einen fremden Schwanz im eigenen Körper zu spüren, war für Andrew nicht sehr erregend gewesen. Obwohl der Cousin sehr zärtlich und vorsichtig vorgegangen war, hatte es unheimlich geschmerzt, und Andrew hatte geschworen, dass er sich auf so etwas nie wieder einlassen würde. Dafür war ihm sein erster 69er voll eingefahren. Der Cousin hatte es an Andrews Pimmel vorgemacht, und Andrew hatte den fremden Schwanz zuerst etwas zögernd in den Mund genommen, dann aber immer fester geblasen, bis sich sein Mund plötzlich mit einer dicken Flüssigkeit gefüllt hatte.

Andrew seufzte gelangweilt.

Noch immer weit und breit kein Prachtkerl zu sehen. Wo blieben die nur? Heute stand doch kein Fußballspiel auf dem Programm. Oder waren sie etwa alle in den Süden geflogen? Zu den Traumboys?

Dann würde er halt warten. Seinem Teint würde ein kurzes Sonnenbad nicht schaden. Sommerbraun kam immer gut an. Er schloss die Augen.

Dass es im Freibad so ruhig sein kann, dachte er noch, während er wegdöste.

Plötzlich liefen vor seinem Kopf zwei Beine vorbei.

Er riss die Augen auf. Wie lange hatte er geschlafen? Zehn Minuten? Eine halbe Stunde? Er schwitzte. Hoffentlich gab das keinen Sonnenbrand.

Seine Augen hefteten sich an die Waden.

Knackig, knackig, kommentierte seine innere Stimme.

Ein Fußballspieler? Genüsslich schwenkte er seinen Blick nach oben, und ein Blitz fuhr ihm durch den Körper. Eiskalt lief es ihm den Rücken hinunter. Das war er!

Er hatte es ja gewusst, dass heute sein Tag war. Zu durchtrainierten Waden gehörte ein muskulöser Körper. Andrew schluckte. Schien ein regelmäßiger Fitnesscenterbesucher zu sein. Ein Körperbewusster. Einer, der wusste, was er wollte. Andrew hatte Blut geleckt. Ein Traum. Ein Traum. Braun gebrannt, nackter Oberkörper, Waschbrettbauch, ein Knackarsch zum Reinbeißen, ein Sunnyboy.

Zwischen zwanzig und fünfundzwanzig, schätzte Andrew. Seine Badehose ließ auf ein großes Rohr schließen. Genau das, was sich Andrew heute wünschte. Nicht so ein kleiner Milchbubi, der rumknutschen, vor dem Fernseher kuscheln wollte. Andrew wollte einen Badboy. Am besten Hip-Hop als Geräuschkulisse. Schweiß, Gestöhne, Muskeln, einen Ständer, auf den man sich draufsetzen konnte. Ein Typ, der wusste, was er wollte. Der sich nicht zweimal bitten ließ und einem ohne zu fragen in den Schritt griff.

Wer war der Mann?

Andrew hatte ihn schon einmal gesehen. Er kam ihn bekannt vor. Hatte er schon mal was mit ihm gehabt? Nein. Aus dem Fernsehen schien er auch nicht zu sein. Wo war er ihm begegnet? Erst kürzlich. Genau! Jetzt fiel es ihm wieder ein. Vorhin. An der Kasse. Er hatte mit einer jungen Frau gesprochen. Wahrscheinlich der Bademeister. Aber einer im besten Alter. Zum Anbeißen. Wenn er gewusst hätte, wie der hiesige Bademeister aussah, wäre er schon im Mai im Freibad gewesen.

Andrews Zunge benetzte die Oberlippe.

Bademeister gleich Potenz, rechnete es in seinem Hirn.

Ob er wohl hetero war? Aber dann würde er wohl kaum einen solchen Speedo anziehen. Dann hätte er seine Männlichkeit in Shorts versteckt. Andrews bisherige Erfahrungen hatten ihn diese Regel aufstellen lassen.

Er musste schnellstens sein Netz über ihn werfen, ihn eingarnen, ihn verführen, ihn rumkriegen. Im Pool von ihm zugeritten werden. Ein Unterwasserblowjob. Er wollte seinen Saft trinken, jeden Tropfen von ihm schlucken.

Aber wo lief der Typ denn nur hin? Er schien Andrew nicht bemerkt zu haben. Er grüßte nicht einmal. Er rannte einfach davon. Quer über die Wiese mit Kurs auf die Sanitäranlagen. Sekunden später verschwand er im Innern des Gebäudes. Ein Hetero? Kein Interesse an Männern? So gemein konnte das Schicksal an einem so schönen Tag doch nicht sein.

Dranbleiben, durchfuhr es ihn, und er raffte hastig Handtuch und Duschgel zusammen. Bis jetzt hatte er immer gewonnen. Quickies waren sein Spezialgebiet, sein Königreich. Hier kannte er sich aus. Quickies wollte er, nicht mehr. Sex, Sport, Schweiß, Gestöhne, feste Stöße, keine Gefühle. Kein Herzschmerz und solche Sachen, mit denen sich Weicheier immer herumärgerten. Sex war für Andrew Sport, ein Akt, ein Kräftemessen, ein Kampf. Zärtlichkeit und Romantik waren da vollkommen fehl am Platz und störten nur die Gier, den hemmungslosen Trieb. In solchen Dingen war Andrew wie ein Tier, ein Nimmersatt, ein Ungeheuer. Er liebte das Harte, das Brutale. Es war nicht das Gleiche wie SM. Darauf stand er nicht. Einmal hatte er es ausprobiert, mit allen Requisiten, die dazugehörten. Doch bewaffnet mit Peitsche und Schlagstock war er sich einfach lächerlich vorgekommen und hatte nicht einmal eine Erektion auf die Reihe gekriegt. Das war ihm einfach zu bizarr. Einmal und nie wieder.

Ich muss ihn kriegen, schrie es in Andrews Kopf. Ich muss ihn haben. Unbedingt. Ich will ihn in mir spüren, ihn besteigen. Ich will ihn besiegen, ihn benutzen, in meiner Gewalt haben, seinen Schwanz zur Explosion bringen, seine Eier weglutschen. Ich will der König sein, ihn fesseln, meine Finger in alle seine Öffnungen stecken, ihm mit meinem Schwanz die Seele rausficken, ganz tief hinein, dass er um

Erbarmen schreit, mich von ihm bis zur Ohnmacht bumsen lassen, dass mir Hören und Sehen vergeht. Ich will seine Flüssigkeit schlucken, sein Sperma in meinen Rachen spritzen lassen und einfach nur stöhnen, schreien, dass die Wände zittern. Meine Zunge über seinen Waschbrettbauch gleiten lassen, von oben nach unten, vom Hals bis zwischen die Beine, seine Schenkel schlecken, über seine Lustkugeln, sein steifes Teil küssen. Jeden einzelnen Muskel seines gebräunten Bauches will ich liebkosen. Keinen Quadratzentimeter auslassen.

Andrew tauchte in das düstere Licht der Duschkabinen. Alle leer. Wehmütig dachte er an die modernen Schulduschen, die um Welten gemütlicher und für einen Quickie viel besser geeignet waren. Wäre er nicht so ausgehungert gewesen, hätte ihm die Einrichtung jede Lust verdorben. Doch sein Schwanz hatte es schon lange nicht mehr so nötig gehabt wie heute. In der Schule war der Duschraum ein lang gezogener heller Raum, in dem auf beiden Seiten je eine Duschreihe angebracht war. Hier waren die Duschen jedoch in enge Kabinen eingeteilt. Sieben Stück hatte er gezählt. Alle etwa nur einen Quadratmeter groß. Die Brause schien schon lange auf eine Inventur zu warten, und einen neuen Anstrich hätte die Kabine auch nötig gehabt. Er konnte ja seinen ehemaligen Maler darauf aufmerksam machen. Andrew verkniff sich ein Lächeln.

Er streifte sich den Speedo ab und hängte ihn auf den Haken. Erwartungsvoll massierte er sich die Eier und beobachtete zufrieden, wie sein kleiner Freund aufwachte. Gott sei Dank ließ der ihn nie im Stich. Nicht einmal, als er ihn hatte köpfen lassen, war er eingeschnappt gewesen. Vielleicht hatte er schon vor der OP gewusst, dass er beschnitten noch viel intensiver fühlen würde.

Er band er sich das Handtuch um und ging wieder nach draußen. Er kniff die Augen zusammen.

»Hallo?«

In seiner Stimme bewusst unschuldige Verunsicherung. »Hallo? Ist da jemand?«

»Ja.«

Er fuhr herum. Der Bademeister schaute ihn fragend an.

»Kann ich helfen?

Andrew lächelte.

»Oh. Ja … Die Dusche …«

»Was ist mit ihr?«

»Sie ist defekt … Sie funktioniert nicht mehr.«

Der Bademeister runzelte die Stirn.

»Komisch, ich hab sie doch gerade …«

Noch ehe Andrew etwas erwidern konnte, war der Adonis im Gebäude verschwunden.

»Ein ganz Fixer«, stellte Andrew fest und rubbelte zur Stimulation ein paarmal seinen Schwanz. Dann folgte er dem Bademeister erwartungsvoll.

Der Bademeister drückte auf den Knopf.

Sofort prasselte das Wasser aus der Düse. Er wich erschrocken zurück. Schüttelte dann den Kopf.

»Funktioniert doch.«

»Komisch …«

»Wahrscheinlich nur ein Aussetzer.«

»Wahrscheinlich.«

Andrew streichelte seine Brustwarze. Das wirkte immer.

Der Bademeister starrte ihn an, als sei ihm erst jetzt aufgefallen, dass Andrew völlig nackt vor ihm stand. Das Handtuch hatte er auf den Boden fallen lassen.

Er wusste, dass er gewonnen hatte. Der Bademeister starrte auf Andrews Schwanz, der in voller Pracht auf den Bademeister zeigte. Andrew streichelte verführerisch über seine Eichel.

»Lust auf eine Entschädigung?«

Der Bademeister schüttelte den Kopf.

Andrew lächelte weiter.

»Nicht so schüchtern. Wir sind hier ganz allein. Es wird uns niemand stören. Und wenn schon, das gibt dem Ganzen doch den besonderen Kick, oder?«

Noch energischeres Kopfschütteln. Wut.

»Du schwule Sau! Fick dich doch selber!«, schrie der Bademeister aufgebracht und drängte sich an Andrew vorbei aus der Kabine hinaus.

Scheiße, dachte Andrew und hob das Handtuch vom Boden auf. Voll der Hetero.

Wieder mal danebengetippt. Dass Heteros auch immer so knackig sein mussten. Na gut, der Tag war ja noch lang. Der Bademeister war ja nicht der einzige geile Mann auf dieser Welt. Und ansonsten wartete zu Hause immer noch der neue Pool-Porno, den er kürzlich bestellt hatte. Laut Beschreibung kamen im Film ausschließlich knackige Beachboys vor, die sich am Strand von Florida vergnügten. Ein richtiger Leckerbissen. ›90 Minuten spritziges Vergnügen‹, stand in der Beschreibung. Er hatte bisher noch nicht reingeschaut. Sollten alle Stricke reißen, würde er sich mit denen einen heißen Solo-Abend machen. Darin hatte er ja Übung. Wenigstens bei der Handarbeit kam er nie zu kurz. Vielleicht hatte ja auch wieder jemand auf seine Kontaktanzeige im Internet reagiert und eine Message an seine Mailbox geschickt. Wenn er nach Hause kam, musste er schnellstens seine Mails anschauen. Vielleicht wartete der Prachtkerl schon im E-Space. Genau das war es, was Andrew an seinem Leben so liebte: Er wusste nie, wie der Tag enden, mit welchem Typ er sich des Nachts vergnügen und wo er am nächsten Tag aufwachen würde. Dies war der Grund, warum Andrew von Anfang an eine feste Partnerschaft abgelehnt hatte. Immer mit dem selben Typen konnte auf die Dauer doch einfach nur langweilig sein. Und auf den Gefühlskram, billige Eifersüchteleien hatte er wirklich keinen Bock. Dazu war ihm seine Zeit zu schade.

Andrew fuhr herum.

Der Bademeister stand in der Tür und versperrte ihm den Weg.

»Sorry, wenn ich dir zu ...«, setzte Andrew an. Er versuchte, sich an ihm vorbeizudrängen. Doch dazu war es schon zu spät.

Der Bademeister kam herein und schmiss die Tür mit einem lauten Knall zu. Erschrocken fuhr Andrew zusammen. Drehte der Typ jetzt total durch? Dessen Augen funkelten wie bei einem wild gewordenen Tier.

Andrew blieb keine Zeit, weitere Überlegungen anzustellen. Der Bademeister packte ihn an den Armen und drückte ihn gegen die Wand. Andrew blickte ihn erschrocken an. Von einem Schwulenhasser verprügelt... Panik trat in seine Augen. Sein Herz klopfte wie verrückt. Er sah sich blutüberströmt auf dem Boden liegen. Völlig fertig gemacht von einem Heterotypen. Krankenhausreif zusammengeschlagen. Er hatte wieder mal voll daneben gelegen. Voll der krasse, konservative Heteromacker. Er würde nie wieder einen Typen verführen.

»Du miese kleine Schwuchtel!«

Andrew schluckte.

»Wolltest mich um den Finger wickeln, was?«

»Nein, ich ... Das ist ein Miss ...«

Der Bademeister lachte hämisch auf.

»Dein kleiner Freund lässt dich aber schnell im Stich ...«, meinte er spöttisch und deutete auf Andrews Glied, aus dem innerhalb von Sekunden das ganze Blut gewichen war.

Scheiße, dachte Andrew, wie komme ich hier nur raus?

Der Typ ließ nicht von ihm ab. Jetzt griff er ihm an die Eier und schaute Andrew tief in die Augen.

»Na, gefällt dir das?«

Er drückte fester, quetschte beinahe.

Andrew hielt den Atem an. Er war zu weit gegangen. Einfach zu blöd von ihm, einen wildfremden Boy so direkt anzumachen. Er war echt selber schuld.

»Du kleine Schwuchtel, du!«

Jetzt griffen seine Finger nach Andrews Schwanz.

»Soll ich da mal dran ziehen? Macht dir das Spaß?«

Andrew schüttelte den Kopf.

»Soll ich dir deinen beschnittenen Zipfel abreißen? Meinst wohl echt, du bist ein obergeiler Typ? Denkst wohl, jeder Typ ist scharf auf dich? Auf dich und deine Rosette?«

Er packte Andrews Kopf und presste ihm seine Lippen auf den Mund, drückte seine Zunge in Andrews Höhle. Sie schmeckte unerwartet salzig. Die fremde Zunge umspielte seine eigene. Der Bademeister verharrte nicht lange in dieser Position. Hastig riss er sich den Speedo vom Leib. Ein riesiges Rohr kam zum Vorschein. Andrew musterte überrascht seinen erregten Zustand. Die Eier deuteten an, dass es schon länger nicht mehr verlegt worden war. Zwei prall gefüllte Säcke, die zu platzen drohten.

»Blas mir einen.«

Andrew schaute ihn entgeistert an.

»Worauf wartest du noch? Nimm ihn ins Maul. Mach schon.«

Er drückte Andrews Kopf nach unten.

»Zeig, was du kannst. Genau das wolltest du doch, oder?«

Er steckte sein Gerät in Andrews Mund und fing an, ihn zu ficken.

Andrew saugte erleichtert an dem Prachtexemplar. Noch mal Glück gehabt. Das war einfach himmlisch.

Der Bademeister war jedoch noch lange nicht zufrieden.

»Bist du 'ne Tussi? Du Schlappschwanz! Das macht ja sogar meine Freundin besser. Angst vor meinem Tier? Ich dachte, du stehst auf solche Sachen? Weißt du nicht, wie man mit einem Schwanz umgeht? Besorg's mir gefälligst, aber richtig.«

Ehe Andrew dem Wunsch Folge leisten konnte, wurde das Glied herausgerissen.

»Ich zeig dir mal, wie man das macht.«

Er schob Andrew wieder an die Wand und ging dann auf dem nassen Boden in die Knie. Langsam fuhr er mit seiner Zunge über Andrews Hoden, leckte die beiden Kugeln. Schleckte dann genüsslich am Rohr wie an einem Sommereis. Hungrig, durstig.

Andrew stöhnte auf, kraulte den Badboy am Kopf. So etwas hatte er noch nie erlebt. Dass es mit Heteros so geil sein konnte. Das war filmreif.

Jetzt begann er, mit der rechten Hand Andrews Schwanz zu wichsen. Flink schob er die Haut am Schaft vor und zurück. Mit seiner Linken knetete er Andrews knackige Pobacken. Dann hielt er inne und schaute ihn verschmitzt an. Ein unverschämtes Grinsen auf seinen Lippen.

»Dreh dich um.«

Andrew hatte seinen Willen aufgeben und ließ alles mit sich geschehen. Er schwebte. Das konnte doch nur ein Traum sein. Er stützte sich an der Wand ab und wartete wie in Trance darauf, dass ihm der Bademeister mit seinem ersten Stoß seinen Prügelstock reinsteckte. Dieser hatte jedoch etwas anderes vor. Seine Zunge leckte Andrews Pobacken, fuhr von oben nach unten und verschwand dann im Schlitz. Andrew spürte, wie sie Einlass an seinem Arschloch forderte. Der Badboy fing an, ihn mit der Zunge zu ficken. Steckte sie rein und zog sie raus. Immer schneller, immer tiefer.

»Jetzt halt dich fest, du Weichei! Jetzt wirst du dein blaues Wunder erleben!«, kündigte der Bademeister an. Andrew schloss erwartungsvoll die Augen.

Er brauchte nicht lange zu warten. Mit voller Wucht kam der erste Bums. Der dicke Prügel wurde tief in seinen Körper gestoßen. Andrew schrie hemmungslos auf. Beinahe wäre er gegen die Wand geprallt, so heftig war der Stoß.

»Ist das geil? Turnt dich das an?«, schrie der Bademeister.

Er fickte Andrew hart und rubbelte an Andrews Schwanz herum, während er seine Antenne in seinem Loch versenkte. Andrew hätte nie für möglich gehalten, dass ein so großer Prügel in seinem Hintern Platz finden würde.

»Meine Freundin mag es nicht so hart. Aber so ist's geiler. Wir sind ja unter Männern. Ich fick dich tot. Du wirst die Minute noch bereuen, in der du beschlossen hast, mich zu verführen. Ich versteh in diesen Sachen keinen Spaß. Ja, schrei nur.«

Er schlug mit der flachen Hand auf Andrews Hintern.

Andrew schrie vor Lust auf, und auch der Bademeister stöhnte.

»Das hat die kleine Schwuchtel wohl noch nie erlebt, was?«

Schweißperlen rannen über Andrews Gesicht, sein Atem ging schnell. Es war drückend heiß in der engen Kabine. Männerschweiß in der Luft, ein Geruch, der Andrew tierisch anturnte. Mit der linken Hand schaltete er die Dusche ein. Wasser prasselte auf die beiden glühenden Leiber, auf die tanzenden Muskeln. Eiskalte Erfrischung. Wasser, das über straffe, gebräunte Haut hinweg auf den Boden plätscherte, über knackige Pobacken hinunterfloss. Andrew zerriss es schier. Das war mehr als Ekstase. Das war der Quickie seines Lebens. Zwei Finger wurden ihm in den Mund gesteckt. Verträumt saugte er an ihnen. Dann fuhr sein Zeigefinger am durchtrainierten Bademeisterarsch herum und suchte Einlass. Andrew begann, ihn sanft zu ficken, steckte seinen Finger tief hinein.

»So, jetzt kriegst du gleich die Fontäne deines Lebens verpasst«, murmelte der Badboy Andrew ins Ohr. Er ließ Andrews Schwanz los und bearbeitete statt dessen Andrews Brustwarzen, kniff und rieb. Mit einem Mal schrie er laut auf und spritzte seinen Saft ins Andrews Körper. Eine pralle Ladung. Als müsste er mit seiner Flüssigkeit einen Großbrand löschen.

»Schon lange nicht mehr so abgespritzt.«

Er zog seinen Prügel heraus, drehte Andrew herum und grinste ihn an.

»Wir sind noch nicht fertig.«

Andrews Schwanz explodierte beinahe. Wenn er diesen Augenblick doch nur etwas würde hinauszögern können. Er wollte noch nicht kommen. Es war einfach zu schön. Hätte er sich heute morgen doch nur einen runtergeholt, dann würde er jetzt nicht so schnell abspritzen. Der Bademeister hatte jedoch alles andere vor, als das Tempo zu drosseln. Er ging wieder zu Boden, steckte sich Andrews bestes Stück in den Mund, bis tief in den Rachen hinein, und blies, dass Andrew das Hören und Sehen verging.

»Ich …«, stöhnte er nur noch, und dann verlor er die Kontrolle, spürte, wie sich sein Körper selbstständig machte; ein Ziehen in seinem Becken und vier feste Stöße, die seinen Saft in den Rachen des Bademeisters entluden. Dieser schluckte gierig alles hinunter, wollte jeden Tropfen von Andrews Sperma in sich aufnehmen. Leckte, bis Andrews Pimmel blitzblank gebohnert war.

Andrew fuhr sich erschöpft über die Stirn.

»Hab ich dir zu viel versprochen?«, protzte der Bademeister. Andrew konnte nicht anders, als den Kopf zu schütteln.

Der Bademeister schaltete die Dusche ein, um sich den Schweiß und die letzten Spermaspuren von der Eichel abzuwaschen. Dann zog er sich seinen Speedo über und kniff Andrew in den Hintern.

»Knackiges Teil«, murmelte er und grinste.

Er ließ seinen Bizeps tanzen.

»Wir scheinen ja wie für einander geschaffen zu sein. Nur hätte es nach meinen Geschmack ein bisschen härter sein können. Das hätte auch meine Freundin noch hingekriegt. Aber du hast ja noch Zeit, um dich zu verbessern, oder? Die Ausrüstung dazu hast du ja …«

Nochmals streichelte er Andrews Pobacken. Dann schaute er auf die Uhr.

»Ich muss langsam los. Nach dem Rechten sehen. Nach kaputten Duschen und so.«

Andrew reagierte nicht.

»Schönen Tag noch«, seufzte der Bademeister und hängte ein letztes Mal den obercoolen Macho raus.

Andrew, immer noch in einer anderen Welt, nickte stumm.

»Und wenn du wieder mal Lust hast, Dampf abzulassen, dann weißt du ja, wo ich arbeite.«

Er sperrte die Tür auf und ging nach draußen.

Andrew blieb noch ein paar Minuten auf dem nassen Boden sitzen. Als er wieder zu Sinnen kam, erhob er sich, hob das Handtuch vom Boden auf, nahm die Badehose vom Haken und pfiff bewundernd. Das Pool-Video konnte ihm heute gestohlen bleiben. Ebenso seine Mailbox. Dieses Erlebnis musste erst einmal verdaut werden. Seine Erinnerungen an Italien, an Mark, an den krassen Briten waren mit einem Mal einfach lächerlich, Kinderkram. Das hier war das Erlebnis seines Lebens gewesen. Ob er wohl je noch was Geileres erleben würde?

Da würde sich sein zukünftiger Sexkumpan einiges einfallen lassen müssen. Das war kaum mehr zu überbieten. Allmählich atmete er wieder langsamer. Sein Herzschlag beruhigte sich. Heute war wirklich sein Tag. Er musste unbedingt noch einen Lottoschein ausfüllen.

Er lächelte und ging nach draußen. Was für ein Sommertag! Die Wetterfee hatte Recht behalten, ebenso seine Intuition. Die Vorahnung hatte ihn nicht getäuscht. Wenn er das jemandem erzählte, würde es ihm bestimmt keiner glauben. Es war ja auch einfach *unglaublich*. Er kniff sich in den Arm. Kein Traum, das war die Realität. Der Bademeister machte gerade einen Kontrollgang um den Pool. Noch immer relativ wenige Badegäste. Andrew ließ sich auf seinem Handtuch nieder, kramte seinen Discman aus dem Rucksack heraus. Die Melodie eines aktuellen Sommerhits kroch in seine Ohren. Er schloss die Augen und gab sich seinen Träumen hin. Eines war sicher: Dieses Schwimmbad hatte er in diesem Sommer nicht zum letzten Mal besucht …

EIN NACHMITTAG AM SEE

VON SEBASTIAN DOX

»Wie war dein Wochenende?«, fragte ich Dennis, als er sich nach zehnmaligem Klingeln endlich am anderen Ende gemeldet hatte. »Warst du am See?« Dennis schien verdutzt und schwieg einen Augenblick. Plötzlich stöhnte er auf und säuselte mit süßlicher Stimme: »Und ob ich am See war! Der reine Wahnsinn!« – »Wieso?« – »Na ja, wie würdest du es sonst nennen, wenn du dich da draußen im Wald total mit dem Rad verfährst und nach zwei Stunden völlig verschwitzt endlich einen kühlen blauen See durch die Bäume leuchten siehst?« – »Super würd ich das finden«, sagte ich, ohne zu wissen, worauf Dennis eigentlich hinauswollte. Aber ich wusste, er hatte etwas auf Lager. Er kam immer auf seine Kosten, und wenn er ausnahmsweise mal keine Abenteuer erlebte, erfand er sich notfalls welche. Mit seinem hübschen kantigen Gesicht, den lebhaften braunen Augen und einem Körper, der auch ohne tägliches Training im Studio ziemlich ansehnlich war, brauchte Dennis sich allerdings nicht besonders anzustrengen. Die Kerls flogen auf ihn, und er nahm sich, was ihm gefiel. Mich hatte er auch einmal haben wollen. Daraus war aber nichts geworden, weil ich damals in festen Händen war. Aber ich fand ihn noch immer genauso attraktiv wie vor drei

Jahren, als ich ihm das erste Mal begegnet war. Sein Hintern war jetzt durchs viele Radfahren wahrscheinlich noch ein bisschen fester geworden. In den engen Jeans, die Dennis meistens trug, wirkte sein Arsch jedenfalls so knackig und heiß wie eine Wassermelone, die zu lange in der Sonne gelegen ist und gleich platzen wird. Dennis war immer leicht gebräunt, jetzt im Hochsommer glühte er regelrecht. Aber obwohl er blendend aussah, war Dennis nicht für fünf Pfennig eitel und machte nicht besonders viel aus sich. Er wirkte mit seinem halblangen strubbeligen Haar immer ein bisschen verschlafen. Gerade dadurch reizte er einen – so als würde jede Berührung ihn sofort in Fahrt bringen.

Wen der jetzt wieder aufgerissen hat, dachte ich neidisch und fragte laut: »Was war denn nun mit diesem See?« – »Mann«, seufzte Dennis, »ich mir also sofort die Kleider vom Leib gerissen …« – »Das ist allerdings schon eine Wahnsinns-Vorstellung«, hauchte ich und merkte, wie mein Schwanz sich interessiert aufzurichten begann. »… und rein ins Wasser. Das war so aufregend, wie wenn man im Winter völlig durchgefroren in der Dampfsauna verschwindet. Das seidige Wasser, der sommerliche Geruch von Schweiß und Sonne, der kühle See an Armen und Hintern und Brust – nach drei Minuten war ich kurz vorm Orgasmus!« – »Geht mir auch so«, sagte ich und knöpfte meine Hose auf.

»Noch nicht abspritzen«, ätzte Dennis, »es geht ja erst los. Denn kaum war ich ein bisschen rausgeschwommen, sehe ich eine Badestelle weiter jemanden am unzugänglichen Ufer liegen. Sonst war kein Mensch weit und breit zu sehen. In die Gegend verirrt sich ja außer mir Verrücktem kein Schwein. Na, jedenfalls sehe ich ohne Brille nicht besonders gut, aber dass es keine Tussi war, hab ich dann doch ziemlich schnell erkannt. Ich mich also mit pochendem Schwanz unauffällig angepirscht. Und wie ich schon so nah am Ufer bin, dass ich mit den Füßen im schlammigen Untergrund wühle, seh ich endlich, was da liegt ...«

Dennis machte eine übertrieben lange Kunstpause. Ich sah ihn vor mir, halb aus dem Wasser draußen, mit glänzend feuchtem Rücken, den süßen Arsch leuchtend weiß, eine Hand an seinem steilen, üppigen Schwanz. »Sag schon, was lag da?« – »Mein Traumtyp«, ächzte Dennis, »ein Adonis, ein blonder Gott, ein Engel aus dem Schwulenparadies, herabgestiegen vom Himmel an dieses Seeufer, mit Schenkeln wie Stahlträger, mit Goldflaum am ganzen brötchenbraunen Körper, hingegossen wie ein Stück Brokatstoff auf den feuchten Ufersand, der ihm an Rücken und Hintern festklebte ...«

»Na na, jetzt mach mal halblang«, unterbrach ich Dennis, »und quatsch nicht so poetisch daher. Du meinst also, da hockte irgend so ein Bauerntrampel und hielt seine Angel ins Wasser.« – »Von wegen Bauerntrampel«, gab Dennis zurück, »und das mit der Angel – ich würde es eher Rute nennen. Aber was für eine!« – »Wieso, hat der etwa einen Striptease für dich hingelegt?«, fragte ich säuerlich und hielt das insgeheim sogar für möglich. Jemand wie Dennis war imstande, alle Leute in kürzester Zeit verrückt nach sich zu machen. »Nein, Striptease nicht«, antwortete Dennis, »er lag einfach da und schlief. Aber er war nackt.« Unwillkürlich zog ich die Luft zwischen den Zähnen ein. »Zisch du nur«, sprach Dennis weiter, »aber was sagst du, wenn du hörst, wie ich mich an Land schleiche, mich langsam ganz nah an ihn ranrobbe und ihn von oben bis unten mit den Augen betatsche? Mein Gesicht so dicht an seiner breiten Brust, dass ich die Poren sehen und den Schweiß riechen kann, der in kleinen Tröpfchen auf seinem Muskelgewölbe steht. Um seine dunkelbraunen Nippel schmiegen sich ein paar Härchen, auch an denen glitzern kleine Schweißtropfen. Und was sagst du erst, wenn du hörst, wie ich mit der Nase ganz sachte durch seine Achselhöhle streife und den herben Geruch einsauge? Wie ich mit leicht geöffneten Lippen an seinem Hals entlangfahre und wie ich dann mit der Zunge zwischen seine halb geöffneten, etwas ausgetrockneten Lippen vorstoße und über die scharfe Kante seiner blendend weißen Zähne gleite? Wie ich ihn brummen höre und sehe, wie er die Hände hinter den Kopf legt, die Beine ein bisschen breit macht und seinen einfach unglaublichen Schwanz ausfahren lässt? ...«

»Du spinnst!«, röchelte ich, »das hast du dich nicht wirklich getraut!« Dennis machte ein paar schwere Atemzüge, wahrscheinlich hatte er auch schon seine Hose ausgezogen und sein nicht besonders großes, aber fleischiges, zielgenaues Rohr rausgeholt. »Dieser blonde Gott, bei dem alle Muskeln so aussahen, als wären sie aus frischem Hefeteig geformt und knackig braun gebacken, er hatte einen Schwanz so glatt wie die Marmorsäule in einer römischen Kirche, und genauso glänzend. Anfangs lag er ja noch ruhig in seiner Leistenbeuge wie auf einem Ruinenfeld. Zwischen den Schenkeln die Eier wie blank polierte Kieselsteine, vom Schweiß funkelnd. Und alles frisch rasiert und glatt, bis auf ein kleines Moosbüschel direkt über dem Schaft. Ich traute meinen Augen nicht und starrte mit offenem Mund sein Gerät an, das einfach immer größer wurde, obwohl ich es noch gar nicht berührt hatte. Und nachdem er endgültig in Gefechtsbereitschaft gebracht war, hatte sein Schwanz sich bis über den Bauchnabel hochgereckt. Die Eichel war pflaumenrot und samtig, und als Adonis seinen Schwanz pochen und zucken ließ, da wusste ich: Der macht alles mit. Ich knie mich also zwischen seine Beine und fange an, mich seinem guten Stück zuzuwenden. Ich kitzle seine Eier ein bisschen mit den Augenwimpern, sauge sie, zuerst eins nach dem anderen, dann beide zusammen in meinen Mund und lasse sie über meine Zunge tanzen wie Sahnebonbons. Adonis stöhnt, ich merke wie sein Riesenschwanz ruckt und sich aufbäumt und wie eine Leuchtstoffröhre von innen heraus zu strahlen scheint. Er zieht die Knie ein bisschen mehr zur Seite. Er ist genauso geil wie ich, öffnet seinen Mund und brummt mit rauer Stimme, legt den Kopf zur Seite, drückt den Rücken noch ein bisschen mehr durch und präsentiert mir alles.«

Ich weiß nicht, ob Dennis oder ich in diesem Moment geiler war, auf jeden Fall hatte ich Angst, dass ich zu früh abspritzen könnte, ehe Dennis mit seinem Abenteuer fertig war. »Aber kaum habe ich seine Eier wieder aus meinem Mund hinausgleiten lassen und lecke mit langen Zügen an seinem stahlharten glatten Schaft wie an einer Eiswaffel, an der außen die Sahne hinabtrieft, kaum komme ich oben an die pochende Eichel und will meine Lippen drüberstülpen ...« – »... da spritzt er dir auch schon einen Schwall in dein geiles Maul rein!«, rief ich dazwischen. »Quatsch«, bellte Dennis ärgerlich, »unsafer Sex, das könnte dir so passen. Nein, mein Fundstück war total gierig auf meinen Hals, aber als ich an seinem superflachen, durchtrainierten Bauch hochgucke, auf dem man jeden einzelnen Muskel sehen konnte wie Berge auf einer Landkarte, so sehr begann er mit seinem Becken zu rühren und mir sein Gerät entgegenzustemmen, da sehe ich, dass über seinem Kopf noch jemand steht.« – »Wahnsinn«, ächzte ich und vergaß fast, mir weiter einen runterzuholen.

Dennis erzählte mit gepresster Stimme eilig weiter. »Allerdings! So ein dunkler Typ, Karibik oder Brasilien wahrscheinlich. Ziemlich groß, irrsinnig breite Schultern, stramme Oberarme, handschmale Hüften, pechschwarze lockige Haare um ein hartes, breites Gesicht, aus dem schneeweiße Zähne in einem großen, fleischigen Mund herausstrahlen. Ich hab mich natürlich zuerst total erschrocken, obwohl er vielleicht sogar noch aufregender aussah als das blonde Teil. Aber dann sehe ich, wie er ganz cool seine Badeshorts runterstreift und einen Schwanz rausholt, der auch schon auf alles vorbereitet ist. Ich sage dir, wir haben noch längst nicht alles gesehen, was es an Aufregendem bei den Männern gibt!« – »Wieso, was meinst du?«, wollte ich wissen. »Na ja, sein Schwanz sah aus wie Schokolade, so glänzend und sahnig und so lang, dass keine Praline mithalten kann … Er war beschnitten, und seine Eichel hatte so eine komische bläuliche Farbe. Die Eier hingen prall und saftig zwischen seine enormen Beinen. Diese Beine! Wahrscheinlich von einem Bauarbeiter oder Fußballspieler. Die Oberschenkel doppelt so dick wie die Waden und völlig glatt, kein einziges Haar zu sehen. Der blickt also auf uns runter, grinst kurz und kniet sich direkt über das Gesicht von meinem Adonis. Vielleicht kannten die sich ja, jedenfalls legt der Blonde den Kopf in den Nacken, macht das Maul sofort weit auf, und der Dunkle versenkt dem Blonden seinen Schwanz mit einem langen satten Stoß bis zum Anschlag in den Hals. Ich war ja ganz dicht dran, und mir blieb einen Moment lang das Herz stehen.

Adonis schien das aber gar nichts auszumachen. Im Gegenteil, er stöhnte und bäumte sich noch ein bisschen auf, um noch mehr schlucken zu können. Der Dunkle ließ seine Nudel erst mal da, wo sie war, beugte sich vor, lutschte ein bisschen an Adonis und küsste mich dann, dass ich dachte, mir vergeht alles. Ich bin so verdattert, dass ich gar nichts weitermache und nur noch zugucke, wie der Dunkle dem Blonden seinen endlosen Schwanz immer wieder und jedes Mal mit kräftigeren Stößen ins Maul schiebt. Der hat seine Backen und Lippen so fest um den Dödel geschlossen und saugt so heftig daran, als wäre er Tiefseetaucher und der Schwanz das Mundstück zur Sauerstoffflasche.

Das geht ein Weile so weiter, dann packt der Dunkle den Blonden an den Knöcheln, reißt ihm die Beine in die Luft und hält mir den Arsch hin. Ich soll ihn lecken. Natürlich lasse ich mich nicht lange bitten. Alles bei dem Blonden ist kräftig und fest und trotzdem weich und offen und geschmeidig. Ich presse also meine Zunge in sein Loch. Da ist gar kein Widerstand, alles wird weit und gierig, während von oben der Dunkle sein Gerät immer schneller und genussvoller in ihn reinorgelt. Zwischendurch hustet und würgt Adonis, aber das scheint ihn nicht weiter zu stören, denn er wirft sich der dunklen Übermacht immer heftiger entgegen. ›Besorg's ihm!‹, grunzt der Dunkle, dem der Schweiß schon in Strömen über die glänzende Haut läuft, und gibt mir einen Gummi, den er irgendwo hervorgezaubert hat. Immer noch hält er den Blonden an den Beinen gepackt, lässt dann eine Hand klatschend auf seinen Arsch niedersausen, und als Adonis dabei schmerzhaft zusammenzuckt, rammt er ihm den Schwanz noch tiefer ins Maul, bis Adonis noch nicht mal mehr wimmern kann. Ich streife mir das Kondom über, während ich Adonis Nase und Zunge in den Hintern bohre; der Dunkle bückt sich ein bisschen, um meinen Schwanz gleitfähig zu lutschen, fühlt mit zwei Fingern bei dem Blonden vor, dessen Loch inzwischen weit offen steht, und dirigiert mich dann ins Ziel. Ich kann das alles immer noch nicht glauben, aber als ich dann mit einem raschen, heftigen Stoß ganz in ihm drin bin und das Gefühl habe, er saugt mich regelrecht in sich hinein, kann ich bloß noch aufheulen. Ich will nicht zu schnell abspritzen und mache deshalb ein bisschen vorsichtiger weiter. Zwischen jedem Hammerschlag, den Adonis mit heftigem Grunzen beantwortet, lege ich eine kleine, genießerische Ruhepause ein, in der ich von oben die Sonne auf meinem Rücken brennen spüre und meinen gierigen Schwanz sich in der Hitze seines Hinterns suhlen lasse.

Dann packt mich der Dunkle mit seinen festen, schlanken Händen am Hals, presst mir seinen Mund auf die Lippen und knutscht mich, bis ich keine Luft mehr bekomme. Keuchend winde ich mich aus seinem Griff frei. Da spüre ich auch schon, wie er mir die Hand auf die Hüfte legt. Schnell und kräftig stößt er mich tief in den Blonden rein. Das gleiche macht er selber von vorne. Adonis kann sich überhaupt nicht mehr rühren, er brummt und quiekt nur noch, so laut er kann, streckt die Arme von sich und scheint überhaupt nicht genug kriegen zu können. ›Fester! Zeig's ihm! Nimm keine Rücksicht‹, krächzt der Dunkle mir ins Ohr, und während ich allmählich außer Rand und Band gerate und wirklich glaube, dass der Blonde aus dem Schwulenparadies hinabgestiegen ist, um uns zu zeigen, wie aufregend Sex in Wirklichkeit sein kann, ist auch der Dunkle in Fahrt gekommen. Ich sehe seinen Schwanz mit langen Stößen unaufhaltsam in den Mund unter ihm gleiten wie eine Gletscherzunge in einen Gebirgssee. Dem Blonden, der wie ein Wäschebündel zusammengefaltet ist, laufen Spucke und Schweiß übers Gesicht. Wir kommen immer tiefer voran. ›Gleich treffen wir uns!‹, sage ich mit leiser, tonloser Stimme zu dem Dunklen. Der starrt mich kurz an, stößt noch fester zu und stopft Adonis sogar noch seine Eier in den Mund. Mir ist völlig unklar, wie der dabei atmen kann! Aber ich ziehe nach und ramme ihm mein Rohr so tief in den Arsch, dass es laut klatscht und ich Angst habe, nicht mehr rauszukommen. Wir küssen uns gierig, wie an Lippen und Zunge zusammengeklebt. Der Dunkle hat sich die Beine unseres blonden Opfers unter die Schultern geklemmt, damit er ihm die Titten kneten kann, ich habe mich in seine Oberschenkel verkrallt, der Schweiß läuft uns in Strömen aus allen Poren, wir sind völlig außer Atem. Adonis grollt wie ein Sommergewitter drohend vor sich hin, und immer wieder röchelt der Dunkle: ›Hör nicht auf! Mach weiter!

Der braucht's! Tiefer! Schneller!‹ Ich japse nach Luft, stoße aber immer rascher und stärker zu. Wie eine Rakete, die irgendwo in der Tiefe des Ozeans vom U-Boot abgefeuert wird, steigt es in mir hoch. Ich werfe den Kopf zurück und presse mir das Gesicht des Dunklen auf den Bauch. Der Dunkle wird selbst schneller und schneller, und plötzlich windet er sich und keucht: ›Jetzt! Feuer! Schieß ab! Schieß endlich ab!‹ Er zieht dem Blonden den Schwanz aus dem Maul. Sofort packe ich sein glitschiges Riesengerät. Es ist hart wie Stahl, ich wichse ihn heftig und schnell, presse ihn zusammen wie einen Schwamm. Der Dunkle stöhnt, schlägt seine Zähne in den Fuß von Adonis, dessen Beine er immer noch festhält. Der schreit sich jetzt alle Geilheit, die ihm vorher im Halse stecken geblieben war, aus der Kehle. Ich nehme seinen Schwanz in meine andere Hand, und während ich mit letzter Kraft weiter zustoße, habe ich das Gefühl, drei Typen gleichzeitig zu ficken. Ich habe zwei riesige steinharte Schwänze in der Hand, die von mir alles erwarten, und dann noch dieser unersättliche blonde Wahnsinnsarsch, dieses wimmernde Wäschebündel, indem es überhaupt keine Grenze mehr gibt! Das ist mir zu viel, ich kann nicht mehr an mich halten, stoße noch ein paarmal wild zu, reiße dann mein Kondom runter und feuere meine Ladung auf den Blonden ab. Der stößt nur noch spitze, kehlige Schreie aus, ich nehme seinen zuckenden Schwanz in die Hand und wichse ihn so schnell und hart, dass er sofort lospritzt, dreimal, mit langem Strahl, hoch in die Luft und dem Dunklen direkt ins Gesicht und auf die geschwellte Brust. Der Dunkle hat sich's inzwischen auch schon besorgt und mit einem langen Heulen in seine Hand abgespritzt. Jetzt hält er sie sich vors Gesicht, und während ich gierig an seinen Nippeln kaue und ihm die Arschbacken durchknete, leckt er sich das Sperma von den Fingern.«

»Dennis, du Sau!«, war alles, was ich noch stöhnen konnte, dann kam ich selbst mit langen, unendlich heftigen, fast schmerzenden Stößen, die sich über das Telefon ergossen. Dennis keuchte selber so laut, dass ich wusste, er war jetzt auch gekommen.

»Du verdammte, perverse Sau! Und wahrscheinlich stimmt wieder kein Wort«, sagte ich, nachdem wir beide wieder zu Atem gekommen waren. »Du hast Recht«, antwortete Dennis frech, »ich war nämlich gar nicht am See, sondern bloß im Schwimmbad.« – »Ist ja auch nichts Schlechtes«, bemerkte ich und suchte nach etwas, womit ich ihm eins auswischen konnte. »War denn grade Damenbadetag?« – »Danke für das Kompliment«, antwortete Dennis schnippisch, »aber zufällig war ich allein und in der Männerdusche.« – »Wieso geht man eigentlich mitten im Sommer ins Hallenbad?«, wollte ich wissen, weil mir schon wieder Zweifel an Dennis' Geschichte kamen. »Nie kann man dort so heiß duschen wie im Juli!«, antwortete er, und irgendwie leuchtete das ein. Trotzdem war es mir zu wenig. »Und das war alles?« Irgendwie war ich enttäuscht. »Nein, das war nicht alles. Ich steh also da unter der Dusche, die Luft ist feucht und dampfig, ich genieße das Prickeln auf meiner Haut und denke an nichts Böses, da prangt mir gegenüber plötzlich so ein Schwimmertyp – nur Muskeln und glatte Haut, total durchtrainiert, nirgends studiomäßig aufgepumpt, lange Beine, kräftige Füße, ein Brustkorb, mit dem er wahrscheinlich eine Luftmatratze mit einem Atemzug aufblasen kann. Die pure Kraft! Außerdem kurz geschorene Haare und Hände wie Schraubstöcke. ›Wenn die zupacken …‹, dachte ich, ›dann gnade mir Gott.‹« – »Flunkerst du mir jetzt wieder was vor?«, fragte ich skeptisch. »Nein, überhaupt nicht«, beteuerte Dennis eilig, »wirklich nicht, es war genau so, wie ich sage. Ich war der Einzige im Duschraum, und es gab genug freie Plätze, aber der Typ mit dem Wahnsinnsbody baut sich direkt mir gegenüber auf: Beine breit, superenger Badeslip, unter dem sich ganz schön was abzeichnete. Und er starrt mich an. Die Badehose hatte ich schon ausgezogen, es gab also keine Möglichkeit zu verbergen, was ich von dem Macho hielt. Der guckt seelenruhig zu, wie mein Schwanz hochkommt, legt die Hände auf seine Arschbacken und fährt sich mit der Zunge zwischen Zähnen und Lippen herum. Ich halte das für ein ziemlich deutliches Signal und fange an, mir über den Bauch zu streichen, an meinen Nippeln zu reiben und meinen Schwanz in die Hand zu nehmen, der inzwischen knallhart geworden ist. Dabei gucken wir uns mit großen Augen an. Bei ihm tut sich auch was in der Hose – ziemlich aufregender Anblick, wie sich sein Prügel gegen den dünnen Nylonstoff drückt. Aber er hält die Hände eisern auf seinem Hintern. Sein Mund steht halb offen, die Dusche über ihm hat sich ausgestellt. Und dann ging's los. Mit drei langen Schritten war er bei mir drüben, drängte mich an die Wand und presste sein Stahlrohr gegen mich. Ich war völlig verdutzt, ächzte kurz und wollte ihm dann die Badehose runterziehen, um seine ganze Pracht zu sehen, aber er packte meine Hände und hielt sie fest. Einen Moment standen wir regungslos da und zitterten. Das Wasser rauschte uns auf den Kopf und in den Mund, dauernd musste ich ausspucken. Der Typ war kräftig, einen halben Kopf größer als ich, und irgendwie wurde er mir unheimlich, wie er so eisern vor mir stand.«

»Klingt doch ziemlich geil«, sagte ich kühl und fragte mich gleichzeitig, warum so etwas immer nur Dennis passierte und nie mir. »Ja schon«, gab Dennis zu, »aber ich fühlte mich so wehrlos. Sein Griff hatte mir die Arme völlig lahm gelegt. Stell dir bloß vor: Er presst seinen Schwanz mit aller Kraft gegen meinen Bauch, ich spüre seinen Atem und sehe, wie die Muskeln an seinen Schultern spielen und sich hervorwölben. Ich denke schon ernsthaft darüber nach, mich loszureißen und irgendwie aus dieser Zelle zu entkommen, da geht er plötzlich in die Knie. Auf dem Weg nach unten beißt er mir so heftig in die Brust, dass ich kurz aufschreie. Er erstarrt, umklammert meine Handgelenke noch fester, fletscht regelrecht die Zähne und drückt sein Gebiss auf meinen Bauch, saugt die Haut ein, und es wirkt, als wollte er gleich ein Stück herausreißen. Dann gräbt er sich auf die gleiche Weise in meine Flanke, wo ich nicht mehr genau weiß, ob es bloß kitzelt oder schon wehtut, dann in meine Oberschenkel, wo die Muskeln durch mein angespanntes Stehen so hart sind, dass sein Gebiss einfach abrutscht. Ich wage nicht mehr, mich zu bewegen, halte die Luft an und beginne zu zittern. Ich weiß bis jetzt nicht, ob aus Angst oder aus Wonne. Jedenfalls hockt der Typ jetzt vor mir, das Duschwasser flattert wie ein Vorhang vor meinen Augen.«

»Hattest du denn keine Angst, dass irgendjemand reinkommt und euch bei eurer ... Verrichtung stört?«, fragte ich plötzlich, denn das stellte ich mir als Gipfel der Peinlichkeit vor. »Natürlich hatte ich Angst, aber ich konnte einfach nichts tun. Schon gar nicht, als ich merkte, wie der Schwimmer seinen Mund über meinen Schwanz stülpte, den ich schon vergessen hatte, obwohl er immer noch fast schmerzte vor Steifheit. Aber das war nichts gegen die wohlige Qual, als er seinen kräftigen Hals zurückbeugt und mit den Zähnen an meiner Schwanzspitze hängen bleibt, sie zwickt und reizt, mit den Schneidezähnen die Vorhaut vor und zurück schiebt und mit zitternden Zungenstößen die Unterseite meiner Eichel traktiert, als hätte er eine elektrische Zahnbürste im Mund. Instinktiv und weil es mir so irrsinnige Lustschauer bereitet, will ich mich zurückziehen, aber mein Arsch ist schon so fest an die Fliesenwand hinter mir gepresst, wie es überhaupt nur geht. Ich kann weder vor noch zurück, sehe nichts und gerate allmählich in Panik. Ich weiß nicht, ob der Macho was davon bemerkt hat, jedenfalls schiebt er mir mit so viel Schmackes seinen Rachen über den Ständer, dass ich fürchte, seine Nase bohrt sich mir in die Blase. Seine Gaumenmuskeln haben mich so fest im Griff, dass ich fast ohnmächtig werde, so überwältigend ist diese Behandlung. Ich glaube, ich war noch nie so geil wie während dieser Vergewaltigung!« – »Vergewaltigung? Na hör mal, er hat dir einen geblasen.«

»Nenn es, wie du willst, jedenfalls war ich so durcheinander, dass ich aufhören musste, mich zu wehren oder überhaupt irgendwas zu denken. Dabei glaube ich sogar, dass ich einen vollkommen entgeisterten Opi gesehen habe, der in den Duschraum getapert kam und überhaupt nicht begriff, was ihm da für ein Schauspiel geboten wurde. Der Schwimmer hielt mich jedenfalls mit Mund und Händen weiter fest umklammert, und durch rhythmische Schluckbewegungen massierte er unablässig meinen Schwanz, bis mir fast die Tränen kamen vor Lust. Nur für Augenblicke spuckte er mich aus, um Luft zu holen, meine Eier mit der Zunge zu kneten, sein Gesicht zwischen meine Beine zu drücken, dann machte er sich wieder über mich her. Ich konnte mich nicht mehr beherrschen und wimmerte: ›Pass auf, ich kann's gleich nicht mehr zurückhalten!‹ Aber er saugte mich nur noch tiefer in sich hinein. ›Achtung!‹, stöhnte ich noch mal und wollte ihm irgendwie meine Kanone aus dem Mund reißen. Aber ich konnte mich keinen Millimeter bewegen – hinter mir die Wand, vor mir mein Überwältiger, der mir auch noch die Hände umklammert hielt. Also blieb mir nichts anderes übrig, als die Zähne zusammenzubeißen, um nicht laut loszuschreien und einfach abzuspritzen.«

»Mist, das hätte nicht passieren dürfen«, unterbrach ich Dennis vorwurfsvoll, »und du weißt das genau.« – »Klar weiß ich das, aber was hätte ich denn machen sollen? Der Typ hat mir keine Wahl gelassen. Ich glaube sogar, er hat alles geschluckt, was ich abgefeuert habe. Jedenfalls spürte ich immer noch seine Lippen an meinem Rohr, als ich endlich wieder bei Sinnen war, die Augen öffnen und nach unten gucken konnte. Ich sah seinen Schädel zwischen meinen Schenkeln, und ich glaube, er hat ein bisschen geknurrt. Ich lehnte mich wieder an die Wand zurück und atmete ein paarmal tief durch. Der Schwimmer hatte endlich meine Hände losgelassen. ›Jetzt holt der sich sicher einen runter‹, dachte ich, ›mal gucken, was da abgeht‹. Aber er war weg.«

»Weg?«, fragte ich misstrauisch, »Dennis, du erzählst mir hier doch schon wieder ein Sexmärchen.« – »Nein, das ist die reine Wahrheit, ich schwör's dir. Der Typ hatte den begabtesten Gaumen, den ich jemals getroffen habe, aber dann war er einfach weg, verschwunden. Ich hatte ihn nicht einmal berührt, ich weiß nicht, woher er gekommen ist, ob er abgespritzt hat, ob er danach in die Schwimmhalle gegangenen ist oder in die Umkleidekabine. Ich hab ihn nicht mehr gesehen, aber diese Nummer habe ich mir garantiert auch nicht eingebildet.«

»Du meine Güte, Dennis, bei dir macht man ganz schön was mit«, sagte ich entgeistert und von dieser Geschichte schon wieder ziemlich angespitzt. »Gehen wir nach der ganzen Aufregung noch ein Bier trinken?« Ich wollte Dennis wenigstens kurz spüren, am liebsten berühren, ausziehen, ablecken, vernaschen. Aber wir hatten ja keinen Sex, ›um die Freundschaft nicht zu gefährden‹. Trotzdem fand ich ihn einfach bärenscharf.

Eine halbe Stunde später betrat ich die ›Kneifbar‹. Weil es Dienstag und noch ziemlich früh war, standen nur wenig Typen herum. Dennis hing schon an der Theke und nuckelte an einer halbvollen Bierflasche. Er wirkte angespannt. Ich küsste ihn kurz, ließ meine Hände wie zufällig über seine muskulösen Flanken zu seinem prallen Po hinuntergleiten, wobei ich mir Mühe gab, nicht zu gierig zu wirken. »Guck jetzt bitte nicht so auffällig hin«, sagte Dennis, als ich mich neben ihn auf einen Barhocker gepflanzt hatte, »aber siehst du den Typ da hinten in der Ecke?« Ich glotzte beiläufig auf den Tresen und verdrehte meine Augen dabei so, dass ich die Sitzgruppe ganz hinten kurz vor dem Gang zum Klo sehen konnte. Ein verdammt schnuckeliger, geiler Blonder mit breiten Schultern, strubbeligen Haaren, herbem Gesicht und breiter Nasenwurzel saß etwas verloren herum. »Das ist der, von dem ich dir erzählt habe«, flüsterte Dennis. »Was? Wer? Der Typ aus dem Schwimmbad?«, fragte ich verblüfft. »Nein, der vom See ...!«, nuschelte Dennis. »Wieso?«, fragte ich wieder und starrte Dennis an. »Ich denke, es gab überhaupt keinen See und auch keinen Adonis aus dem Schwulenparadies.« – »Gab es ja auch nicht, und ich seh ihn auch zum ersten Mal, aber trotzdem sieht der Typ genauso aus, wie ich mir den Blonden vorhin vorgestellt habe!« Zuerst begriff ich überhaupt nicht, was hier los war. Aber dann schnackelte es. »Mit anderen Worten: Du hast soeben deinen Traumprinzen entdeckt?« – »Ja, schätze schon«, antwortete Dennis klagend, und ich merkte, dass ich ihn zu seinem Glück würde schubsen müssen. »Er guckt zu dir rüber«, sagte ich, nicht ohne Neid, »hast du das schon gemerkt?« Dennis schwieg. »Nun geh schon hin!«, sagte ich gereizt, »so eine Chance hat man nur einmal im Leben – wenn überhaupt ...« Dennis zierte sich, war plötzlich schüchtern, hatte Angst. »Wenn du nur ein Drittel von dem machst, was du mir vorhin erzählt hast«, sagte ich im Ton einer Kindergärtnerin, »dann kriegst du den in fünf Minuten rum. Also los jetzt.« Dennis sah mich mit treudoofem Blick an »Meinst du wirklich?«, sagte er. Dann schlenderte er in Richtung Klo. Als er an dem Blonden vorbeikam, ging Dennis betont langsam, dann verschwand er hinten im Gang. Sofort stand Adonis auf und ging hinterher.

Das Letzte, was ich sah, war sein vollkommener, runder, aufregender, in einer dünngewaschenen Jeans absolut zum Anbeißen wirkender Sahnehintern. Ich seufzte.

Nach fast zwanzig Minuten waren weder Dennis noch der Blonde zurückgekommen. Ich seufzte noch mal, dann nahm ich allen Mut zusammen und ging auch nach hinten. Ein paar Typen standen herum und stierten vor sich hin. Es roch nach Pisse und abgestandenem Bier, fast alle rauchten. Die Stimmung war ruhig, nur eine Kabine war von innen verriegelt. Ich konnte die frisch verliebten Jungs nirgends sehen, sie mussten also da drin sein. Ich stellte mich an die Tür. Die anderen blickten mich misstrauisch an. Für sie war ich natürlich ein Spanner. Stimmte ja auch. Andererseits war jeder hier scharf und wollte was erleben oder zumindest zugucken, wie andere etwas erleben. Der Unterschied war bloß, dass ich dabei nicht so tat, als sei ich rein zufällig hierher geraten …

Von drinnen hörte ich leises Stöhnen, hin und wieder ein schmatzendes Geräusch, das Rascheln von Kleidern, einmal klirrte eine Gürtelschnalle. Im Spalt unter der Tür huschten Schatten hin und her. Dann schob sich plötzlich ein Turnschuh halb unter der Tür durch. Ich konnte zwar die Sohle erkennen, wusste aber nicht, ob sie zu Dennis oder dem Blonden gehörte und wer sich also gerade hingekniet hatte – den Platz getauscht hätte ich mit beiden gern. Das Stöhnen wurde lauter und unbeherrschter. Dann verschwand der Turnschuh wieder. Einen Augenblick war nichts mehr zu hören. Plötzlich rumpelte jemand gegen die Tür. Ich glaubte, Dennis' Stimme zu erkennen, sie stöhnte halblaut, regelmäßig und ziemlich lustvoll. Jetzt ging's da drin wohl richtig zur Sache.

Ich drehte mich um, sah die wütenden Blicke der anderen Kandidaten und merkte erst jetzt, dass ich tatsächlich mein Ohr an die Tür gedrückt hatte, um besser zu hören; mit der Hand knetete ich mir den Schwanz. Einen Moment stand ich doof vor der Tür herum. Von den versammelten Kerlen gefiel mir keiner, obwohl ich jetzt eigentlich so ziemlich jeden genommen hätte. Tja, und Dennis würde so schnell nicht wieder da herauskommen. Er und der Blonde hatten sich wohl wirklich gefunden. Ich seufzte ein drittes Mal, trank mein Bier aus und ging nach Hause. Immerhin wusste ich, was ich vor dem Einschlafen machen würde.

WEISSE NÄCHTE - HEISSE NÄCHTE

VON MARCO SIEGEL

Die Zeiger meines Reiseweckers stehen auf ein Uhr nachts. Trotz der Wahnsinnspreise bediene ich mich noch einmal an der Hausbar, fläze mich in den Sessel. Eine alte Erfahrung bestätigt sich: Alleinreisende Männer verbringen in Hotelbetten unruhige Nächte. Kaum ist man den Pflichtübungen auf der heimischen Matratze entronnen, vernebeln die heißesten Fantasien das Hirn und rauben den Schlaf. Kennst du das? Hinterlistig stichelt das Unterbewusstsein: Heute schon Gelegenheit gesucht? Lust auf ein Abenteuer? Rollig umrundet man zu nächtlicher Stunde das Hotel, kehrt irgendwann in sein Zimmer zurück und erlöst ›ihn‹, der nach einer engen feuchtheißen Tunnelröhre verlangte, wieder in der bewährten Methode.

Gewichst wird in jedem Hotelbett, in dem nicht Haut auf Haut liegt.

Zimmermädchen können ein Lied davon singen, wenn sie morgens die ›Landkarten‹ auf den einzusammelnden Bettlaken der abgereisten Singles bemerken oder nach deren Flirt mit einer virtuellen Braut die milchig glänzenden Spritzer von der Mattscheibe wischen. Natalja, die seit vier Tagen mein Zimmer in Ordnung hält, soll keine Spuren finden! Dass ich bisher chancenlos geblieben bin, lag sicher daran, dass ich während meines Aufenthalts hier in Sankt Petersburg zum Sklaven meines Terminkalenders wurde. Nun aber ist alles geschafft, das letzte Interview im Kasten, der letzte Abend reserviert für das Kirow-Ballett.

Von der Wassili-Insel aus spaziere ich zur Metro, vorbei an dem alten Mütterchen, das noch immer jedem Passanten seine auf Zeitungspapier ausgebreiteten Salzgurken entgegenstreckt. Niemand kauft. Aus den rundum aufgesetzten Manteltaschen ihrer Nachbarin blinzeln schläfrig sechs Paar noch blaue Welpenaugen.

Wenigstens sorgt sie für Wasser, registriere ich mit einem Blick auf die Schale zu ihren Füßen und dränge mich vorbei an den Straßenhändlern in die Menschenmenge, die sich vor der Metrostation Gorkowskaja zu einer einzigen anonymen Körperlichkeit zusammenschiebt.

Minutenlang ziehen die Laufbänder durch die enge, einem Drachenschlund ähnliche Röhre hinab in beklemmende Tiefe. Zeit für manchen, die Nase in ein Buch zu stecken. Beim Gedanken an die Wassermassen der Newa, die hier an ihrer breitesten Stelle von der Metro unterquert wird, bekommt man ein flaues Gefühl. Noch hier unten staut sich die für Sankt Petersburg ungewöhnliche Hitze der letzten Tage. Allein die weißen Nächte unter dem unbeschreiblichen Himmel dieser nördlichsten Millionenmetropole haben Tausende an die Ufer der Newa, der Fontanka, der Moika gelockt.

Ein Dunstgemisch aus Körperschweiß und süßlichem Parfüm schlägt mir beim selbsttätigen, lautstarken Öffnen der Abteiltüren entgegen. Zwischen die aneinander gepresst stehenden Fahrgäste quetschen sich Zusteigende. Rushhour, alltäglicher Stress zu dieser Stunde.

Jemand schiebt mir einen schäbigen Vulcanfiberkoffer zwischen die Beine. Nachdrängende pressen einen verschwitzten Bengel gegen mich. Sein offenes Hemd ist ihm aus der Hose gerutscht. Jugendliche Brustmuskulatur glänzt vor meinen Augen. Er will mir die Berührung mit seiner schweißnassen Haut offenbar nicht zumuten, registriert wohl auch meine Abwehrhaltung und stemmt seinen Oberkörper weit zurück. Das aber hat zur Folge, dass seine Oberschenkel auf mich zurücken und mich wie eine Schraubzwinge umklammern. Der Zug fährt an.

Irritierender für mich ist ein anderer, sich aus dieser Position ergebender Kontakt. Durch das dünne Tuch unserer Hosen hindurch spüre ich, wie sich die Beule zwischen seinen Beinen warm und weich über die Ausbuchtung in meinem Slip stülpt. Mein Ausweichmanöver bewirkt, dass seine Wölbung in meine Leistengegend rutscht, um im nächsten Moment wieder aufzuliegen, dabei spürbar Körpertemperatur übertragend. Zwischen meinen Eiern spüre ich deutlich die Konturen seines hängenden Schwanzes. Fast erstaunt folgen seine Augen meinem fragenden Blick über seinen flachen Bauch hinab auf diese heikle Verbrüderungsszene. Er quittiert die Situation mit einem verlegenen Grinsen.

Als Fremder in dieser Stadt immer und überall kriminelle Situationen befürchtend, schießen mir in Sekundenschnelle tausend Gedanken durch den Kopf. Ist das ein Trick? Ist das eine Falle? Ist das Absicht? Mein Herz beginnt zu hämmern, ich bin starr – oder nicht? Nur nicht anspringen! Ich verziehe keine Miene, tue so, als würde ich dieses sensorenartige, irgendwie wohlige Ineinanderwühlen unserer Lustwerkzeuge nicht bemerken. Bin ich es, oder ist er es, der da mit scheinbar unbeabsichtigten Bewegungen aus der Hüfte dieses provozierende Scheuern verursacht? Zu der Hitze in diesem Abteil steigt eine innere in mir selbst auf. Gegen meinen Willen wird es eng in meiner Hose! Ich vermeide es, ihn anzusehen. Doch da befreien mich ganz unmissverständliche Winkbewegungen aus seinem Schritt aus dieser Ungewissheit. Gott sei Dank, sage ich mir, auch er bekommt ein Problem!

Wenn ich ihn jetzt anheize, verflüchtigen sich möglicherweise etwaige Gedanken an unfreundlichere Absichten. Bewusst halte ich nun gegen, rüttle mich in seine schon vorspringende Beule und spüre mit Genugtuung die ruckartigen Anspannungen seines härter werdenden, sich aufrichtenden Schwanzes.

Röte überzieht sein Gesicht. In seinen pechschwarzen Augen erkenne ich jenen fiebrigen Glanz, der Geilheit verrät. Ich schätze ihn etwas über zwanzig, rührend schmal, doch kernig. Der Flaum auf seiner Oberlippe ist noch kein Bart. Als er in einer Kurve Halt suchend nach oben greift, schlägt sein offenes Hemd über meinem Gesicht zusammen. Fremden Blicken verborgen, berühre ich seinen Hals mit meinen Lippen, lecke kurz über eine der sich dunkel abzeichnenden Knospen auf seiner Brust. Kumpelhaft stecke ich ihm das Hemd in seine baumwollene Jogginghose zurück und lande dabei mit den Fingerspitzen auf der Kuppe seines inzwischen steil aus dem Slip ragenden Kolbens. Mein Lächeln soll ihm sagen: Komm! Wir wollen es also beide!

Lass uns diese verrückte, geile Situation auskosten, solange uns die Rücken anderer Leute aneinanderpressen!

Ich muss den Atem anhalten, als seine Hand abwärts fährt und tastend über die Konturen meines Kalibers gleitet. Scheinbar teilnahmslos starre ich an die Decke. Wie um mich zu beruhigen, wendet er sich und lässt meinen Steifen über eine der kleinen festen Rundungen seines Hinterns abrollen. Ich lasse ihn in die enge Spalte schnellen. Zwei pralle Halbkugeln verpassen ihm hier mit ihren Kontraktionen eine Wahnsinnsmassage! Doch sein Plan ist ein anderer, denn drängend schiebt er meine Hand in seine Hosentasche. Ihr aufgerissener Saum ermöglicht tieferen Eingriff. An seinen Rücken gepresst, suche ich seitlich unter dem Gummi seines Slips Zugang, durchfahre mit den Fingern das weiche Gekräusel seines Schamhaars und fasse zu! Pralle Hoden sitzen ihm dicht unter dem leicht gekrümmten Schaft, an dem ich seinen Pulsschlag spüre. Mit Daumen und Zeigefinger forme ich einen Ring, den ich ihm über die Eichel stülpe und unter dem Kranz zudrücke.

Sein Schwanz bäumt sich auf, zuckt und stößt sich lustvoll in die den Juckreiz verstärkende Umklammerung. Jetzt habe ich dich, sage ich mir, jetzt sollst du betteln!

Unsere Position scheint sicher, die Ecke so eng, dass nicht einmal ein Knopf zu Boden fallen könnte. An seinen Rücken gedrückt, kann ich ihn nur folternd langsam aus dem Handgelenk wichsen, denn jede Bewegung meines Ellbogens würde sich auf andere Fahrgäste übertragen. Ein wahnsinniges Gefühl durchflutet uns – fürchten zu müssen, dass jemand unser Treiben bemerkt, und es trotzdem zu riskieren! Ich spiele mit dem Zeigefinger am Schlitz seiner Eichel und empfange den ersten Sehnsuchtstropfen. Er spannt bereits Bauch- und Beinmuskeln an, atmet hörbarer. Ich löse meinen ihn so lustvoll peinigenden Griff und gebe ihn frei. Ein Zittern durchläuft seinen Körper. Sein Gesicht ist deutlich gezeichnet vom Verlangen abzuspritzen. Er ist Sekunden davor, was mir seine angezogenen Hoden signalisieren, doch hier kann ich ihn nicht kommen lassen, nicht hier und nicht jetzt!

»Was ist nur mit mir los«, frage ich mich. Ich hielt mich nicht für eigentlich schwul. Zwar sind wir während unseres Musikstudiums noch als Siebzehn-, Achtzehnjährige in unseren Internatsbetten zusammengekrochen und waren uns hilfreich, doch das war unter vielen Bettdecken der übliche Sport. Die Fantasien der meisten drehten sich dabei um Frauen. Ich erinnere mich an Lars. Ich musste neben ihm liegen und geile Storys erfinden. Regelmäßig forderte er mich dann auf: ›Los, mach mit! Lass jucken!‹

Sex mit Verena ist seit langem nicht mehr das, was er anfangs gewesen war. Sie fordert ihn, erwartet mein Werben nicht, bringt es fertig, mir aus der Küche beim Anrichten des Mittagessens zuzurufen: ›Hoffentlich kannst du heute!‹ – Und jetzt dieser heiße, junge Männerkörper, auf den ich zu meiner eigenen Überraschung total abgefahren bin. Ein verspätetes Coming-out?

Ein russischer Kerl mit dem Verlangen nach einem männlichen Sexpartner hat hier bestimmt kein leichtes Leben. Ich schäme mich fast ein bisschen, denn ich werde ihn gehen lassen, ohne ihm gesagt zu haben: ›Auch du wärst für mich etwas Besonderes gewesen.‹ Er hat sich mir ausgeliefert wie ich mich ihm. Er spricht meine Sprache nicht und ich nicht seine – und doch wissen wir beide viel voneinander!

Der Zug fährt ein. Ich hatte nicht beabsichtigt, hier am Heuplatz auszusteigen, doch es ist, als wären wir noch immer zusammengeschweißt. Wir verlassen das Abteil gemeinsam. In seinem Koffer klappern irgendwelche metallenen Gegenstände.

Auf dem Bahnsteig flüstert er mir etwas ins Ohr, was ich zunächst nicht verstehe. Dann begreife ich. ›Marat‹ – das ist sein Name! Wir scheinen beide gleichermaßen überrascht von unserem spontanen Abenteuer in der Metro. Das heißt, ein Abenteuer hätte es werden können! Während er neben mir herläuft, in ausgetretenen Rebooks den Gang der Petersburger Seekadetten nachahmend, versuche ich, mir sein Bild einzuprägen, sein kurz geschorenes Haar, sein freches, jungenhaftes Gesicht, die prallen Wölbungen seines kleinen Hinterns, über die der Stoff bei jedem Schritt hin und her rutscht. In uns beiden ist die Erregung noch nicht abgeklungen. Bei Marat deutlich sichtbar nicht! Wir wünschen uns wohl beide in diesem Augenblick nichts sehnlicher, als ein Nest für uns. Aber sollte ich ihn etwa in einen dieser Hausflure zerren? Mit ihm stehend gegen Wände wichsen? Das ist nicht das, was ich mit ihm erleben möchte, obgleich der Druck quälend ist – doch genau so kommt es!

»Idi sjuda!« ›Komm!‹, heißt das.

Heiser klingt seine Stimme, als er mir dieses Kommando zuraunt. Er ist es, der mich in einen dieser Hauseingänge zieht, über einen Hof in einen Seiteneingang schiebt, schmutzige Stufen empor. Auf einem schwach beleuchteten Treppenpodest lehnt er sich an die Wand. Die Augenlider gesenkt, die Lippen geöffnet, zerrt er sich die Hose in die Knie, klemmt sich den Saum seines Slips unter die Eier und präsentiert mir sein voll aufgerichtetes Rohr, das bisher nur meine Hände kannten, nicht meine Augen! Er kann nicht schnell genug an mein Gegenstück kommen, wühlt in meinem Schlitz. Ich bin ihm behilflich, drücke ihm meinen Prügel in die Hand und streife ihm das Hemd vom Körper. Ich will seine Haut auf meiner fühlen, seine Brust, seinen Bauch, sein Geschlecht, seine Schenkel. Gierig reiben wir unsere erhitzten Körper aneinander, verschmelzen in einem durstigen, sündigen Kuss. Sein steinharter Schwengel dringt zwischen meine Oberschenkel, hebt mit jedem Sichaufbäumen meinen Sack an. Niemand kommt. Es ist ruhig im Treppenhaus. Wir sind so geil, so beherrscht von unserer Lust, dass jetzt selbst Mieter an uns vorübergehen könnten, wir kämen nicht auseinander! Das aufgeilende Spiel unserer Zungen raubt uns fast die Sinne! Langsam und ganz intensiv unsere Erregung auskostend, bearbeiten wir uns gegenseitig. Zärtlichkeit ist mit im Spiel. Ich streife seine Vorhaut bis zum Anschlag zurück, lasse seine samtig glänzende Eichel vor mir aufblühen! Aus ihrem Schlitz sickert langsam ein milchig schimmernder Lusttropfen. Dann geht Marat auf die Knie. Ich höre die Engel singen, als er seine warmen Lippen über meinen Schaft stülpt und zu saugen beginnt. Dann nehme ich ihn auf die gleiche Weise, berausche mich am charakteristischen Geruch seiner Männlichkeit.

Marat umfasst unsere juckenden Kolben, reibt unsere schon glitschig-rutschigen Eicheln aneinander und lässt sie aus der Faust genüsslich auf und ab gleiten, auf und ab, auf und ab, vereint sie so im geilsten Kuss, den Männerliebe möglich macht.

Meine Finger verkrallen sich in seine Backen, kneten sie, zerren sie auseinander. Ich hebe ihn an und lasse mich von seinen kräftigen Beinen umschlingen. So kann ich mein gierig wippendes Rohr in seiner Spalte ansetzen. Ohne Kondom will ich ihn nicht ficken. Oder vielleicht nur ein bisschen? Nur mit der Schwanzspitze seine Rosette weiten? Sein kleiner geiler Arsch rüttelt sich meinen Kolben in den Kanal, doch es ist bereits alles zu spät! Sein Stöhnen erstickt in meinem Kuss, dann schießt er mir seinen Samen unters Kinn, gegen Stirn und Brust. Ich komme Sekunden nach ihm, entlade mich in seiner behaarten Ritze. Lange halten wir uns umschlungen, keuchend, ausatmend. Erste Erlösung nach quälenden Minuten geilen Verlangens nacheinander. Zärtlicher sind unsere Küsse jetzt, da unsere Schwänze langsam erschlaffen. Irgendwann bückt sich Marat nach dem Lappen, der sein Geschlecht verhüllt hatte, und wischt mir damit seinen Samen von der Brust und aus der Augenbraue. Hätte ich ihn im Augenblick der höchsten Ekstase wirklich ohne Kondom gefickt? Wo bleibt der Verstand, wenn der Schwanz steht? Doch es ist etwas Einmaliges um uns. Es ist, als hätten wir beide unberührt bis zu diesem Moment aufeinander gewartet!

Über uns kläfft ein Hund! Stimmen werden laut! Wir springen in unsere Klamotten. Marat greift nach seinem Koffer – wenige Augenblicke später promenieren wir beide wohlig entspannt, ein bisschen albern und fast so etwas wie ineinander verliebt über den belebten Newski-Prospekt.

Irgendwo in einer fremden, dunklen Fluretage liegt ein ausgebeulter, zusammengeknüllter Männerslip, eingeweicht in die Abgänge zweier heißer Kerle, die nicht länger aufeinander warten konnten. Es hatte jetzt passieren müssen, hier und sofort!

Lachend und uns kumpelhaft knuffend, nähern wir uns dem ›Europa‹, in dem ich abgestiegen bin. Ein Blick auf die Uhr ernüchtert mich. Eine Verabredung im Anitschkow-Palast ist noch Teil meines beruflichen Auftrags. Außerdem verdunkelt sich der Himmel zusehends. Ein Gewitter scheint heraufzuziehen. Marat bemerkt meine Unruhe, greift nach meiner Hand und beginnt, mir irgendwelche Zahlen auf das Handgelenk zu malen. Eine Telefonnummer, vermute ich. Für einen kurzen Moment spüre ich den weichen Flaum seines Bärtchens auf meinen Lippen – dann springt er in den anfahrenden Bus!

Umbrandet vom Verkehr, inmitten hastender und promenierender Menschen stehe ich wie benommen, starre auf die Zahlen auf meinem Handgelenk, will sie nicht verwischen. Will ich ihn denn wiedersehen? Will er? Mir bleibt noch Zeit, im ›Sadkos‹ einen Kaffee zu trinken und nach dieser so kurzen, vom Sex beherrschten Begegnung mit dem jungen Russen von einem Einswerden mit ihm zu träumen.

Marat – wir haben es uns besorgt! Und wie! Einen leisen Hauch von ihm nehme ich noch in meiner Handfläche wahr.

Ich notiere die Zahlen auf der Rechnung, die mir eine nicht gerade freundliche Serviererin auf den Tisch legt, und stecke sie ein.

Beim Verlassen des Marinskij-Theaters trete ich in Pfützen! Nach dem kräftigen Gewitterguss hat die bleierne Hitze der letzten Tage weichen müssen. Es ist frisch geworden. In diesem ›Venedig des Nordens‹ deckt gewöhnlich die Nacht allen Schmutz und alle Armut mit ihrem Mantel zu. In gleißendem Licht präsentiert dann diese Stadt des Prunkes und der Nöte ihre architektonischen Juwelen, den sich in der Newa spiegelnden Winterpalast, die Isaak-Kathedrale, den Dom Peter und Paul, die Admiralität. Heute vergoldet allein die Mitternachtssonne alle Kuppeln und Paläste.

Von den Kanälen her schallt Gesang herüber. Russen singen – zum Unterschied zu uns Deutschen – bevor sie besoffen sind! Die Stadt ist jetzt voller Touristen. Alle wollen das imposante Schauspiel der sich öffnenden Newa-Brücken erleben. Große Schiffe verlassen den Hafen und schieben sich gespenstisch lautlos unter den nun steil in die Luft ragenden Fahrbahnen hindurch in Richtung Ladogasee. Für Stunden gibt es keine Möglichkeit mehr, von einem Stadtteil in den anderen zu kommen. Ich nehme den direkten Weg ins Hotel.

An der Rezeption des ›Europa‹ erklärt man mir distinguiert, dass jemand heute Abend wiederholt nach einem Deutschen gefragt hätte. Nur der Vorname sei bekannt gewesen. Das Erscheinungsbild des Betreffenden sei nicht gerade vertrauenerweckend gewesen, doch da es heute Nacht keinen anderen Deutschen gleichen Vornamens im Hotel gäbe, könne möglicherweise ich gemeint gewesen sein.

›Marat!‹, durchfährt es mich. Meine Maschine geht früh, ich habe noch nicht gepackt.

Hat es Sinn, ihm jetzt noch zu begegnen?

Ich trete hinaus auf die Michailowskaja, blicke mich suchend nach ihm um. Im großen Saal der Philharmonie erlöschen in diesem Augenblick die Lichter. Zwischen den Parkbäumen, an den Sockel des Puschkin-Denkmals gelehnt, erkenne ich eine Gestalt, neben ihr einen Koffer – er ist es.

Unschlüssig zunächst und fast ein wenig verärgert überquere ich den Platz. Er sieht mich kommen, bleibt unbeweglich. Marat schlottert am ganzen Körper, ist völlig durchnässt. Sein Pappkoffer droht sich aufzulösen. Er spricht nicht, sieht mich nur an. Fragen aber stelle ich. Was machst du hier? Wo willst du hin? Hast du etwas gegessen? Was ist passiert? Ich weiß nicht, welchen Unsinn ich rede und ob er mich überhaupt versteht. Seine Augenränder sind gerötet. Ich begreife nur, dass er irgendwie Hilfe braucht, und ziehe ihn mit, den protestierenden Damen an der Rezeption mutig entgegentretend. »Ihr Landsmann braucht trockene Kleidung! Meinen Schlüssel bitte!« Sie machen keine Anstalten. »Dann bringe ich Wäsche für ihn herunter, und er wird sich hier in der Lobby umziehen!« Die Mienen bleiben versteinert. »Haben Sie doch ein Herz«, wende ich mich an die Ältere, die ich perfekt Deutsch sprechen gehört hatte. Diskret schiebe ich eine Dollarnote unter die Vase. Man verständigt sich mit Blicken, reicht mir schließlich wortlos den Zimmerschlüssel.

»Eine Bitte noch, fragen Sie ihn nach den Umständen seiner Verfassung, nach seiner augenblicklichen Situation.« Dann höre ich nur zu. Marat spricht hastig. Er sei heute aus der Stadt Perwouralsk angereist, das sei eine lange Reise gewesen.

Seinen Aufenthalt wolle er dazu nutzen, seine Babuschka zu unterstützen. Er würde für sie Töpfe auf dem Markt verkaufen, doch er habe sie nicht angetroffen. Sie sei in eine Klinik gebracht worden, und man wisse nicht, in welche. Ihre Wohnung sei verschlossen. »Können Sie eine Aufbettung veranlassen?« Meine Frage wird verneint, um diese Zeit leider nicht mehr.

Resolut schiebe ich Marat vor mir her in Richtung Lift. Dollars machen einiges möglich!

Er braucht Hilfe, uneigennützige Hilfe. Ich unterdrücke die Stimme in mir, die da jubelt: Du hast ihn bei dir! Es ist nicht mehr die Situation, die uns am Nachmittag verband. Ich feuere mein Jackett in die Ecke und nehme ihn erst einmal beruhigend in die Arme, so fest, so lange, bis ich merke, dass die Nässe seines Hemdes auch meines durchdringt. Ihm liebevoll übers Gesicht fahrend, bedeute ich ihm, ein Bad zu nehmen. Vertrauensvoll lässt er sich das Hemd ausziehen, das ich zum Trocknen aufhänge. Während ich ihm das Badewasser einlasse, steht er neben mir, streift sich die nass an seinem Körper klebende Jogginghose ab. Darunter ist er nackt. Wir hatten seinen Slip ja vor Stunden gemeinsam zweckentfremdet! Wie schön er ist!

Mit Rührung und sinnlichem Behagen betrachte ich ihn. Irgendwie muss ich die Stimmung auflockern, ihn aufmuntern, ihn ermutigen!

Kameradschaftlich gebe ich ihm einen Klaps auf seinen süßen Arsch und dirigiere ihn in die Wanne!

Und wieder verführt die Hausbar! Auf dem Etikett der Weinflasche entziffere ich kyrillische Buchstaben: Kagor – ein grusinischer Roter. Ich stelle Gläser bereit und schenke ein. Die Stehlampe verbreitet warmes, intimes Licht. Ich lege eine Garnitur Unterwäsche und ein Hemd für ihn zurecht, denn in seinem offenen Koffer kann ich außer Töpfen und einem aus Zeitungspapier ragenden Dörrfisch nichts entdecken. Wie müde muss er sein!

Das Telefon klingelt! Im selben Augenblick verstummt auch das Summen des Föns im Bad. Man nennt mir die Nummer des Taxis, das mich morgen früh zum Flughafen bringen wird. Marat, in das Badetuch gewickelt, steht verstört im Türrahmen.

»Ja idu?« (Ich gehe?) »Nein«, sage ich, »du bleibst!« Wohin sollte er auch gehen?

Meine Sicherheit beruhigt ihn. Er duftet nach Mandelöl, mit dem ich sein Bad angerichtet hatte, mit Sicherheit ein ungewohnter Luxus für ihn. Ich reiche ihm die Wäsche, die ich bereitgelegt hatte und das gefüllte Glas. Bevor er mir beides abnimmt, kramt er in seinem Koffer und überreicht mir einen gerahmten Karton mit aufgeklebten Fotografien unterschiedlicher Formats. Ich erkenne einen kleinen Jungen mit schorfbedeckten Knien, ein Klassenfoto, Marat mit 16 und zuletzt als Soldat. Es ist ein Geschenk! Glaubt er wirklich, dass mir dieses Stück Pappe so viel wert sein könnte wie ihm selbst? Er nimmt es mir aus der Hand, küsst sein Bild und drückt es mir an die Lippen. Langsam bekomme ich ein Gefühl für slawische Gefühlstiefe. Es soll bedeuten: Ich werde immer seinen Kuss empfangen, wenn ich auf das Foto schaue.

Ein Russe und ein Deutscher – eine menschenverachtende Ideologie des Größenwahns hatte unseren Vätern und Vätersvätern befohlen, einander zu töten!

Wir gehen zusammen ins Bett! Die bessere Variante! – Während ich solchen Gedanken nachhänge, berühren sich die kristallenen Gläser mit hellem Klang.

»Trink mit mir«, möchte er sagen und durchforstet die Skala des Radios nach einem Musikprogramm. Er entscheidet sich für einen ihm bekannten, mir trivial erscheinenden Schlager und singt mit. Nein, schön singt er nicht, aber dass er singt, das ist schön!

Wie einfach ist das alles, denke ich, wie normal, wie unkompliziert.

Nach der Dusche steige ich in meinen Schlafanzug. In Hotelbetten schlafe ich nie ohne. Marat finde ich auf dem Teppich sitzend vor, den Kopf an die Sessellehne gestützt. Sein Glas ist leer, und – sieh an! Auch meines! Ist er eingeschlafen? Ich lösche das Licht der Stehlampe, doch in diesen weißen Nächten verhindert die Sonne völliges Dunkel. Ich lege mich hin, rücke so weit es geht an die Wand. Leise rufe ich ihn – noch einmal. Dann sehe ich im Dämmerlicht einen Schatten auf mich zukommen. Marat legt sich neben mich. Er ist nackt, kuschelt sich an mich, küsst meinen Hals und murmelt mir unverständliche Worte ins Ohr. Lange liege ich noch wach, höre ihn ruhig atmen.

»Schlaf gut, mein Junge«, flüstere ich. Meinen Gute-Nacht-Kuss spürt er schon nicht mehr.

Im Halbschlaf stürmen groteske Traumbilder auf mich ein. Auf dem Platz der Künste steht anstelle Puschkins ein altes Mütterchen auf dem Sockel, Salzgurken anbietend – hier im Zimmer umweht ›Giselle‹ tanzend als Gestalt gewordene Erinnerung ihren trauernden Geliebten, Nachklang der am Abend erlebten Aufführung – dann sehe ich mich auf dem Heimflug, Stewardessen servieren grusinischen Rotwein, klappern mit Aluminiumtöpfen … Irgendwann schrecke ich auf, bin hellwach! Die Hand da auf meiner Brust ist nicht meine! Ich erkenne über mir Marats liebes Gesicht. »Koschmar?« Seine Stimme klingt zärtlich. Das Wort wird so etwas wie ›böser Traum‹ bedeuten. »Vorüber«, sage ich, »du bist ein wunderschöner Traum!« Ich ziehe ihn zu mir herunter. Er schmiegt sich an mich; unsere Münder suchen sich, finden sich. Einander zugewandt, halten wir uns eng umschlungen.

Seine prallen, flaumbedeckten Halbkugeln füllen meine Hände.

... bin ich es oder ist er es, der da mit scheinbar unbeabsichtigten Bewegungen aus der Hüfte dieses wohlige Scheuern verursacht? ...

Marat! Du bist ein raffinierter Hund! – Aber du machst es gut! Jaaah – hör nicht auf! Mach weiter! Ja, so! Fass mir an die Eier!

Eros! Wir sind wieder in Deinen Fängen! Was für himmlisch-teuflische Spiele treibst du mit deinen Jüngern?

Schauer durchlaufen uns. Vor Wollust bebend, gehen wir hektischer miteinander um. Als er das Kondom in meiner Faust bemerkt, versteht er sofort. Es macht ihm Spaß, es mit den Zähnen über meinen zuckenden Ständer abzurollen. Als Gleitgel muss das Mandelöl dienen, mit dem ich ihn und mich präpariere. Mich auffordernd zieht er die Knie an die Brust und die Hälften seines kleinen, knackigen Arsches weit auseinander. Ich setze an und schaue dabei in sein Gesicht, will wissen, ob er mich nur duldet oder ob das Eindringen seine Lust steigert. Ich bin sanft zu ihm. Marat überwindet den kurzen Schmerzmoment und nimmt mich grunzend in sich auf, sein Loch mit sichtlichem Verlangen sich spreizen lassend. Seine enge Rosette umschließt meinen Schaft an der Wurzel. In diesem Stadium der Geilheit sind wir Egoisten!

In uns kündigt sich eine Eruption an, die alle Nerven aufs Äußerste beansprucht. Ich ziehe ihn an mich heran, so auf meinem Schoß sitzend, spüre ich mich tief in ihm, lasse ihn genüsslich rütteln, sich heben und senken.

Seine Fingernägel verkrallen sich in meinem Rücken. Es wird Zeit! Ich will unser gemeinsames Finale anders, löse mich von ihm, streife das Kondom ab und lege ihn auf den Rücken, neben mich. Ich will zusehen, wenn er abspritzt! Gemeinsam wichsen wir uns unserem Orgasmus entgegen, jeder mit dem Blick auf die Technik des anderen. Marats gestreckte Füße scharren auf dem Laken hin und her, alle

Muskeln sind in Anspannung, einen Kuss noch schnell, ich trinke seinen Speichel – und dann schießt uns die heiße Sahne zum zweiten Mal fast gleichzeitig aus den Schlitzen.

Wir haben noch beide die Kraft zu einem zärtlichen Nachspiel, in das sich irgendwann Traurigkeit mischt. Ich ziehe das Bettzeug über uns. Im Sinne des Wortes ›kleben‹ wir aneinander.

Selten wiederholt sich im Leben, was man für einmalig hielt. Uns gelang es!

Wenn ich heute an Marat denke, weiß ich, dass die Lust am Mann meine erotischen Fantasien weiterhin beherrschen wird. Ich habe ihn nicht wiedergesehen.

Aber ich habe ihn nicht vergessen! Auf meinem Schreibtisch steht ein gerahmter Karton mit seinem Bild. Wenn ich es betrachte, empfange ich aus der Ferne – wie versprochen – seinen Kuss!

FISHERMEN'S FUCK

VON LARS LANZNER

Sonne, Strand, Meer – na klar wird man dann schnell spitz. Aber ich hab mich mal ein bisschen umgehört. Die meisten meiner Freunde halten es auch so: Im Urlaub gibt's eher selten Sex mit Einheimischen. Die kulturellen Unterschiede sind schließlich nicht wegzuleugnen und machen vorsichtig, und die sprachliche Barriere tut ihr Übriges. Man hat halt keine Lust, wegen eines Missverständnisses eins auf die Nase zu bekommen oder eine Nacht im Knast zu verbringen. Also schaut man sich tagsüber die einheimischen Sahneschnitten an und hält sich nachts eher an das Bewährte und Bekannte. In den meisten unserer ›bevorzugten Urlaubsgebiete‹ stehen ja auch genügend schwule deutsche, englische oder französische Touristen zur Verfügung. Aber wenn man allein durch Gegenden reist, in denen nicht an jeder Ecke die Leuchtreklame einer einschlägigen Bar lockt, kann sich schon ganz schön was anstauen. Und manchmal kommt es dann zu unerwarteten Begegnungen …

Auf dem Oberdeck der ›Express Adonis‹ herrschte erschöpfte Ruhe. Nach über drei Stunden einschläfernder Fahrt tuckerte die kleine Fähre endlich auf den bröckeligen Betonkai der winzigen Fischerinsel Koufonissi zu. Das türkisfarbene Wasser um das Schiff herum war so klar, dass man den hellen Felsengrund erkennen konnte. Schatten kleiner Fischschwärme glitten blitzschnell darüber hinweg, als das Schiff wendete und die Schrauben das Wasser aufschäumten.

In die drei bleichen Engländerinnen und das mittelalterliche Studienrats-Pärchen, die bisher in der Sonne gedöst hatten, kam Bewegung. Mitte Mai ist noch Vorsaison in Griechenland, deshalb gab es nicht viele ausländische Fahrgäste. Während ich meinen Rucksack schulterte, hängten sie sich über die Heck-Reling, um den Augenblick der Ankunft und das bunte Gewimmel auf dem Anleger nicht zu verpassen. Aber aussteigen wollte niemand von ihnen. Der attraktive junge Grieche aber, der gerade noch ausgestreckt auf einer Bank des Oberdecks gelegen hatte, war mit seiner Reisetasche schon die Treppe hinunter verschwunden. Die kleinen Kykladeninseln zwischen dem großen Naxos und dem abgelegenen Amorgos gehören eben nicht zu den Hauptzielen der sonnenhungrigen Touristen.

Glücklicherweise. Denn genau deshalb wollte ich mich dorthin absetzen. Mykonos hatte mich mal wieder völlig fertig gemacht. Wie schon im Vorjahr hatte ich mir geschworen, dort vom Flughafen ein Taxi direkt zum Fährhafen zu nehmen, um schnellstmöglich dem Tunten-Schaulaufen zu entkommen. Und war dann natürlich doch wieder dort hängen geblieben. Drei Tage meiner kostbaren zwei Wochen hatte ich auf dem selbst so früh im Jahr bereits rummeligen Super-Paradise-Strand vergeudet und abends zu viel getrunken.

Zuletzt hatte ich – mehr aus Frust – in meinem Pensionszimmer eine Nummer mit dem glatzköpfigen französischen Muskelzwerg vom Zimmer gegenüber geschoben, der offenbar auf große Deutsche stand. Jedenfalls ließ er sich gern gepflegt durchorgeln, bevor er eilig wieder in sein Zimmer verschwand. Was mir recht war, denn er verbreitete mir entschieden zuviel Wohlgeruch. Noch am Morgen danach wachte ich mit einer Überdosis ›Egoiste‹ in der Nase auf, was mich sofort wieder an meinen Ausrutscher erinnerte. Als ich übellaunig ins Frühstückszimmer kam, warf mir der schmächtige, blondierte Freund des Anabolika- und Eau-de-Parfüm-Addicts mordlüsterne Blicke zu. Der kleine Aufgepumpte lief dagegen rot an und hob eine halbe Stunde lang den Blick nicht mehr vom Teller. Das brauchte ich wirklich nicht. Ich packte meine Sachen.

Und nahm die Fähre nach Naxos. Zweieinhalb Stunden später stand ich im Hafen von Naxos-Stadt und studierte in den Fenstern der Reisebüros die Tafeln mit den aktuellen Verbindungen. Die Fähre nach Amorgos sollte in einer Stunde auslaufen. Der Verfasser meines Reiseführers beschrieb die dritte Station dieser Route – nach den kleinen Inseln Iraklia und Schinoussa – genau so, wie ich mir den Rest meines Urlaubs vorstellte: Koufonissi sei ein Inselchen mit nur 300 Einwohnern, die hauptsächlich vom Fischfang leben, ruhig, mit zwei, drei schönen Stränden und ein paar wenigen Touristen-Betten. Kurz entschlossen hatte ich mir ein Fährticket gekauft.

Als die ›Express Adonis‹ dann ablegte, fühlte ich mich wie befreit. Endlich ging der Urlaub richtig los. Nach dem langen deutschen Winter tat die milde Maisonne gut. Das Meer glitzerte friedlich, und die Inseln und unbewohnten Felsen, die sich wie Theaterkulissen langsam ins Blickfeld hinein- und wieder herausschoben, rochen wild und würzig. Duftwolken von Thymian und Liebstöckel mischten sich mit der salzigen Meerluft.

Die meisten griechischen Fahrgäste – mehrere alte Mütterchen, zwei Lastwagenfahrer, die ihre abenteuerlich hoch beladenen Lkws auf Naxos geschickt in den engen Bauch der Fähre rangiert hatten, und eine junge Frau mit Kleinkind – saßen trotzdem unter Deck in der verrauchten ›Lounge‹, wo sie schliefen, Karten spielten oder einfach vor sich hinstarrten. Als Inselgriechen hatten sie wahrscheinlich das ganze Jahr über so viel Sonne, Meer und frische Luft, dass es sie nicht an Deck zog. Bis auf eine Ausnahme: den schon erwähnten jungen Griechen, der sich mit seiner Reisetasche unter dem Kopf auf einer der unbequemen Bänke auf dem Oberdeck ausgestreckt hatte.

Er war mir schon in Naxos-Stadt aufgefallen, als ich ihn vom Oberdeck aus beim Einsteigen beobachtet hatte: zwar zu jung für meinen Geschmack – höchstens achtzehn oder neunzehn, schätzte ich – aber den Augen solch ein Wohlgefallen, dass man gar nicht anders konnte, als genauer hinzuschauen. Auch die giggernden jungen Engländerinnen riskierten mit leicht geröteten Wangen mehr als einen Blick auf ihn, als er Sekunden vor dem Ablegen winkend angelaufen kam. Knapp einsachtzig groß, breitschultrig, schmalhüftig, braun gebrannt und, ganz ungewöhnlich, mit dunkelblonden, kurzen Locken über den braunen Augen. Als er mit dem Ticketabreißer scherzte, blitzte noch dazu ein makelloses Blend-a-dent-Gebiss in seinem bartlosen, jugendlich-männlichen Gesicht auf. Er trug ein schlichtes T-Shirt, eine Warmup-Hose und Sneakers und war damit so *casual* gekleidet wie die meisten jungen Griechen auf den Kykladen. Auch wegen dieser entspannten Haltung in Kleidungsfragen liebe ich das Land. Kein Vergleich mit den ewig zwanghaft hochgestylten Italienern. Dann war der Junge vorerst wieder aus meinem Blickfeld verschwunden.

Als ich mir später etwas die Beine vertreten wollte, war er mir noch einmal begegnet. Obwohl ich im Allgemeinen nicht naiv bin, wusste ich die Zeichen zu diesem Zeitpunkt allerdings noch nicht richtig zu deuten. Ich schlenderte gerade um den Schornstein, als der Junge aus der Brücke kam. Er stopfte sein T-Shirt zurück in Hose und wischte sich gleichzeitig den Mund ab, als ob er gerade einen saftigen Pfirsich gegessen hätte. In der geöffneten Tür erhaschte ich einen Blick auf den Rücken des Kapitäns. Der stämmige Mann war in den Vierzigern und trug einen kurz gehaltenen schwarzen Vollbart. Er zog in diesem Moment mit seinen kräftigen Unterarmen den Stoffgürtel seiner weißen Uniformhose fester, in der sich sein Arsch schön prall abzeichnete, bevor er wieder das Steuerrad ergriff. Der erste Offizier, ein schmaler, dunkelhaariger Mann Mitte zwanzig mit Bürstenhaarschnitt, ebenfalls in blütenweißer Hose und weißem, kurzärmligen Hemd, klemmte sich seine Mütze unter den Arm und schloss rasch die Kabinentür hinter dem Jungen.

Als der mich sah, grinste er mich freundlich an und schlenderte dann breitbeinig an mir vorbei. Nicht, dass mich der plötzliche Anblick dieser drei attraktiven Männer kalt gelassen hätte. Im Gegenteil, plötzlich machte sich ein fetter Halbsteifer in meiner abgeschnittenen Jeans bemerkbar. Aber ich kam tatsächlich trotzdem nicht auf den Gedanken, dass die drei gerade ein gepflegtes Nümmerchen geschoben hatten.

In seinem liebenswert radebrechenden Englisch erzählte Yannis mir Tage später, dass er, wenn er auf dieser Strecke fährt, dem Kapitän fast jedes Mal einen Blowjob verabreicht, wenn sich die Gelegenheit ergibt. Der Junge liebt es, sich auf der Brücke mit dem Rücken gegen die Steuerkonsole auf den Boden zu setzen. Das Stampfen und kräftige Vibrieren der Schiffsmotoren tief unter seinem Arsch turnt ihn an. Dann pellt er den kurzen, fleischigen Kolben des Kapitäns aus der Hose und beginnt, ihn langsam in seine Kehle gleiten zu lassen. Der kann so weiter am Steuerrad stehen bleiben. Das ist erstens seine Pflicht – schließlich gibt es riskante Untiefen auf der Strecke – und zweitens eine unauffällige Position, falls jemand draußen vorbeigehen und zufällig einen Blick durch eines der winzigen Seitenfenster werfen sollte.

Der Erste Offizier darf je nach Laune des Kapitäns mitmischen. Meist bleibt es dabei, dass er daneben stehen muss und sich nur einen keulen kann. Aber an diesem Tag war sein Chef gönnerhaft. Auch der Erste durfte seinen Schwanz herausholen und zu dem seines Chefs in Yannis' Maul schieben. Der Junge hatte darauf nur gelauert. Denn die Latte des Ersten Offiziers war ein Prachtstück. So schmal der Mann war – sein Schwanz war fast doppelt so lang wie der des Kapitäns. Vom Anblick wild geworden, stopfte er seinen Hammer heftig neben dem seines Chefs in Yannis' Kehle. Der renkte sich fast die Kinnlade aus, um beide Kolben gebührend zu würdigen. Es dauerte nicht lange, bis die beiden Offiziere fast gleichzeitig abspritzten. Der Junge hatte also die Ladungen aus vier dicken Klöten intus, als er sich – mundwischend und grinsend – an mir vorbeidrückte. Von wegen Pfirsichsaft.

Aber wie gesagt, als wir auf Koufonissi zusammen die Fähre verließen, ahnte ich noch nichts von Yannis' Vorlieben. Die Engländerinnen und die Studienräte tuckerten mit der ›Express Adonis‹ und dem entspannten Kapitän fünf Minuten später bereits weiter in Richtung Amorgos. Es wurde schon langsam Abend, als sich der Kai jetzt schnell leerte. Yannis wurde von einer älteren Griechin und einem kleinen Mädchen in Empfang genommen, das aufgeregt um ihn herumhüpfte. Wahrscheinlich seine Mutter und seine Schwester. Ich trabte mit meinem Rucksack an ihnen und dem übrigen Getümmel am Fähranleger vorüber. Eine halbe Stunde später hatte ich ein preiswertes, sauberes Zimmerchen in einer kleinen Pension gefunden. Es gab auch kaum andere Unterkünfte – die Saison stand erst am Anfang. Schnell packte ich meine Klamotten aus, duschte und zog mir was Frisches an. Ich war angekommen.

Da sich mein Magen unüberhörbar meldete, machte ich mich auf die Suche nach einer Taverna. Eine große Auswahl bot das winzige Hafenstädtchen nicht. Ein paar Minuten reichten, um sich einen Überblick zu verschaffen. Ein Restaurant hatte noch geschlossen, das zweite sah nicht sehr vertrauenerweckend aus. Das dritte und letzte lag nicht nur am Hafen mit schönem Blick aufs Wasser, sondern bot auch eine annehmbare, allerdings wenig aufregende Speisekarte. Tzatziki, Greek Salad, Eggplant Salad, Souvlaki – das Übliche halt. Dafür war der Inhaber, der mir die Karte gebracht hatte und meine Bestellung aufnahm, umso aufregender. In radebrechendem Englisch empfahl er mir den nicht auf der Karte stehenden frischen Fisch und vorher einen Salat aus Seeigel-Eiern, wenn ich ihn richtig verstand. Ich nickte gehorsam. Bei diesem Mann hätte ich auch genickt, wenn er mir faule Eier empfohlen hätte.

Als er mir Besteck und Brotkorb brachte, hatte ich Gelegenheit, ihn näher zu mustern. Ich schätzte ihn auf Anfang vierzig, also ein paar Jährchen älter als ich. Breites Kreuz in einem engen, kurzärmligen, dunkelblauen Hemd, dessen Ausschnitt ein Dreieck seines schwarzen Brustpelzes sehen ließ. Dunkler, kurzgehaltener Schnauz im markanten, braun gebrannten Gesicht, darüber schwarze wellige Haare. Ein kantiges Kinn mit einem Grübchen, dessen harter Eindruck durch freundlich-warme braune Augen und einen Mund mit vollen Lippen gemildert wurde. Seine Unter- und Oberarme waren eindrucksvoll massig.

Dabei war ich mir sicher, dass es auf diesem Fischerinselchen kein Fitnessstudio mit verchromten Geräten gab. Wo hatte er diese Resultate erzielt? Da in diesem Moment seine Frau aus der Küche nach ihm rief, erfuhr ich seinen Namen: Christos. Später begriff ich auch, wie er zu diesen Muskeln gekommen war: Da er während der Frühjahrs- und Sommermonate täglich zum Fischen hinausfuhr und das Auswerfen und Einholen der Netze dort noch weitgehend Handarbeit ist, verdankte er seine gemeißelte Figur einfach harter körperlicher Arbeit. Als er die Küche ansteuerte, um dort meine Bestellung mitzuteilen, konnte ich auch den Rest des Kerls in Augenschein nehmen: pralle Oberschenkel und ein göttliches, rundes Hinterteil in einer abgewetzten Jeans. Einen kleinen Seufzer konnte ich nicht unterdrücken. In den nächsten Tagen würde ich abends also immer ein wenig leiden, wenn dieser unerreichbare Hetero-Knackarsch mir mein Essen servierte. Dabei hätte ich ihn mir ausgesprochen gern zum Dessert vorgenommen.

Der Fisch war vorzüglich. Christos gab mir danach einen Ouzo aus, und ich verscheuchte meine angenehm dreckigen Fantasien. Ich war schließlich gerade nicht zum Sex, sondern zur Erholung auf diese ruhige Insel gekommen. Satt und zufrieden schlenderte ich wenig später die von Tamarisken gesäumte Hafenstraße entlang. Fledermäuse jagten um die Baumkronen, und nur ein einziger, alter Pick-up und ein Jugendlicher auf einem knatternden Moped kamen mir während dieser halben Stunde entgegen. Ansonsten wunderbare Ruhe und duftende Nachtluft. Im Hafenbecken schaukelten sanft kleine Fischerboote, und im Lichtkreis der wenigen Laternen blitzten im flachen Wasser silbrige Fischchen auf. Ab und zu schnellte eins heraus und fiel mit einem leisen Klatscher zurück.

Es gab eine einzige Bar am Hafen. Dort war es ein wenig lauter. Auf den Stühlen im Freien lümmelten sich sechs oder sieben junge Leute, unter denen ich auch Yannis charakteristischen dunkelblonden Lockenkopf wiederentdeckte. Die Gruppe starrte gebannt auf einen Fernseher, der im Inneren der Bar lief. Ein Fußballspiel. Gerade, als ich vorüberschlenderte, fiel ein Tor. Die Jungs und Mädchen schrien enthusiastisch auf, sprangen hoch, fielen sich in die Arme und tanzten herum. Ich musste lachen, als eines der Mädchen, das neben Yannis gesessen hatte – eine echte Schönheit, schlank, mit hüftlangen schwarzen Haaren – mich einfach umhalste und aufforderte, mitzujubeln. Machte ich gern. Schließlich spielte Panathanaikos Athen nicht gegen eine deutsche Mannschaft, sondern gegen Rapid Wien.

Sekunden später saß ich schon mit am Tisch und musste erzählen, woher ich kam, wo ich logierte und wie lange ich bleiben würde. Hier war jeder Tourist noch interessant – und außerdem konnte man mit ihm üben, englisch zu sprechen. Besonders Yannis war ganz versessen darauf. Ich sollte ihn verbessern und seine Aussprache korrigieren. Zwei Metaxa, ein weiteres Tor für Athen und einige nicht ganz ernst gemeinte Sprachübungen später ging ich angenehm bedudelt heim. Auf Koufonissi würde ich sicher nicht jede Nacht mit hippen und hysterischen Touristen aus ganz Europa herumvögeln – dafür hatte ich einen wunderbar entspannten Abend mit wahrscheinlich der gesamten Inseljugend verbracht. Es ging mir einfach gut.

Am nächsten Tag erkundete ich die Insel. Man kann sie tatsächlich in etwa vier Stunden zu Fuß bequem umrunden. Es gibt keine hohen Berge, antiken Ruinen, orthodoxen Klöster oder sonstige Sehenswürdigkeiten – die ältesten Gebäude sind ein paar zusammengefallene Ziegenställe aus dem 19. Jahrhundert. Und auch das Grün wächst eher spärlich, war aber im Mai wegen des Frühjahr-Regens noch relativ frisch. Die Kräuterpolster blühten und verbreiteten intensive Gerüche. Es steht, außer den Tamarisken am Hafen, praktisch kein höherer Baum auf der gesamten Insel. Im Grunde langweilig. Also extrem geeignet zum Ausspannen.

Am vom Hafenstädtchen am weitesten entfernten Küstenabschnitt entdeckte ich auf meiner Wanderung eine versteckte kleine Bucht mit ein paar Quadratmetern Sand zwischen großen, von Wind und Wasser glatt geschliffenen Felsblöcken. Ein Trampelpfad führte durch das Gebüsch hinunter und zeigte an, dass hier ab und zu Menschen herkamen, wahrscheinlich um zu baden. Ich kletterte hinab und inspizierte das idyllische, windgeschützte Plätzchen. Das in Ufernähe türkisfarben leuchtende Wasser war zwar noch relativ kalt, aber da nach zwei ziemlich bewölkten Tagen die Sonne nun wieder schien und schon ganz schön heizte, beschloss ich, mit Badesachen und einem Buch zurückzukehren.

Am nächsten Tag lag ich also stundenlang in der Sonne, badete, las, döste und lauschte auf das beruhigende Klatschen der Wellen. Dann zerplatzte die schöne Illusion, eine Bucht nur für mich zu haben: Am späten Nachmittag zerriss plötzlich das Knattern von Mopeds die Stille. Es wurde immer lauter, bevor es oberhalb der Bucht abrupt abbrach. Kurz darauf stürmten Yannis und zwei Kumpels in seinem Alter, ein kurzer Dicklicher und ein größerer Hagerer, mit Badetaschen den Trampelpfad zur Bucht hinab. Als sie mich dort liegen sahen, zögerten sie einen Augenblick. Sie hatten offenbar nicht damit gerechnet, jemanden anzutreffen, noch dazu einen Fremden. Aber ihre Befangenheit dauerte nicht lange. Sie grinsten mir zu, ich grinste zurück, dann breiteten sie ihre Badetücher aus. Die beiden anderen zogen sich schamhaft hinter Handtüchern um, aber Yannis erlaubte mir einen kurzen Blick auf seinen strammen, kleinen Hintern und seine prallen Eier, als er aus seiner Unterhose schlüpfte und gebückt in seiner Tasche nach seiner Badehose wühlte.

Nackt hatte ich ihn ja noch nicht gesehen. Der Anblick übertraf meine ohnehin hohen Erwartungen. Muskulöse Arme und Beine, Hüften wie von Michelangelo gehauen, breite Schultern, natürlich alles braun gebrannt. Beine, Arme und – wie ich später entdeckte – der Bauch vom Nabel abwärts waren mit einem Flaum aus feinen blonden Haaren bedeckt, die von Sonne und Salzwasser zusätzlich ausgebleicht waren, so dass man sie nur aus der Nähe sehen konnte. Aus ein paar Metern Entfernung wirkte er fast unbehaart.

Er war auch nicht nahtlos braun. Sein Kugelarsch leuchtete sekundenlang heller auf, bevor der dunkelblaue Stoff einer knappen Badehose ihn wieder verhüllte. Es gibt wenig, was mich mehr anmacht als eine perfekte *tanning line* bei einem derartig perfekten Hinterteil. Die Sonne und Tage ohne Sex taten ihr Übriges. Mein Kleinhirn reagierte blitzschnell. Peinlich berührt wälzte ich mich rasch von der Seite auf den Bauch, um den Ständer zu verbergen, der plötzlich meine schwarzen Speedos kräftig ausbeulte. Aber gleich darauf stürmten die drei mit einem Ball ins Wasser und tobten herum, so dass ich in Ruhe alles zurechtrücken konnte.

Da an Dösen bei dem Geschrei ohnehin nicht zu denken war, griff ich wieder nach meinem Buch und riskierte ab und zu einen Blick. Yannis war der Geschickteste und Wendigste der drei, auch wenn der Hagere schneller schwamm. Nach ein paar Minuten Jagen und Wettschwimmen kamen sie triefend aus dem noch recht kühlen Wasser, rubbelten sich gegenseitig ab und ließen sich dann auf ihre Handtücher fallen, um sich in der Sonne wieder aufzuwärmen. Yannis lag mit angeklatschten Locken auf dem Rücken. Und zwar ausgerechnet so, dass ich zwischen seinen leicht gespreizten Beinen hindurch seine Kronjuwelen im Blick hatte. Es dauerte keine Minute, und es zuckte unter dem feucht-dunkelblauen Lycra. Seine Keule schwoll an.

Er hatte sich seine Tasche unter den Kopf geschoben und hielt die Augen geschlossen. Ich war mir nicht sicher, ob er schlief und etwas Geiles träumte, oder ob er unter den Lidern hervorblinzelte, um mich zu beobachten. Ich tat deshalb uninteressiert, drehte mich auf die andere Seite und blätterte in meinem Buch. Ich wunderte mich über mich selbst. Normalerweise reagiere ich nicht so auf halbe Kinder. Ich bevorzuge Sexpartner in meinem Alter, so Mitte dreißig. Yannis wirkte allerdings reifer und männlicher als seine beiden Kumpels. Auch wenn ich mich mit meinen durchtrainierten, fast fettfreien 77 Kilo bei einsfünfundachtzig nicht zu verstecken brauche – normalerweise stehen 18-Jährige halt auch nicht auf mich, was ich völlig normal finde. Die wenigen Nächte in den letzten Jahren mit wesentlich jüngeren Männern hatten mir gezeigt, dass sie entweder sehr anstrengend oder sehr unerfahren und auf jeden Fall geistig in einer anderen Welt zu Hause sind. Musik, Mode und Clubs sind einfach nicht mehr die Hauptsorgen, wenn man die Dreißig überschritten hat, oder? Über diesen Gedanken war ich wohl eingenickt. Jedenfalls holte erst Mopedgeknatter mich in die Gegenwart zurück.

Die drei hatten also ihren Badeausflug beendet. Als ich jedoch die Augen aufschlug, lag Yannis' Handtuch noch an seinem Platz. Von ihm selbst allerdings keine Spur. Neugierig geworden, hielt ich Ausschau. War er noch mal ins Meer gesprungen? Aber auch dort war nichts zu sehen. Die Ägäis glitzerte träge vor sich hin. Plötzlich entdeckte ich weiter draußen im Wasser etwas Schwarzes, Schlankes. Einen Schnorchel. Er verschwand wieder, um nach ein paar Sekunden wieder aufzutauchen. Wasser wurde oben herausgepustet. Das musste Yannis sein. Da ich inzwischen völlig aufgeheizt war, beschloss ich, mich vor dem Heimweg auch noch kurz abzukühlen. Ich sprang auf und rannte ins Wasser.

Die Kälte traf mich wie ein Schlag, und mein Kreislauf spielte einen Moment verrückt. Aber ich kühlte mich rasch ab, überwand den inneren Schweinehund, und nach ein paar Schwimmzügen ging es wieder. Zehn Meter vor mir war gerade der Schnorchel wieder aufgetaucht. Mit ein paar Kraulzügen hatte ich die Stelle erreicht.

Aber es war nichts mehr zu sehen. Also holte ich Luft und tauchte auch ab in die blaue Tiefe. Einen Moment brauchte ich, um mich in dem Gewirr großer Felsbrocken zu orientieren, aber dann entdeckte ich Yannis. Drei Meter unter mir machte er sich gerade mit einem Messer über dunkle Sprenkel auf einer flachen Steinfläche her. See-Igel. Der Junge steckte jetzt in einem schwarzen Neopren-Taucherbody mit abgeschnittenen Armen und Beinen und trug Handschuhe, Schwimmflossen sowie Taucherbrille und Schnorchel. Die losgelösten Stacheltiere beförderte er in einen weißen Plastikbeutel, der sich an seinem Gürtel in der Strömung sanft bauschte. Schließlich ging ihm die Luft aus. Er drehte sich um, um nach oben zu stoßen – und zuckte erschrocken zusammen. Ich begriff: Da die Sonne hinter mir stand, konnte er vor dem blendenden Hintergrund der Wasseroberfläche nur meine dunkle Silhouette erkennen. Ich machte ein paar Bewegungen, damit er mich als Mensch und nicht als Delphin oder Hai identifizieren konnte. Schnell hatte er sich gefangen und winkte mir kurz zu, bevor er zur Oberfläche emporschoss.

Als ich ebenfalls auftauchte, schwamm er schon Richtung Strand. Mit seinen Schwimmflossen war er natürlich im Vorteil, obwohl ich kraulte, als wollte Poseidon persönlich mich mit seinem Dreizack aufspießen. Ich fror nämlich. Der isolierende Taucherbody war schon vernünftig bei diesen Wassertemperaturen. Als ich prustend über die Kiesel in Ufernähe balancierte und dann hinüber zu meinen Sachen lief, stand Yannis schon ohne Flossen und Handschuhe mit seinem Handtuch da und trocknete sich lachend die Haare. Ich schnappte mir auch ein Handtuch und rubbelte mich kräftig ab. Da ich schnell die nasskalte Badehose loswerden wollte, drehte ich ihm den Rücken zu, zog sie herunter und trocknete mich zwischen den Beinen ab, um meine anderen Sachen anzuziehen.

Doch dazu kam ich gar nicht. Plötzlich spürte ich eine feste Hand auf meiner rechten Arschbacke. Ich fuhr herum – und starrte in Yannis' herausfordernd funkelnde Augen. Er trug immer noch den Body, hatte aber den Reißverschluss bis zum Ansatz seiner dunkelblonden Schamhaarlocken hintergezogen. Darunter war er nackt. Dünne Wasserfäden rannen von seiner breiten, gewölbten Brust über den flachen, muskulösen Bauch hinunter bis zum Nabel. Und von dort weiter zwischen seine massiven Oberschenkel. Ich musste schlucken, riss meinen Blick hoch und wusste nicht, wie ich reagieren sollte. Er grinste beruhigend und ließ sich, mit seinen Händen auf meinen Hüften, langsam heruntersinken. Als er endgültig kniete, befand sich sein Gesicht genau in meiner Schwanzhöhe. Von unten warf er mir einen anerkennenden Blick zu und leckte sich die Lippen. Gleich darauf verschwand mein von der Kälte noch ganz eingeschrumpelter Riemen in seiner warmen Mundhöhle.

Das Blut schoss wieder in meinen Kolben. Er schwoll an und drängte mit jeder Sekunde genießerisch tiefer in die gierige Männerkehle. Yannis besaß eine Zungentechnik, die mich rasch verrückt machte. Stöhnend schloss ich die Augen und legte die Hände auf seine Schultern, deren Muskeln unter dem Gummizeug spielten. Viel zu schnell hatte ich das Gefühl, ich müsse platzen. So bald wollte ich nicht kommen – aber Yannis gab mich einfach nicht frei. Als er merkte, dass die Ladung in mir hochstieg, drängte er mich sanft gegen einen Felsen. Wild lutschte er noch einmal meinen inzwischen stocksteif aufgerichteten Schwanz. Dann fing er an, mit genau der richtigen Mischung aus Sanftheit und Handfestigkeit meine glitschige Eichel zu massieren. Das war zu viel. Die erste weiße Fontäne schoss heraus. Beim zweiten Schuss hatte er schon wieder seine Lippen über meinen Schaft gestülpt. Er schluckte wie ein Verdurstender. Noch ein Hüftstoß und eine Ladung, und noch eine – dann war fürs Erste Ruhe. Yannis gab meinen Schwanz frei und grinste mich von unten her an. Eine dünne Eiweiß-Girlande schmückte seine feuchten Stirnlocken.

Meine erste Gier war befriedigt. Jetzt würde ich mich ausführlicher um ihn kümmern. Ein Blowjob allein genügte mir nicht. Dieses Prachtexemplar wollte ich länger auskosten. Ich griff unter seine Schultern. Gehorsam stand er auf. Ich zog ihn an mich. Sein harter Körper in dem glatten Gummibody fühlte sich traumhaft an. Als ich fordernd meine Zunge zwischen seine Lippen schob, mischte sich der Geschmack meiner frisch gemolkenen Sahne mit dem Salz des getrockneten Seewassers. Unsere Zungen umschlängelten sich. Gleichzeitig ließ ich meine Hände über seine Brust gleiten und spielte zuerst tastend, dann entschlossener mit seinen noch nicht sehr ausgeprägten, festen Nippeln. Ein Gänsehaut-Schauer jagte über seinen Körper, wie ich befriedigt spürte. Dann fuhr ich mit meinen Fingern in Brusthöhe rechts und links langsam unter das Neopren. Mit etwas Mühe schob ich es über seine breiten, muskelrunden Schultern nach hinten und zog den Body langsam nach unten. Die verführerische Schlange häutete sich. Als ich seine Hüften freigelegt hatte, beendete ich das Rendezvous unserer Zungen und schob ihn ein paar Zentimeter von mir weg. Den Rest wollte ich sehen, nicht nur spüren.

Zentimeter für Zentimeter zog ich die dicke schwarze Hülle weiter herunter, bis es nicht mehr weiterging. Sein zwar kurzer, aber dicker und steinharter Prügel bildete einen Widerhaken, für den in dem hautengen Body kein Platz vorgesehen war. Yannis blickte mich erwartungsvoll an. Ich hätte seinen Schwanz natürlich vorsichtig herausschälen können. Aber inzwischen war ich mir sicher, dass dieser Junge mehr vertrug und sich auch etwas anderes wünschte. Er war nicht zimperlich, sondern wollte schnellen, unkomplizierten, kernigen Männersex. Ich auch. Warum also große Rücksicht nehmen? Mit einem plötzlichen, heftigen Ruck riss ich daher den Rest des Bodys kurzerhand über seinen Arsch, seinen Schwanz und seine kräftigen Oberschenkel herunter. Er zuckte zusammen und stöhnte vor Schmerz kurz auf. Aber sein malträtierter Kolben federte sofort wieder hoch. Ein glasklarer Tropfen glitzerte unmissverständlich in seinem Pissschlitz. Und es war ein lustvolles Stöhnen, wie ich es geahnt hatte. Diese Reaktion spornte mich an. Zwischen meinen Beinen läutete ein wiederaufgerichteter Klöppel die nächste Runde ein.

Der Body war auf seine Füße gerutscht. Er stieg heraus und kickte die leere Hülle mit dem Fuß ein Stück weg. Jetzt war auch er völlig nackt. Ich zog ihn wieder an mich und umfasste seine prallen Hinterbacken mit beiden Händen. Seine Augen glitzerten gespannt. Als ich meine Handflächen dann kräftig auf die runden Muskeln klatschen ließ, lief ein neuer Schauer über seinen Körper. Wie erwartet, mochte er die Schläge. Ich gab ihm also mehr davon. Er warf genießerisch den Kopf in den Nacken, stöhnte und streckte seinen Arsch heraus. Nach zehn, zwanzig beidhändigen Schlägen nahm ich mir mit der linken Hand seine rechte Brustwarze vor. Ich fing behutsam an und zwirbelte sie dann immer fester zwischen Daumen und Zeigefinger, während ich gleichzeitig mit rechts seinen Arsch weiter zum Glühen brachte. Der Effekt war ungeheuer. Der Junge wand sich und wimmerte voller Lust. Er wollte mehr.

Schließlich tat ich ihm den Gefallen und drehte ihn um. Derb stieß ich ihn in Richtung Felsen. Er wusste sofort, was er zu tun hatte. Bereitwillig legte er seinen Oberkörper über den Stein, spreizte seine definierten Beine und präsentierte mir die festen, glatten Halbkugeln mit dem verheißungsvollen Spalt. Die tief stehende Sonne brachte die helleren Backen zum Leuchten, die von den tief gebräunten, muskulösen Schenkeln und dem V-förmigen Rücken eingerahmt genau in der richtigen Fickhöhe in der Luft hingen.

Sekunden später hatte ich sein pulsierendes, samtiges Jungmänner-Loch schön geschmeidig geleckt und setzte meinen inzwischen wieder stahlharten Bolzen an der glitschigen Ritze an. Er atmete tief ein und ließ erwartungsvoll den Kopf sinken, bis seine Stirn den Felsen berührte. Ich nahm nicht viel Rücksicht. Das hätte er auch nicht gewollt. Mit dem ersten Stoß drang ich bis zur Hälfte ein, mit dem zweiten bis zum Anschlag. Wir ächzten gemeinsam auf. Er vor Lustschmerz. Ich vor Lust. Ich merkte sofort, dass mein Schwanz und dieser heiße Arsch sich liebten. Mein Kolben schwoll in der warmen Enge des Fickkanals noch einmal kräftig an. Dann legte ich los. Wenn dieser junge Halbgott richtig durchgeknallt werden wollte, war er an den Richtigen geraten.

Und er wollte es. Nach dem ersten Schmerz reckte er mir sein ausgehungertes Hinterteil entgegen, damit ich tiefer und heftiger zustoßen konnte. Ich tat ihm eine Weile den Gefallen und spielte den Zuchtbullen. Dann verlangsamte ich den Rhythmus. Ich ließ meine Lanze fast ganz hinausgleiten und zog dabei seine noch immer rosigen Arschbacken auseinander. Der Anblick war zu geil: Mein dicker, geäderter Kolben glitt fast unerträglich langsam aus dem heißen Loch, das rosig aufklaffte, als meine fette Eichel mit einem satten Schmatzen herausploppte. Aber das gefiel ihm nicht. Sein Arsch drängte zurück. Er wollte die Beute nicht so ohne weiteres entkommen lassen. Also gut. Mit einem Hüftschwung jagte ich den Riemen wieder bis zum Anschlag hinein, drückte Yannis mit meinem Gewicht gegen den Felsen und hämmerte drauflos. Er japste laut auf. Das war mal eine andere Art von griechischer Musik als das ewige Bouzouki-Tavernengedudel.

Als ich nach einer Weile wieder aus ihm herausglitt und ihn umdrehte, zitterten seine Beine. Wir waren beide schweißnass. Es hatte ihm gefallen – sein kurzer, dicker Schwanz stand wie eine Eins. Er atmete heftig, aber er lächelte, und seine Augen glänzten. Ich zog ihn hinüber zu einem kleineren, flachen Felsen und machte ihm klar, dass er sich darauf setzen sollte. Er tat es. Dann hob ich seine Beine an und legte mir seine prallen Waden über die Schulter. Ich wollte sein Gesicht sehen, während ich ihn fickte. Er verstand und nickte. Ich setzte also wieder an und schob meinen Bolzen gegen einen köstlichen Widerstand wieder dort hinein, wo die Ägäis im Moment am heißesten war.

Als ich in ihn eindrang, sog er hörbar die Luft ein und schloss die Augen. Seine Hände klammerten sich an der Felskante fest. Sonnenwarmes Gestein im Rücken und ein fetter Schwanz im Hintern – er gab sich völlig hin. Ich spürte es. Sein Arsch öffnete sich wie eine Tulpe in Zeitraffer. Ich liebte es, ihn so zu sehen, und gab mir alle Mühe, ihn nach allen Regeln der Kunst durchzubumsen. Er sollte mich in guter Erinnerung behalten. Als er die Augen das nächste Mal öffnete, lächelte er mich verklärt an, hob den Kopf ein wenig und zog mit den Händen die Arschbacken auseinander. Im gleichen Augenblick jedoch schrak er zusammen. Seine Pupillen weiteten sich. Überraschung? Panik? Irgendetwas musste plötzlich hinter meinem Rücken aufgetaucht sein. Ich stoppte, ohne meinen Taktstock aus dem Futteral zu ziehen, und warf einen Blick über die Schulter.

Am Wasserrand lag plötzlich ein Ruderboot, und zwei Meter von uns entfernt stand ein behaarter, muskulöser Grieche in grünen Badeshorts. Mein Herzschlag setzte einen Moment lang aus. Bis mir klar wurde, dass der breitschultrige Kerl gerade genießerisch seine Beule knetete. Die Sonne blendete mich, aber die Silhouette dieses Deus ex Machina kam mir auch irgendwie bekannt vor. Dann fiel der Groschen: es war Christos, der schweinegeile Tavernenwirt. Er grinste mich plötzlich an und zögerte nicht länger. Mit ein paar Schritten war er hinter mir und begann, sanft und gekonnt meine Brustwarzen mit seinen schwielig-harten Fingern zu zwirbeln, während er seine Hüften kräftig gegen meinen Arsch presste. Dem knüppelharten Pfahl unter dem dünnen Stoff nach zu urteilen, musste er uns schon eine ganze Weile beobachtet haben.

Yannis ruckelte auffordernd mit dem Unterleib. Ihn schien der unerwartete Besuch nach dem ersten Schreck nicht weiter zu stören. Also fing ich wieder damit an, ihn langsam zu vögeln. Christos' Hüften passten sich meinem Rhythmus an. Ich fühlte seinen warmen Atem in meinem Nacken schneller werden. Er begann, meinen schweißnassen Rücken zu lecken, während er meine Titten elektrisierte. Dann drückte er sie einmal kurz und heftig, bevor er seine Hände wegzog. Doch nur für zwei Sekunden. Danach waren sie wieder da. Ich spürte, dass er die Pause genutzt hatte, um die störenden Shorts loszuwerden. Jetzt presste er seinen Prachtschwanz ohne Hindernis gegen meinen Arsch. Muskulöse Arme hielten meinen Brustkorb umfangen, während er sich weiter an meinen Titten zu schaffen machte und mir Feuerstöße in den Unterleib schickte, die ich an Yannis weitergab.

Wieder fing Christos an, meinen Rücken zu lecken. Aber diesmal glitt er dabei langsam tiefer. Schließlich umfassten seine Hände fest meine Hüften. Er unterstützte meine Fickbewegungen, als wollte er meinen glühenden Kolben immer tiefer in den Arsch des Jungen treiben. Dann presste er sein Gesicht zwischen meine Backen. Seine Bartstoppeln fuhren rau über die empfindliche Haut, während eine heiße, lange Zunge gleich darauf mein Loch umspielte. Als er sie kurz darauf so weit wie möglich geschmeidig hineinbohrte, war es an mir aufzustöhnen.

Christos richtete sich hinter mir langsam wieder auf und ging in Stellung, während er gefühlvoll langsam einen Daumen in mein Loch drückte, um meine Bereitschaft zu prüfen. Ich ließ ihn spüren, dass ich ihn wollte. Ich hatte mich zwar noch nie ficken lassen, während ich selbst jemanden nagelte, aber schließlich gibt es für alles ein erstes Mal. Diese beiden lebendig gewordenen griechischen Statuen waren sicher nicht die schlechteste Wahl, um eine geile Fantasie auszuleben.

Als ich hörte, wie er spuckte, und spürte, wie er mit der anderen Hand seine Harpune einschmierte, unterbrach ich einen Augenblick meine Hüftstöße. Ohne Zögern nutzte er mit dem Instinkt des Deckhengstes sofort seine Chance. Er umfasste mich fester und presste seine hammerharte Dynamitstange erbarmungslos gegen meinen Schließmuskel. Eine Sekunde Schmerz durchschoss mich, als seine dicke Eichel den Eingang sprengte. Ich japste, kippte vornüber und musste mich mit den Armen auf dem Felsen abstützen. Als ich die Augen wieder öffnete, grinste Yannis mich lüstern an und ließ seinen Anus zucken. Ich sollte ihn nicht vergessen. Die kleine Sau.

Er brauchte sich keine Sorgen machen. Nach dem ersten Schock war ich schnell wieder bei mir. Das Gefühl war fantastisch. Mit Christos' dickem Bolzen im Darm vögelte ich den Jungen hemmungslos weiter. Der Fischer pfählte mich gleichzeitig gekonnt und hatte schnell den Takt heraus, in dem er mich vorne nicht behinderte und hinten halb zum Wahnsinn trieb. Schwitzend und stöhnend bildeten wir eine Laokoon-Gruppe der etwas anderen Art. Schließlich begann Christos, mir seinen Prügel ganz leicht versetzt zu meinen Stößen in den Arsch zu treiben, bis meine Prostata glühte und schließlich schmolz. Es war zu viel. Mein heftigeres Stöhnen signalisierte den beiden, dass ich nahe daran war, zu kommen. Yannis keulte seinen fast platzenden Schwanz noch heftiger. Christos stieß jetzt zu wie ein Dampfhammer. Der gesamte Olymp begann zu jubilieren. Zehn Sekunden später explodierte ich in Yannis, und meine dampfende Ladung schoss in seine Eingeweide, während er sich fast gleichzeitig ebenfalls aufbäumte. Ich spürte, wie sein Schließmuskel meinen Kolben umkrampfte, als er einen unglaublichen Schwall über seinen Bauch, seine Brust und seinen Hals verteilte. Sogar der Felsen neben seinen Schultern bekam reichlich Molke ab.

Bei Christos dauerte es einen Augenblick länger – oder er wollte einfach bis zur letzten Sekunde auskosten, dass mein Arsch sich im Augenblick des Kommens noch enger zusammengezogen hatte. Mit drei, vier heftigen Stößen, die mir durch und durch gingen, nagelte er mich gegen Yannis Hintern und den Felsen, bevor ich spürte, wie eine heiße Welle meine Innereien überflutete. Er jaulte auf und ließ seinen Oberkörper auf meinen fallen. Während er mit zwei letzten Hüftschwüngen seinen Munitionsvorrat bis zum letzten Rest in mich hineinfeuerte, lastete gleichzeitig seine breite, behaarte Brust auf meinem Rücken. Eine klebrige, süße Last.

Minuten später lagen wir ausgelaugt und entspannt nebeneinander im Sand. Die untergehende Sonne brannte nicht mehr, sondern wärmte nur noch mild. Meine rechte Hand spielte mit Yannis' noch feuchtem, schlaffen, warmen Schwanz. Meine Linke widmete sich dem behaarten Muskelarsch von

Christos, der auf dem Bauch lag und mit geschlossenen Augen die Streicheleinheiten genoss. Die beiden revanchierten sich für meine Liebkosungen, indem sie jeweils eine meiner von der vorhergehenden Behandlung noch steifen Brustwarzen sanft zwirbelten. Ich merkte, dass mir schon wieder das Blut in die Lenden schoss, und musste unwillkürlich zufrieden grinsen. Seltsam, bisher hatten wir überhaupt noch nicht gesprochen. Die Verständigung hatte auch ohne Worte gut geklappt.

Als hätte Yannis meine Gedanken gespürt, setzte er sich plötzlich auf und sagte etwas auf Griechisch zu Christos. Der Ältere wälzte sich herum und legte sich auf die Seite. Er lächelte mich an und deutete auf Yannis. Offenbar sollte der Junge mir etwas sagen. Also? Ich warf ihm einen fragenden Blick zu. Yannis suchte kurz nach den richtigen englischen Worten. Dann fand er sie: »May I introduce my father Christos to you?«

DIMMI, DER TÜRKE

VON REINER ÖTISHEIMER

Eines Tages im Sommer musste ich noch abends kurz einkaufen. Ich hatte ein weißes T-Shirt an, dazu meine kurze graue Lederhose und einen schwarzen Jock drunter.

Beim Einkaufen wurde ich im Supermarkt die ganze Zeit über von einem etwa 30-jährigen Türken beobachtet, der Regale auffüllte. Er hatte schwarzes kurzes Haar, einen schwarzen Schnäuzer, war etwa einsachtzig groß, wog ca. 85 muskulöse Kilogramm und trug eine schwarze, enge 501 mit Wetzspuren am Hintern und an der Beule, ein weißes T-Shirt und schwarze Skaterschuhe. Da nur eine Kasse geöffnet war, musste ich lange warten. Der Türke stand etwa 15 Meter entfernt und füllte Toilettenpapier auf. Dann war er plötzlich verschwunden. Mittlerweile war es 20 Uhr geworden, und ich kam an der Kasse endlich dran.

Draußen wollte ich meinen Einkaufswagen flott zum Auto schieben, als es zu pissen anfing. Plötzlich sprach mich der Türke an. »Hallo, kann ich dir helfen?« Ich wollte fast ablehnen, als ich die fette Beule in seiner engen Jeans sah. Wie zur Bestätigung griff er sich ganz kurz an die Eier und rückte den Pisser zurecht. Wir grinsten uns an. »Du bist auch schwul?«, fragte er. Ich nickte und schaute diesem Traumtyp in die Augen. Geilheit ohne Ende. Wir machten uns auf den Weg zu meinem Auto, als es auf den 100 Metern einen riesigen Wolkenbruch gab. Innerhalb von zwei Sekunden waren wir nass bis auf die Haut. Ich schloss meinen Golf auf, wir warfen das Eingekaufte ins Auto und sprangen in den Wagen. Es schüttete so stark, dass man durch die Scheiben nichts erkennen konnte. Er sagte, dass das Mist sei, da er mit dem Fahrrad nach Hause müsse (daher kam also sein geiler, abgewetzter Arsch in der Jeans). Wir warten mindestens zehn Minuten im Auto. Es hörte nicht zu regnen auf. Also lud ich ihn auf einen Kaffee zu mir ein. Wir parkten bei mir vor der Haustür und jumpten die paar Meter zur Tür.

In der Wohnung zog ich mir die nassen Turnschuhe aus, er ebenfalls. Er streifte auch die Socken ab. Auch alles nass. »Runter mit den Klamotten. Ich hab 'nen Trockner.« Er machte die Knöpfe der Jeans auf, und mein Verdacht wurde bestätigt. Im Auto hatte ich schon bemerkt, dass er nach Pisse roch. Nun roch man es richtig. Er puhlte seine 501 runter und zog das T-Shirt aus. Drunter war ein winziger, vorne gelber, ehemals bestimmt weißer Jock. Ich hielt die Hand auf, und auch dieses Sifftteil zog er aus und gab es mir. Unübersehbar stand sein Halbsteifer mit etwa 18x5 in einem dichten Busch schwarzer Haare. Ich stopfte alles für eine halbe Stunde in den Trockner. Da er seinen Steifen nicht versteckte, sich ganz natürlich benahm, zog ich meine nassen Klamotten ebenfalls aus. Er beobachtete jede meiner Bewegungen. Als ich den schwarzen Jock fallen ließ, griff er danach, roch dran und bekam sofort einen Steinharten. Er stellte sich im Badezimmer ans Becken, nahm den Jock in die rechte und seinen Schwanz in die linke Hand. 15 Sekunden später sprudelte mittelgelbe Pisse aus seinem Kolben auf den Jock. Es roch sehr herb. »Komm, du auch«, sagte er. Ich hielt meinen Pisser ins Becken und drückte auch was Pisse auf den Jock ab. Das Teil war triefend nass. Er nahm den Jock aus dem Becken, stopfte sich den Teil mit dem Eiersack in den Mund und lutschte darauf rum. Sein Kolben stand steinhart und saftete. Fasziniert starrte ich auf die pulsierende Männlichkeit. Mein Pisser war ganz meiner Meinung.

Ich ging in die Hocke und blies das nasse Teil. Es wurde noch größer und härter, schmeckte immer geiler nach verpisstem Vorsaft. »Lässt du dich ficken?«, fragte er mich, und ich nickte. Er nahm den nassen Jock, wrang ihn aus und gab ihn mir. »Zieh ihn an«. Ich stieg in den feuchten Jock, wobei mein Pisser aus Platzmangel draußen bleiben musste.

Im Schlafzimmer gab ich ihm Gummis und Gel, kniete mich hin und schmierte mir selber das Loch und die Rosette ein. Er zog den Gummi drüber, wichste noch mal kurz, aber ausführlich seinen beschnittenen Fickkolben, schmierte Gel drauf und setzte seinen Pisser an meiner Rosette an. Ich spürte, wie der Druck seiner Erregung immer stärker wurde. Kurz drauf zuckte ich zusammen, als er seine Eichel durch meine Rosette schob. Ich spürte, wie er beim Weiterdrücken immer schwerer atmete, und wartete auf seine ersten Fickbewegungen. Statt dessen gab er ein tiefes Knurren von sich und spritzte im Gummi in meinem Arsch ab.

Außer Atem fiel er auf mich. Sein Pisser rutschte mit einem leichten Plopp aus meinem Fickloch. Ich drehte mich um, und er legte sich neben mich. Über seinem immer noch halbsteifen Schwanz war noch der Gummi drüber, gut gefüllt mit seiner weißlich-gelben Ficksoße.

Ich zog den Gummi runter und hielt dabei die Öffnung zu. Er öffnete den Mund und fuhr sich mit der Zunge langsam und genüsslich über die Lippen. Ich grinste ihn fragend an, und er nickte. Er öffnete seinen Mund weiter, und ich leerte sein Sperma aus dem Gummi direkt in seinen Mund. Fette, sämige Tropfen waren das, aus einem Schwanz, der tagelang nichts rausgerotzt hatte. Man roch den geilen Samenduft.

»Besorg es mir«, sagte er und kniete sich hin. Sein rötlich-braunes Arschloch war etwa zwei Zentimeter um die Rosette herum rasiert, und man konnte seinen dicken, hängenden, haarigen Sack und die Spitze seines Pissers sehen. Und auch riechen. Mit zehn Handbewegungen stand mein Schwanz, und ich zog mir einen Gummi drüber. Ich kniete mich hinter ihn. Sofort rutschte er etwas zurück, wobei sein Loch kurz meine Schwanzspitze berührte. Ich zielte und setzte an, brauchte nicht groß zu drücken. Schon war meine Eichel durch seine Rosette hindurch. Er gab wieder dieses tiefe Knurren von sich und schob seinen Körper fest auf meinen Schwanz. Ich spürte seinen haarigen Arsch an meinen Eiern. Obwohl mein Pisser hart war, hatte ich kein richtiges Feeling in den Eiern, da der Geruch nach Pisse überwältigend geil war. Ich bewegte mich vorsichtig in seinem Loch und stocherte suchend nach seiner Prostata. Anscheinend hatte ich die richtige Stelle gefunden, den jeder kleinste Stoß in seinen Arsch wurde von ihm mit einem Stöhnen quittiert. Ich hielt mich an seinem Arsch fest und fickte ganz langsam weiter. Am schmatzenden Geräusch hörte ich, dass er sich wichste.

Ich zog den Schwanz raus. Enttäuscht drehte er sich um. »Leg dich auf den Rücken.« Er gehorchte sofort und legte mir seine feuchtwarmen Turnschuhfüße auf die Schultern. Mein Schwanz fand sofort wieder sein aufgeficktes Loch, und ich stieß zu. Voll rein bis zum Anschlag. Er jaulte und riss die Augen auf. Mach weiter, sagte sein Blick. Ich stieß langsam vor und zurück und spürte, wie mir der Druck in den Eiern allmählich zu stark wurde.

Ich zog ihn raus aus dem Türkenarsch, holte mir einen schwarzen Lederriemen und band mir mit zwei Schlaufen den Kolben an der Wurzel unter den Eiern ab. Dann steckte ich ihn wieder rein in seinen Arsch. Nun war er es, der aufschnaufte und hochkam. Mit jedem Stoß hielt er es immer weniger aus. Ich legte ihm die Hände auf die Arme, damit er nicht wichste, und jagte ihm weitere 10 tiefe Fickstöße ins Arschloch. Beim achten oder neunten Stoß fing sein Kolben zu zucken an, und er drückte mir seine Spermaladung direkt gegen den Bauch. Auch diesmal wieder sehr viel und käsig weiß. Er fiel zurück. Ich zog meinen Kolben raus, Lederriemen und Gummi runter, dann gewichst. Im hohen Bogen spritzte ich ab, und er versuchte, mit offenem Mund alle Tropfen aufzufangen. Ein paar davon landeten auf seinem Gesicht. Ich leckte ihm die Tropfen ab. Seine Zunge suchte und fand meinen Mund.

Wir blieben etwa eine halbe Stunde liegen, dann machte ich uns Kaffee. Wir blieben beide nackt. Mich geilte sein Pisse- und unser Spermageruch noch mal total auf. Als ich mich kurz bückte, spürte ich seine Hände wieder am Arsch. Ich richtete mich wieder auf und sah sein hartes Fickrohr und seinen geilen Blick.

Er leckte sich zwei Finger an, spielte an meiner Rosette herum und schob mir die Finger in den Arsch. Sein Schwanz machte einen richtigen Ruck nach oben. »Darf ich noch mal?« Ich nickte, und er holte Gummi und Gel. Er legte mich über die Rückenlehne der Couch, drückte mir den Oberkörper tief runter, fingerte kurz noch mal Gel ins Arschloch, dann setzte er an und stieß direkt zu. Mir blieb erst mal die Luft weg. Doch er hielt seinen Ficker still in meinem Arsch, bis ich mich dran gewöhnt hatte. Dann legte er, zuerst langsam, dann mit sich steigerndem Tempo, los und fickte mich richtig durch. Mir stieg schnell der Druck in den Eiern, besonders als er mir an den Pisser griff und nur die Eichel suchte und fingerte. Sie war feucht, und er spielte am Pissschlitz, ohne den Fickrhythmus zu verlangsamen. Kurz drauf kam es ihm. In vielen sehr schnellen, tiefen und festen Stößen rammelte er mir sein fettes Rohr in den Arsch, und ich spürte, wie seine Samenschwälle in den Gummi in meinem Arsch gepumpt wurden. Durch sein Weiterrammeln kam es mir auch. Meine Eier pumpten ohne Ende ab, obwohl es der zweite Abgang war.

Er hielt die Hand vor meinen rotzenden Schwanz und fing den größten Teil meiner Ficksahne auf. Dann zog er seinen Schwanz raus und hielt mir seine Hand vor den Mund. Ich fuhr mit der Zunge in mein Sperma und leckte es auf. Zumindest teilweise, da er schnell die Hand wieder wegzog und den Rest selber aufschleckte. Ich streifte ihm den Gummi ab, entleerte seinen Ficksaft vom Hals abwärts über seinen Oberkörper und verrieb ihn. Es roch total geil nach Sperma.

Beim Kaffee saßen wir nackt auf der Couch. Nun roch es zusätzlich zu seinem verpissten Kolben auch noch geil nach Fickschweiß und Sperma. Als wir pissen mussten, legten wir den Jock ins Becken und drückten beide unsere Pisse drauf ab. Später zog er seine 501 wieder an, ohne Jock. Ich konnte den Blick nicht von seinem Pisser und den Klötzen lassen, die er zum Schluss in den Hosenstall schob und dann die Knöpfe schloss. Ich roch noch mal vorne an seiner 501. Äußerst herb, aber megageil. Mit einem Kuss verabschiedete er sich und versprach, wiederzukommen …

Ich hatte gestern Abend eine geile CD laufen, als es klingelte und der Türke aus dem Supermarkt vor der Tür stand. Er war mit dem Mountainbike unterwegs und trug ein weißes T-Shirt, verwaschene, kurze, blaue Jeans, weiße Socken und Turnschuhe.

Ich hatte nur einen schwarzen Jock und ein weißes T-Shirt an. Er griff mir noch beim Begrüßungskuss fest an die Beule und suchte die nasse Stelle der Eichel. Schnell hatte er die

Jeans ausgezogen. Diesmal war er darunter nackt, roch leicht nach Pisse und Sperma und hatte natürlich schnell wieder einen Steifen. Ich ging in die Knie, blies ihm einen und steckte ihm einen Finger ins Loch. Dabei stöhnte er auf. »Vorsicht«, murmelte er. »Was 'n los«, wollte ich wissen. »Schau dir's an«, sagte er, drehte sich um und bückte sich. Mit den Händen spreizte ich seine Arschbacken. Der ganze Bereich ums Arschloch war rot und wund, das Loch selber bis in die Rosette mit blutigen Rissen übersät. Sah alles sehr frisch aus und war höchstens einen Tag alt. »Bin von 5 Verwandten durchgefickt worden. Einer nach dem anderen in den Rotz des Vorgängers hinein«, war seine Erläuterung. Sein Arsch hatte mich schon geschockt, da ich doch von letzter Woche sein geiles, strammes Arschloch kannte. Damals war alles gesund gewesen.

»Ich will dich ficken«, sagte er, als er sich aufrichtete. Er drehte mich um, ging in die Knie und leckte mir das Loch, während ich mich bückte. Durch die Beine sah ich, dass sein Schwanzfleisch hart aufragte und tropfte. Ich hörte, wie er einen Gummi aufriss und drüberzog, und fühlte das Gleitgel am und im Loch. Dann setzte er ihn an. Nicht vorsichtig und zögernd, sondern schon wissend, was ich abkann, setzte er seinen Pisser an und drückte zu. Ich war nachmittags kacken und duschen gewesen, daher rutschte er schnell rein. Dann aber fickte er erbarmungslos los, direkt volles Tempo und volle Länge den Pisser rein und raus bewegend. Mir stieg der Spritzdruck in die Eier, und ich musste unbedingt pissen. Es gab für ihn kein Halten mehr, und ich spürte, wie sein Kolben an Umfang zunahm. Er nagelte noch paar Stöße gegen meine Prostata, dann pumpte sein Pisser schon den Saft aus den Eiern in den Gummi. Er zog ihn raus, zog ihn sich vom Pimmel und machte einen Knoten rein.

Wir richteten uns auf, tauschten Küsse. Leider müsse er direkt wieder los, aber er komme morgen vermutlich wieder.

Dann habe er auch mehr Zeit. Ich riet ihm, sich für seinen Hintern eine Salbe zu besorgen. Ne, sagte er, er schmiere sich sein Sperma vor und ins Loch. Das helfe ebenfalls. Flott zog er sich an, einen Kuss noch, und weg war er. Nur sein voller Gummi und mein Arsch erinnerten mich an den geilen Fick.

Dimmi, der Türke (komisch, das ist doch ein griechischer Vorname?) aus dem Supermarkt, hatte mich gegen 21.15 Uhr angerufen, ob er noch vorbeikommen dürfe. Er müsse mir was zeigen. Gegen 21.30 Uhr klingelte es, und er kommt zusammen mit einem sehr jungen, sehr schlanken Kerl die Treppe rauf. Dimmi kommt zuerst rein, wir begrüßen uns mit einem Zungenkuss und greifen uns wie immer fest an die Eier auf der Suche nach dem Pisser. Dimmis Kolben hat schon so ziemlich Halbmast gesetzt. Er trägt Shorts, die im Schritt feucht sind.

Der Kleine steht währenddessen im Flur herum wie bestellt und nicht abgeholt. Dimmi stellt uns vor, und Ören (glaube, so hieß er) reicht mir seine schweißnasse Jungenhand. Er zittert förmlich. Ören ist der älteste Sohn seines Bruders, 16 Jahre alt, erklärt Dimmi. Als Dimmi zu Ören sagt, er solle sich ausziehen, wird mir schlagartig der Grund des Besuches klar und Örens Zittern verständlich. Dimmi streift die Turnschuhe ab und lässt die Shorts fallen. Diesmal ist kein versiffter Jock drunter, sondern nur nackte Haut.

Ören hat sich ausgezogen, steht noch in dunkler Boxershorts da. Feuchte Stelle vorne. Es riecht nach Pisse. Denke, dass das von Dimmi kommt. Dimmi tritt zu Ören, sein Schwanz jetzt steinhart, und hält die Hand auf, ohne was zu sagen. Ören wird rot, steigt schnell aus der Boxer und reicht sie ihm. Dimmi riecht an der feuchten Stelle und hält sie mir so vors Gesicht. Frische Pisse.

Dimmi fasst Ören am Arm und legt ihn über die Couchlehne, spreizt ihm Beine und Arschbacken und zeigt mir Örens kleines Fickloch. Er zieht Örens Schwänzchen und Eier nach vorne und spielt an der beschnittenen Eichel. Da ich ahne, was abgeht, hole ich ein Handtuch, Gummis und Gel. Als ich wiederkomme, kniet Dimmi hinter Ören und leckt ihm das Boyloch. Ören wimmert leise und heult. Dimmi greift sich das Gel und schmiert ziemlich viel und ausführlich in Örens Loch, fingert vorsichtig hinein. Dann schmiert Dimmi sich seinen Kolben ein, wichst etwas und setzt ihn an Örens Arschloch an. Ich weiß, wie hart Dimmi ficken kann, und denke, Armer Ören. Doch weit gefehlt. Vorsichtig spannt Dimmi seinen strammen Arsch an und schiebt langsam und behutsam sein Fickfleisch in den Arsch seines kleinen Neffen. Ören hält die Luft an, als Dimmi weiter drückt. Ich bin steif vom Zuschauen.

Dimmi drückt weiter, bis er ganz drin ist. Ören seufzt auf. Dass der Kleine das verträgt, wundert mich. Dimmi fängt ganz langsam an, sich zu bewegen. Ich stehe seitlich und sehe, wie sein hartes Fickfleisch den Arsch des Kleinen verlässt und wieder reingeht. Alles in Zeitlupe. Dann wird er schneller und gibt langsam Gas. Ich streichele Ören über den Kopf. Der hat ein paar Tränen in den Augenwinkeln, aber die Augen sind fest geschlossen. Ich gehe hinter Dimmi in die Knie. Seine fetten Eier zittern bei jedem Fickstoß. Sein Kolben sieht geil aus beim Ficken in Örens Arsch.

Mir tut der Kleine Leid. Erstaunt sieht Dimmi zu, wie ich mir 'nen Gummi überstreife und Gel draufschmiere. Er zieht seinen Pisser aus Ören. »Hier mach«, sagt er. »Nein, ich will dich.« Ich drücke Dimmi auf die Couchlehne, trete ihm roh die Beine auseinander, stecke den gel-schmierigen Finger in seinen Arsch und setze den Ficker an. Dimmi will protestieren und sagt etwas von wehtun, als ich mit meinem Ficker ins

Ziel gehe und ihn ihm tief in den Arsch reinzwänge. Er unterdrückt einen Aufschrei und lässt sich weit nach vorne fallen. Ören schaut neugierig zu, wie ich ihn ganz in Dimmi reinschiebe. Ich ficke los. Dimmi spreizt seinen Arsch. »Los, mach du Sau«, höre ich. Ich drücke meinen ganz rein, ficke ihn ausführlich durch. Mein Schwanz kennt diese Höhle schon.

Ören hat sich neben mich gestellt und wichst sich. Schönes Gerät, wenig schwarze Haare, der ganze Kerl sehr schlank und unbehaart. Mir steigt der Druck in den Eiern, und ich ficke schneller. Ören wichst schneller, Dimmi sich jetzt auch. Ich hole ihn raus und jage ihn nach kurzem Zielen wieder tief in Dimms Arsch bis zum Anschlag. Dimmi heult auf. Ören steht direkt neben mir und schaut fasziniert auf meinen fickenden Riemen. Plötzlich spritzt er auf Dimmis Arsch. Ich hämmere noch einen Fickstoß in Dimmis Arsch und rotze im Gummi ab. Dimmi richtet sich auf, setzt sich auf die Kacheln und wichst immer schneller. Zehn Sekunden später rotzt auch er eine riesige Menge ab.

Die beiden ziehen sich wieder an. Keiner kommt auf die Idee, den Samen abzuwaschen. Da wird Dimmis Shorts beim nächsten Mal toll riechen. Dimmi entschuldigt sich, dass er nicht mehr Zeit habe. Ören strahlt mich mit einem Lächeln an und sagt Danke. Kann ich mir denken, da ich ihm den Fick von Dimmi erleichtert habe. Fünf Minuten später sind sie durch die Tür und nur die beiden Gummis noch da.

Dimmi ist wieder rübergekommen. Er wolle einfach nur bei mir sein und mit mir reden, hatte er am Telefon gesagt. Als er kam, sah ich seinem langen Gesicht an, dass er Probleme hatte. Wir begrüßten uns mit einem Kuss, und er bückte sich, um die Boots auszuziehen. Seine schwarze Jeans spannte um den kräftigen Hintern. Er riss vorne die Knöpfe auf und zog die 501 aus. Wieder nur ein geiler stinkiger Jock drunter. Es roch ziemlich verpisst und verwichst. Er warf sich auf die Couch und begann zu erzählen:

Er war von insgesamt fünf älteren Verwandten in drei Stunden bestimmt zehnmal gefickt worden. Die hatten ihn abwechseln festgehalten und abwechselnd gefickt, während er mit dem Bauch auf dem Tisch lag. Sein Neffe sei neben ihm ›dran gewesen‹, und der habe nur noch geheult und gejammert. Dimmi hatte einen Fuß auf der Couch stehen, so dass aus dem Jock sein Fickloch schimmerte. Ich leckte einen Finger an und streichelte seine Rosette. Er zuckte richtig zusammen, als ich eindringen wollte. Ich ahnte Schlimmes. »Lass mal sehen«, forderte ich ihn auf. Er streifte den Jock ab, stellte sich vor die Küchenzeile und legte den Oberkörper still auf die Platte, spreizte seinen Arsch mit den Händen: Total wund war sein Loch. Ich holte etwas Handcreme und schmierte ihn ein. Dann griff ich nach vorne an seinen Pisser und zog ihn zum Blasen zwischen den Beinen hindurch. Ich leckte kurz über den Pissschlitz, dann nahm ich die Eichel in den Mund. Das roch nicht nur nach Pisse, sondern es schmeckte auch so. Innerhalb von Sekunden kam Vorsaft, und der Kolben wurde hart. Da Dimmi so viel erzählt hatte, wie er gefickt worden war, wusste ich, dass er meinen Arsch wollte.

Kurz drauf richtete Dimmi sich auf und drehte sich mit steifem Kolben um. Sein Pisser streifte meinen Bauch und hinterließ einen Vorsaftflecken. Er griff nach meinen Schultern, drehte mich um und beugte mich auf die Küchenplatte. Ich hörte kurz das Aufreißen der Pariserpackung, dann setzte er auch schon seinen Schwanz an mein Loch an und drückte zu. Es ging trotz Drücken nicht, und er spuckte sich auf die Spitze seines Pissers und verrieb den Speichel. Ansetzen und reinrutschen war danach eins. Obwohl ich sein hartes Fickfleisch im Arsch genauso kenne wie er meines, ist es immer wieder eine neue Erfahrung. Diesmal fickte er langsam und ausführlich, volle Länge rein, die Eichel genüsslich aus der Rosette ziehen, und wieder rein. Ich spürte, wie sein Kolben immer härter und mein Loch durch die dicker werdende Prostata immer enger wurde. Komm, gib Gas, beweg deinen Arsch. Das hätte ich besser nicht gesagt, denn Dimmi gab Gas. Ich wichste meinen Kolben. Ich brauchte nur noch ein paar Handbewegungen, dann war es so weit. 20 Sekunden hartes Rammeln. Dimmi zog ihn raus, Gummi runter und wichste. Ich drehte mich um. Wir standen mit steifen Kolben fest voreinander. Ich griff nach seinem, er nach meinem Pisser. Das war uns beiden zu viel: Prompt jagten wir uns gegenseitig den Samen in die Schamhaare. Wir verrieben es uns gegenseitig. Ich holte uns ein Handtuch, und wir setzten uns auf die Couch. Als ich zurückkam, hatte Dimmi den schwarzen Jock wieder an.

Gestern, Freitagabend, kam Dimmi zu mir. Als er sich bei der begrüßenden Umarmung an mich drückte, spürte ich seinen teilharten Kolben. Ich griff ihm an die Beule und die Eier, worauf seine Latte merklich fester wurde. Er wollte aber zuerst duschen, bevor wir zum Pizzaessen zum Italiener fuhren.

Er ließ seine enge blaue 501 runter, öffnete die Boots und bückte sich, um sie auszuziehen. Ich zog ihm die verpisste Boxershorts runter und bewunderte wieder mal seinen Arsch und sein geiles Fickloch. Ich strich mit den Fingern rund um seine leicht faltige Rosette, die erst letztens von mir rasiert worden war, und spürte wieder ein paar Haaransätze an den Fingerspitzen kratzen. Es roch ziemlich herb verschwitzt und ungewaschen, aber das war mir egal. Dimmi hielt still, als ich einen Finger anleckte und ihm ins Arschloch reinsteckte. Kurz darauf stand ihm sein Pisser wie eine Eins zwischen den Beinen. Es roch total geil versifft nach Pisse und Wichse, auch aus der Boxer. »Geh mit duschen«, meinte Dimmi.

Wir stiegen in die Dusche, er ging direkt in die Hocke und blies mich. »Ich muss pissen«, meinte ich. »Lass nur kommen«, war seine geknurrte Antwort. Also schiffte ich im direkt in die Kehle. Ich hörte, wie er zuerst etwas würgte, dann aber schluckte. Er richtete sich auf, gab mir einen pissnassen Kuss und drückte mich runter. Ich nahm seinen halbsteifen Pisser in den Mund, hielt mich an seinen Hüften fest und leckte seinen beschnittenen Stinker. Dann drückte Dimmi ab und pisste los. Es war ein fetter, harter Pissstrahl, mehr als ich schlucken konnte. Keine saftige, dunkle Morgenpisse mehr, aber schon gut abgestanden. Das, was runterlief und auf den Boden der Dusche tropfte, war mittelgelb. Er hatte fast einen Liter Pisse gebunkert, die er mir jetzt in den Mund drückte. Dimmi hielt mit den Händen zärtlich meinen Kopf fest. Er war fertig mit pissen, und ich hielt den Rest im Mund, richtete mich auf und spuckte ihm seine Pisse über die Brust. Den letzten Rest bekam er bei einem tiefen Zungenkuss wieder in seinen Mund.

Ich seifte ihm den Rücken ein, während er sich vorne wusch, einschließlich Arsch und Fickloch natürlich. Ich weiß (vom Aussehen der Gummis nach dem Ficken), dass Dimmi meistens Dünnschiss hat, und gebe mir Mühe. Er stöhnt leise, als ich ihm mehrmals hintereinander zwei seifige Finger durch die enge Rosette ins Arschloch schiebe. Dann wechseln wir, und er wäscht mich. Natürlich revanchiert er sich prompt. Sein Finger findet meine Prostata und streichelt sie. Ruckzuck steht mein Schwanz. Wir richten uns auf, haben beide eine Latte, spülen uns ab und steigen zum Abtrocknen aus der Dusche. Seinen Pisser und die Eier trocknet sich jeder selber ab. Ich drehte mich um, damit Dimmi mir die Rückseite trocken reibt, danach ich seine.

Dimmi stopft seine versiffte Boxer bei mir in die Wäsche, nachdem wir beide zuerst noch mal ausführlich vorne an seiner versifften Beule gerochen haben. Dasselbe macht er mit seinen dreckigen weißen Socken. Er greift sich meinen blauen Slip, riecht ausgiebig dran (ich hatte das Teil seit morgens angehabt), grinst mich an, zieht dann meinen Slip an und stülpt seinen haarigen Arsch, sein geiles Fickloch, seine fetten Eier und seinen Pisser rein. Er rückt seinen Kolben zurecht und bekommt einen Steifen. Ich sehe, wie sich seine Beule rausdrückt und ein dunkler Vorsaftfleck entsteht.

Dimmi blickt mich fragend an, ich weiß nicht, was er will. Dann zieht er meine dreckigen, hohen, (ehemals) weißen Turnschuhe an, nachdem er tief hineingerochen hat. Ich nehme mir dafür seine schwarzen Dockers-Boots, die wirklich gut nach Mann riechen und innen noch feuchtnass vom Schweiß sind. Das spüre ich an den Füßen. Mittlerweile haben wir wieder die Jeans an. Ich finde es geil, seine schweißnassen Boots an den Füßen zu haben, und spüre, wie mein Pisser etwas Vorsaft ablässt.

Beim Italiener sitzen wir einander gegenüber. Ich spüre, wie er mir einen Fuß vorsichtig zwischen die Beine setzt. Wir trinken einen halben Liter Rosé, da ich noch fahren muss. Er ist ein paar Minuten sehr still, fragt dann plötzlich: »Was hältst du von zusammenziehen, zusammenwohnen, zusammenleben?« Ich muss wohl sehr überrascht geschaut haben, da er direkt nachlegt: »Oder magst du mich nicht?« – »Klar mag ich dich«, ist meine etwas zögerliche Antwort, »aber ich will als Schwuler nicht Versteck spielen. Wenn du das ernst meinst«, rede ich weiter, »dann küssen wir uns hier vor allen Leuten!« Dimmi schaut mich ein paar lange Sekunden mit seinen treuen Augen wie ein Hund an, hebt sich langsam aus dem Stuhl, ich ebenfalls. Wir stehen auf, richten uns halb auf und drücken uns fünf Sekunden lang einen tiefen, heftigen

Zungenkuss auf den Mund. Ich spüre, wie mir ein ziemlich fetter Stoß Vorsaft in die Unterhose schießt und greife mir an die Eier, kaum dass ich wieder sitze. Dimmi grinst mich an. Er beugt sich zu mir rüber und sagt leise: »Ich schwimme auch im Vorsaft.« Das Essen kommt, und wir legen los. Er futtert wie immer mit großem Appetit, da er anscheinend nicht viel zu Mittag bekommen hat.

Wir bezahlen später, und der junge, knackige Italiener, der bedient hat, bekommt einen roten Kopf, als Dimmi mir zärtlich über den Handrücken streichelt. Wir fahren wieder zu mir. Dimmi sagt, dass er bei mir bleiben möchte. »Trinkst du einen Sekt mit?«, frage ich ihn. Er nickt. Ich nehme den Sekt, packe zwei stabile Gläser in zwei Handtücher und stopfe alles in meinen Rucksack. »Komm, wir fahren raus.« – »Wohin?« – »Wart's ab.« Ich fahre Richtung Rheinbrücke, und wir gehen Hand in Hand zurück auf die Brücke bis zur Mitte über den Rhein. Wir öffnen den Sekt, füllen die Gläser und trinken Bruderschaft. »Eigentlich«, sagt er, »haben wir ja eben schon beim Pissetrinken in der Dusche Bruderschaft getrunken.« – »Ja«, sage ich, »aber das war getrieben von Geilheit. Das hier ist gesteuertes Bewusstsein.« Wir setzen uns mit den Ärschen eng beieinander an die Rückseite der Leitplanke, die den Fußgänger- und Radweg von den Autos trennt. Still schauen wir in der Dunkelheit den Lichtern über dem benachbarten Ort zu. Jeder ist mit den Gedanken woanders und trinkt leise seinen Sekt.

Seine Stimme schreckt mich richtig auf, so tief war ich in Gedanken versunken: »Stört es dich«, fragt Dimmi, »dass ich meistens innendrin im Arsch dreckig bin, wenn wir ficken und dein Gummi schmutzig wird?« – »Nein«, antworte ich, »dafür ist der Gummi doch da.« – »Würde es dich ohne Gummi stören, wenn dein Kolben dreckig wird?« – »Nein, es ist etwas Normales, es ist das Arschloch, in das man den

Pimmel reinsteckt und reinfickt. Und das ist nun mal manchmal dreckig. Außerdem ist das dein Arsch, nicht irgendeiner.« – »Wann ficken wir mal ohne Gummi?«, fragt er. »So richtig, mit Abficken bis es rausspritzt?«, frage ich zurück. Dimmi nickt. »Ohne Tabus ficken.« – »Lass uns zuerst einen gemeinsamen Test machen«, sage ich. »Klar«, sagt er und nickt.

»Hast du schon mal mit einem Mann zusammengelebt?«, frage ich Dimmi »Nein«, sagt er, »habe immer nur mit meinen Brüdern auf einem Zimmer gelebt.« Mit 12 oder 13 das erste Mal vom großen Bruder bestiegen und brutal entjungfert, dann jede Nacht, manchmal von beiden Brüdern. Immer blank gefickt, immer reingerotzt bekommen. Der eine fickte in den Rotz seines Vorgängers. Kein Erbarmen mit meinem kleinen Arsch, bis er es ihnen als 15- oder 16-Jähriger heimzahlen konnte und sie durchnagelte. Dann die anderen Jungs aus der Familie, die Onkels und ihre Söhne. »Jeder wollte das Frischfleisch, meinen damals noch unbehaarten Körper.« Plötzlich heult er los und lehnt sich an mich. Ich streichle ihm über den Kopf und spüre, wie es ihn beim Weinen schüttelt.

Im Laufe der Nacht erzählt er dann mehr von sich. Ich hatte mir schon gedacht, dass hinter dem intelligenten schwulen Türken, den er gibt, noch irgendetwas anderes stecken musste. Gefickt werden ist anscheinend bei den männlichen Türken normal, aber zum Chaos kam es, als die Familie bei Dimmi von seinem Schwulsein erfuhr. Man hatte ihn gezwungen, sein Studium abzubrechen und sich eine Arbeit zu suchen. So jobbt er seit fast 2 Jahren nur herum, unter anderem auch bei der Supermarktkette und hilft aus. Hier bei uns gibt es den Markt erst seit ein paar Monaten. Außerdem kaufe ich dort selten ein, sonst hätten wir uns vielleicht schon früher kennen gelernt.

Mensch, ich glaube, ich habe mich in diesen Türken verliebt.

Dimmi informiert sich augenblicklich an der Uni Mannheim, um wieder in sein Studium einzusteigen. Nach fast 2 Jahren Pause eine schwierige Sache, da sein eigener Ehrgeiz ihm hohe Schranken setzt. So wie es ausschaut, wird er in Mannheim komplett neu anfangen. Mit seinen 29 Jahren ist das noch gut möglich. Er möchte Informatik studieren, und ich habe ihm vom Institut für massiv-parallele Rechnersysteme erzählt. Wenn wir uns wirklich entschließen sollten, zusammenzuziehen, sind seine und meine Freunde immer herzlich willkommen. Es wird dann bestimmt eine gemeinsame Wohnung geben, die auch genug Platz bietet.

Einmal kam Dimmis Neffe Ören zufällig vorbei, als Dimmi bei mir war. Dimmi warf ihm ein paar heftige türkische Worte an den Kopf, worauf Ören errötete, sich aber sofort auszog. Komplett, ohne einen von uns anzusehen. Er stellte sich vor die Spüle, bückte sich tief und spreizte mit den Händen sein Boyloch. Dimmi kniete sich hinter ihn. »Schau dir das an!«, sagte er zu mir. Die ganze kleine Boyrosette war wund gefickt und aufgescheuert. Ören zitterte sichtlich, als Dimmi vorsichtig durchs Arschloch fingerte. Ich sah, wie Örens Schwanz hochkam. Dimmi richtete Ören wieder auf und nahm Örens Schwanz in den Mund. Ich wollte auch mal und kniete mich neben Dimmi. Ören steckte mir seinen Schwanz in den Mund. Dimmi stand auf, beugte sich über die Spüle und sagte etwas zu Ören. Ören nahm seinen Schwanz in die Hand und trat an Dimmis Arsch, setzte die Schwanzspitze ans Arschloch und drückte zu. Ich war erstaunt, wie leicht der Pisser reinging. Dann fiel mir ein, dass wir uns morgens noch gegenseitig gefickt hatten und Dimmi, genau wie ich auch, noch Gel am/im Hintern haben musste. Ören stieß seinen Boyschwanz jedenfalls ohne Hemmungen in Dimmis Arsch und drückte ihn ganz rein. Dimmis Kolben war aus dem Jock gerutscht und stand auch. Ören schob ein paarmal vorsichtig seinen Arsch hin und her, als ein leichtes Schaudern seinen schlanken Körper erfasste. Er zog seinen Pisser aus Dimmis Arsch und spritzte sein Sperma gleich darauf auf Dimmis Arschbacken. Dimmi richtete sich mit hartem Blick in den Augen auf und deutete auf seinen Schwanz. Sofort griff Ören an Dimmis Fickfleisch und holte ihm die Soße raus.

Letztes Wochenende war ich mit Dimmi bei Freunden von mir, Klaus und Thomas. Beide kannten Dimmi noch nicht. Sie hatten uns eingeladen. Wir wollten zusammen essen gehen. Das taten wir auch. Gutbürgerliche Küche. Als wir zurückkamen, zogen die beiden Schuhe und Jeans aus. Klaus trug schwarze Unterwäsche, Thomas einen schwarzen Body. Dimmi und ich dunkelblaue Retro-Shorts unter den schwarzen Jeans. Sie hatten einen Cadinot-Porno laufen, den man auch im Schlafzimmer sehen konnte. Dort stand ein zweiter Fernseher. Die beiden ließen wie selbstverständlich Slips und T-Shirt fallen und schauten uns erwartungsvoll an. Bevor Dimmi seine Retro unten hatte, war er schon steif. Nackt lagen wir auf dem Doppelbett, und in wechselnden Stellungen wurde jeder geblasen und blies. Irgendwann wollte es der Zufall, dass ich in 69 neben Dimmi lag und wir unsere Pisser gegenseitig im Mund hatten. Wir waren so vertieft, dass ich den Schwanz an meinem Arschloch erst merkte, als Thomas ihn schon reinschob. Klaus kniete hinter Dimmi, und ich sah, wie er seinen harten Pisser in Dimmis Kiste rammte. Dimmi schob meinen Sack hoch, genauso machte ich es bei ihm. Fasziniert betrachtete ich Klaus' Pisser, der in Dimmis rasiertes, vom Gleitgel glänzendes Arschloch fickte. Thomas besorgte es mir gut. Klaus dem Dimmi aber auch, wie ich an seinem Schnauben beim Blasen merken konnte. Maximal zehn Minuten fickten die beiden uns gleichzeitig durch, dann rotzte Dimmi mir volle Kanne in den Mund, ich drückte ihm fast gleichzeitig mein Sperma in den Mund ab. Die beiden zogen die Pisser fast gleichzeitig aus uns raus. Nachdem sie was zu trinken geholt hatten, blieben wir im Bett liegen, lagen beieinander, schauten das Video an. Irgendwann wurden die Pisser wieder hart. Dann später passierte die Situation umgekehrt: Dimmi und ich fickten die beiden. Es war das erste Mal, dass wir gleichzeitig unsere Pisser in Männerarschlöcher schoben. Klaus und Thomas bliesen sich dabei. Ich fickte in Thomas' Kiste, Dimmi in die von Klaus. Nach etwa fünf Minuten wollte Dimmi wechseln. Er wollte schon den Gummi runterziehen und einen neuen Pariser nehmen, als Klaus abwinkte. Braucht ihr nicht! Also stieg ich von Thomas, während Dimmi seinen Pisser schon an Thomas' Rosette setzte. Dimmi hatte Klaus gut eingefickt. Mein Kolben verschwand schnell, und ich genoss das aufgefickte, warme Loch.

Gestern Abend, als ich von der Arbeit kam, war Dimmi schon da. Er hatte sich umgezogen und trug seine geile, sehr enge, hellblau verwaschene 501 und ein weißes T-Shirt. Beides hat er mit einem Paar Socken und einem Jock bei mir deponiert, damit er kurzfristig was zum Anziehen hat. Bei der Jeans sah man daran, wie sich sein Pisser durchdrückte, dass er drunter nichts anhatte. Außerdem wurde die Stelle an der Jeans um seinen Pisser schnell dunkler und feucht, als wir uns per Zungenkuss begrüßt hatten. Wir griffen uns beim Küssen zärtlich an die Eier und Schwänze.

Nach dem Abendessen sprach ich ihn darauf an, dass er mal wieder vorne und hinten rasiert werden müsse. »Komm, wir machen es uns gegenseitig«, meinte er. Das war mir natürlich vorher klar gewesen. Ich holte Rasierschaum und den Nassrasierer. Währenddessen hatte er sich schon alles ausgezogen und kniete breitbeinig mit offenem Arsch und hängendem Pisser vor mir. Richtig geil fickbereit. »Bist du gefickt worden, du Ratte?« – »Ja klar«, meinte er grinsend, »heute früh von Dir.« Wir mussten beide lachen.

Während ich zuerst Rasierschaum um sein Arschloch und auf den hinteren Teil seiner Eier verteilte, merkte ich, wie er sich vorne wichste und sein Pisser hart wurde. Vorsichtshalber steckte ich ihm beim Rasieren der Stelle direkt ums Arschloch einen Finger leicht ins Loch, was er mit einem Stöhnen quittierte. Als ich losrasierte, hielt er aber ganz still. Es waren nicht viel Haare, nur kurze, winzige Stoppeln, die abzumachen waren. Er hat einen sehr festen, starken Haarwuchs.

Als ich hinten fertig war, legte er sich auf den Rücken, spreizte die Beine weit und streckte mir seine ganze harte Männlichkeit entgegen. Sein Pisser erhob sich in voller Pracht über dem fetten Sack. Vom Bauchnabel abwärts schäumte ich ihn ein und dann rasierte ich ihn. Erst seinen Schwanz bis runter an die Wurzel. Dann nahm ich jedes Ei einzeln im Sack in die Hand, um es glatt zu bekommen. Dann drückte ich ihn nach hinten, damit sein Arsch stramm in die Luft ragte, und rasierte ihm den Bereich hinter den Eiern und ums Fickloch.

Dimmi hatte die ganze Zeit einen harten Pisser. »Mach schon«, meinte er, »ich muss pissen.« – »Warte, bis ich fertig bin«, antworte ich. Hätte ich in sein Gesicht gesehen, hätte ich die Zeichen der Zeit erkannt. So hörte ich nur am Sprudeln, dass die geile Sau es einfach laufen ließ. Er hatte seinen Pisser in der Hand und schiffte sich zielstrebig ins Maul. Ich decke ihm mit dem kleinen Finger den Pissschlitz zu, aber er pisste weiter. Kurzerhand nahm ich sein pissendes Teil in den Mund. Dimmi drückte weiter ab. Ich schluckte nicht, sondern hielt die Pisse im Mund. So gab ich ihm einen Kuss. Beide schluckten wir seine Pisse runter. Es war Tagespisse, höchstens mittelgelb, teilweise wasserklar. Geiler Geruch. Ich mag Dimmis Pisse im Mund.

Als ich mit der Rasur bei ihm fertig war, wischte er sich kurz den Rasierschaum ab und streckte mir noch mal seinen Arsch hin, damit ich ihm auch dort den Schaum abwischen konnte. Er gab mir einen Wink, und ich legte mich vor ihn auf den Rücken. Dann wiederholte er die Prozedur an mir. Hinter meinen Eiern ließ er sich in Richtung Arschloch viel Zeit. Schließlich spürte ich, wie er mir Rasierschaum aufs und ins Loch und sich selber auf den Pisser sprühte. »Darf ich?«, fragte er. »Klar, du immer.« Wir beide wissen seit ein paar Tagen, dass unsere Gummi-Fickzeit vorbei ist und wir uns nun blank nehmen und bis zum Ende ficken können.

Dimmi setzte seinen Pisser an meine Rosette und drückte immer fester zu. Mit einem Schmatzen glitt er rein. Sofort minderte er den Druck auf seinen Schwanz und wartete ab. »Willst du einschlafen oder ficken?«, fragte ich ihn. Er grinste mich an, und ich spürte, wie er aus meinem Arsch rausrutschte. Dann ein kurzer, fester Stoß, und ich hatte seine ganze Männlichkeit tief und fest im Hintern. Er drückte seine rasierten Eier fest gegen meinen Arsch und bewegte sein fettes Fickrohr dann nur noch seitlich hin und her. Dann drückte er meine Beine weiter in Richtung auf mein Gesicht, und der nächste Stoß in meinen Arsch ließ mich richtig erzittern. Die geile Sau hatte voll gegen meine Prostata gefickt. Er hatte es selber an meinem Zucken gemerkt und wiederholte den Stoß, diesmal viel langsamer und sanfter, aber umso intensiver. Ich spürte jedes Mal ein Zittern, wenn er seinen Pisser dagegendrückte. Mein Kolben stand wie eine Eins. Wir fieberten nur noch vor Geilheit. Dimmi machte sich einen richtig geilen Fickspaß daraus, auf meine Prostata zu ficken. Ich schloss die Augen und genoss es total. Das war kein Anfänger beim Ficken, da war erfahrene Zurückhaltung mit im Spiel. »Ich komme gleich«, murmelte ich. »Warte noch!«

Er zog sich aus mir zurück und ging ganz kurz ins Bad. Ich hörte Wasser rauschen, dann war er wieder da. Er beugte sich über mich, gab mir einen Kuss und legte sich dann in 69 neben mich. Sein Rohr direkt vor meinem Mund, zögerte ich nicht, ihn zu blasen. Ich hatte ihm morgens die Morgenlatte abgefickt, wusste aber, dass er schon wieder abrotzen konnte. In seinem blank rasierten Sack konnte man die Eier gut spüren. Einzeln leckte ich ihm die Klötze. Er nahm meinen Pisser in den Mund, ich seinen. Ich spürte, wie er mir mit zwei Fingern in den Arsch griff und machte dasselbe bei ihm. Seine Prostata war auch gut fühlbar. Ich legte los. Mit dem Mund blasen und mit dem Finger kreisende Bewegungen um seine Prostata. Er verkrampfte sich, und ich spürte das Zittern seines Pissers im Mund. Anscheinend ging es mir nicht anders, denn seine Finger brachten meinen Arsch gewaltig zum Rotieren. Schlagartig kam er, fünf Sekunden darauf ich. Wir drückten uns den Samen direkt in den Mund und blieben schachmatt nebeneinander liegen. Ich kuschelte mich zwischen seine Geschlechtsteile, was er dann bei mir auch machte. Später gingen wir kurz duschen, spülten mit etwas Pisse nach und gingen pennen.

Morgens wurde ich früh wach. Mein Kopf lag auf Dimmis Arm. Dimmi streckte mir seinen Arsch hin und schlief wie ein Murmeltier. Ich hatte einen steinharten Pisser. Ich griff mir etwas Gleitgel und verteilte es vorsichtig um seine Rosette und auf meiner Eichel. Dann setzte ich meinen steifen Pisser an sein Arschloch, drückte vorsichtig zu und drang schließlich in ihn ein. Es war das erste Mal ohne Gummi, dass ich seinen Arsch direkt am Schwanz spürte. Ich genoss das Gefühl. Dimmi nahm eine etwas andere Stellung ein, wurde schlagartig wach und blickte mich an. »Du Sau, ich will dich spüren«, sagte er. Er bewegte seinen Hintern und schob sich selbst mit einem Stoß meinen Ficker tief in den Arsch.

VERSUNKENE SCHIFFE

VON GG. DICK

1

Vor mir auf dem Tisch steht das Kästchen. Eine kleine Truhe aus sorgfältig bearbeitetem Holz. Darin liegt der Schlüssel. Er hat ihn selbst hineingelegt. Er hat es mir gesagt. Ich weiß nicht, ob es stimmt. Manchmal führt er mich an der Nase herum.

Ich kann mich nicht bewegen. Meine Arme sind weit ausgestreckt mit breiten metallenen Schellen an der Wand befestigt. Er hat sie mit dem Schlüssel verschlossen. Ebenso wie die breiten Schellen um die Fußgelenke. Beine weit gespreizt. Das metallene Band um meinen Hals lässt mir gerade noch Platz zum Atmen. Das ist auch alles. Kaum dass ich den Kopf ein wenig drehen kann.

Der Raum ist nicht groß. Vielleicht drei mal vier Meter. Der lange Holztisch in der Mitte nimmt schon den meisten Platz ein. Er ist so lang, dass man sich drauflegen kann. Oder muss, wenn er es sagt. Keine Fenster. Irgendwo summt etwas. Könnte ein Insekt sein. Oder jemand, der summt. Bist du das? Ich bin mir nicht sicher. Da ist ein beständiger Lufthauch, der durch den Raum weht. Etwas abgestandene Luft, wie von einem großen Lagerhaus. Alt. Gesättigt mit viel Holz, Gewürzen. Leder. Vielleicht auch Palmrollen, die schon seit Jahren in großen Holzkisten warten. Ich weiß es nicht. Die Wände sind mit schweren Brettern beschlagen, die das Alter stumpf und schwarzgrau hat werden lassen. Aber angenehm auf meiner nackten Haut. Mein Arsch spürt die vielen Riefen und Erhebungen, ihre fast menschliche Wärme.

Ich muss vorsichtig sein mit meinen Bewegungen. Was ich noch bewegen kann. Es tut gut, meinen Hintern an den Schwarten zu reiben, ganz vorsichtig. Sonst wird der Zug an meinen Eier zu groß. Das Band, das sie festhält, läuft rüber zum Tisch. Ist festgezurrt an einem Haken vor dem Kästchen. Ein starkes, elastisches Band. Zwei schmalere laufen zurück zu meinen Nippeln, zu den Klammern, die sie nach vorn ziehen. Bänder und Aussicht auf den Schlüssel ziehen mich also zum Tisch. Nur die breiten Metallschellen halten mich zurück. Ich könnte schreien. Habe es aber aufgegeben nach dem ersten Versuch. Er war noch nicht bei der Türe. Da drehte er sich zurück, schnalzte mit der Zunge und band mir den Lederknebel um. In meiner Schwanzspitze steckt ein Ring. Noch gar nicht so lange. Wie so vieles war er seine Idee. Daran hat er eine Schnur festgemacht. Die führt unter dem Tisch durch und zurück zu dem Kästchen. Wenn mein Schwanz hart wird, sich aufrichtet, ganz hart wird, zieht er an der Schnur, und das Kästchen öffnet sich. Darin sehe ich dann den Schlüssel. Vielleicht. Er hat gesagt, dass es so funktionieren wird. Er hat so vieles gesagt. Da war von Liebe die Rede.

Ich liebe ihn. Sonst wäre ich nicht hier. Ich habe ihn auf einem dieser Tanzfeste zum ersten Mal gesehen, wo wir stundenlang im Kreis tanzen. Immer rundum. Untergehakt bei den nackten Männern links und rechts von dir. Schweiß, der in Strömen an dir herabfließt. Wippende Lendenschurze, so reich verziert mit Schwänzen und Labyrinthen. Die vielen Glocken und Rasseln. Du kennst das. Das eintönige Bummbumm der großen Trommeln irgendwo hinter dir. Die Schreie. Das Stampfen. Und natürlich die Blicke. Immer hast du deine Favoriten. Die, deren Augen du suchst. Dich anzufeuern. Wortlos Ekstase zu versprechen. Die natürlich nie kommt. Später erinnerst du dich ja an nichts. Aber du lockst und lässt dich locken, verflochten wie du bist in diesen großen bebenden Kreis aus Füßen, die den Staub aufwirbeln, der dir in Augen und Nase steigt. Mit der Zeit verklebt er uns zu einem einzigen stampfenden Tier, das nur sich selbst kennt und ohne Anfang, ohne Ende ist. Das große rote Tier des Tanzes, aus dem viele Augen starren. Seine tauchten irgendwann auf. Suchten mich. Brannten sich in mich ein, ließen nicht mehr los. Das war anders als sonst. Allein mit seinen Augen hielt er mich. Und seine Augen waren alles, was ich sah.

Und dann war wieder nichts mehr. Die Dunkelheit am Ende des Tanzes, aus der wir wie aus einem schweren Schlaf erwachen. Du weißt, wie verschmiert und erschöpft wir dann sind. Oft genug hast du uns aufgeholfen, uns ans Wasser geführt, damit wir baden konnten. Und seltsam genug, die dicken Barsche, die sonst jeden Morgen um uns sind, die so begierig an unseren Schwänzen saugen und uns den Tag mit einem Schrei beginnen lassen – sie sind dann nicht da. Sie kommen einfach nicht. So baden wir denn ohne diesen Willkommensgruß und wissen doch nicht, wie wir hierher gekommen sind. Es war wie immer. Vielleicht war ich ein wenig nervöser. Aufgebrachter. Mein Schwanz schrie vor Schmerz. Wehrte sich so sehr gegen jedes Lendentuch, dass die anderen schon lachten. Was wussten sie? Dann schrie ich wirklich, als ich seine Augen sah. Durch die Dunkelheit des

Tanzes hindurch brannten sie sich in mich an diesem Morgen. Ich sah ihn wieder.

Er kam näher. Machte eine Bemerkung über meinen stocksteifen Schwanz. Irgendwas. Ich hörte es nicht. Ich hing in seinen Augen fest. Dann strich er mit einer Hand über meinen Schwanz. Etwas wälzte sich kochend durch seine enge Röhre und ich glaube, ich erschuf die Welt neu in einer einzigen weißen Fontäne. In diesem Blitz erloschen seine Augen. Als ich wieder zu mir kam, war er verschwunden. Ein paar meiner Freunde standen um mich herum. Sie lachten. Sie interessierten mich nicht. Ich suchte nach seinen Augen. Und fand sie doch nicht. Ich irrte durch unsere Stadt. Suchte alle Gassen ab. Rannte treppauf und auf der anderen Seite wieder die große Rutsche hinab. Ich spähte durch die offenen Türen. Und es war mir egal, wie unhöflich ich dabei war. Ich suchte die Hinterhöfe nach einem Abdruck seiner nackten Füße ab. Die Männer, die mich sahen, schüttelten missbilligend den Kopf. Ließen mich aber gewähren. Auch ich hatte keine Sandalen an. Und viele kannten mich von den Festen. Damals hatte ich noch keinen Ring durch den Schwanz. Und auch keinen durch die Nase.

2

Das war vor langer Zeit. Ich kroch nach Hause. Ließ mich auf meine Matte fallen. Hatte verworrene Träume. Wasser und große Barsche mit brennenden Augen. Ich schrie. Und wachte wieder auf. Meine Freunde saßen bei mir und schwatzten. Ich ließ sie. Ohne ein Wort stürmte ich hinaus. Setzte mich zu Prada, dem Flechter, und half ihm bei seinen Körben. Er fragte nicht. Er lebt in einer anderen Welt. Ich flocht einfache Körbe. Zuerst die starken Rippen; dann die weicheren quer dazwischen. In Wirklichkeit suchte ich in mir nach diesen Augen. Was hatte der Tanz mit uns gemacht? Mein Schwanz stieg aus dem dünnen Lendentuch. Pradas runzelige Hand tätschelte ihn wie einen alten Bekannten. Etwas wollte zu kochen beginnen und sich nach vorne pressen. Doch es war nur Pradas Hand auf meinem Schwanz, nicht seine. Beschämt drehte ich mich zur Seite. Prada lachte lautlos mit seinem zahnlosen Mund. Wütend schüttelte ich meine Mähne aus langem blonden Haar. Was verstand er schon? Er war viel zu alt. Nur weg von ihm.

Also wieder die Treppen hinauf. Bis zum Anfang der großen Rutsche. Ich bezahlte mit einer kleinen Münze. Drückte sie diesem Jungen, diesem Etwas in stinkenden Lumpen in die verdreckte Hand. Dann nahm ich mir eine Matte und warf mich mit Schwung in die glatt polierte Rinne. Viel zu schnell kam ich zur Schanze. Immer stehen da Neugierige. Dazwischen stand einer, größer als alle anderen. Und seine Augen brannten sich in mich ein. Ich schaute ihn an, sah nach ihm, als ich schon hoch durch die Luft flog, krümmte meinen Körper unwillkürlich, um ihn nicht aus den Augen zu verlieren.

Dass ich noch lebe, ist ein Wunder. Der Durchbruch durch die Felsen ist breit genug für einen konzentriert gestreckten Körper. Das tiefe Wasser beginnt erst dahinter. Sie fischten mich aus der Gischt und verbanden meine Wunden. Die Brüche heilten schnell. Am Tag meiner offiziellen Genesung schoren sie mir den Kopf und banden das lange Haar zu den anderen, oben auf dem Gipfel des Altenmannes. Ich gab ein Fest für alle, die kommen wollten. Gebratenes Schwein, Süßkartoffeln, Früchte im Übermaß. Sie sollten wissen, dass ich dankbar war. Vergorener Wein. Viel zu stark. Zu viel. Lachen und Singen, als sich der Mond schon längst über den Altenmann geschoben hatte. Ich ging hinter mein Haus, wo die

Felsen steil ins Meer abfallen. Mit benebeltem Kopf schob ich eine Hand unter den Lendenschurz, um meinen Schwanz herauszuziehen. »Nein«, sagte er da. Er stand im Schatten hinter mir. Die große Gestalt. Ich fühlte seine Augen auf mir, die Augen, die mich an ihn banden. Obwohl ich sie nicht sehen konnte. Da war kein Zweifel. Er war es. »Komm mit«.

Mit einer Hand deutete er auf den Altenmann. Ich ging vor, wie er es wollte. Obwohl meine Blase drängte. Ich war zum Bersten gefüllt. Oben, unter dem verkrüppelten Holz, von dem dichte Büschel Haare wehten, drehte ich mich zu ihm. All der Wein machte es meinen Augen schwer, ihn klar zu sehen. Ein großer Schatten vor dem hellen Mond, von dem ich nicht wusste, ob er seine Form dauernd änderte. Eine Hand schob sich vor ins Licht. Noch bevor sie das Tuch erreichte, stand mein Schwanz, loderte im kalten Licht des Mondes. Das Lendentuch fiel. Der Wind schien es aufzunehmen. Ein träger Vogel flatterte ermattet zur See. Ich zitterte. In seiner Hand erschien ein offener goldener Ring mit zugespitzten Enden. Er hob ihn hoch, dass er im Mondlicht funkelte. Dann ging alles sehr schnell. Seine andere Hand packte hart meinen pulsierenden Schwanz. Und während es in mir zu kochen begann, drehte er mit einer schnellen Bewegung den goldenen Ring durch meine Eichel. Ich schrie. Und mein Same flog wie eine Schar wilder Gänse über den nächtlichen Himmel. Dann ein schier endloser Schleier gelbroter Gischt. Die der Wind sanft verwehte. Während ich jammernd zusammensank, meinen blutenden Schwanz hielt und dazwischen dieses fremde harte Etwas spürte. Und wieder war er verschwunden.

Im Schutze der Nacht schlich ich mich zurück ins Haus. Suchte ein paar Blätter Allwort, band sie notdürftig um die brennende Schwanzspitze und versuchte, in der dunkelsten Ecke, zwischen den schnarchenden Leibern meiner Freunde, einen Platz für die Nacht zu finden.

3

Bald wussten alle, dass etwas geschehen war. Sie sahen das Blut, wenn auch nicht den Ring, den ich hinter einem Fetzen Tuch versteckte. Ich erfand eine Geschichte. Sie glaubten sie mir. Oder nicht. Aber sie ließen mich in Ruhe. Später kam der eine oder andere wieder, um nach mir zu sehen. Ich glaube, ich fantasierte für eine Weile. Dabei müssen sie den Ring gesehen haben. Aber er wurde nie erwähnt. Sie flüsterten. Glaubten, ich sähe sie nicht. Im Wasser, am Morgen, blieben die Barsche weg. Die mochten den Ring nicht. Ich blieb stumm, wo alle anderen um mich aufschrien. Sie sahen mich fragend an. Aber ich drehte den Ring nicht aus der Eichel. Er hatte sich verhakt. Lieber blieb ich ihnen fern am Morgen. Später auch. Während die Wunde verheilte. Ich wanderte über unsere Insel. Auf die andere Seite des Altenmannes. Wo niemand von uns hingeht. Außer dir natürlich. Ich sah dich erst im letzten Moment gegen die Felsen gelehnt. Die Fetzen, die du um hast, könnten aus Fels sein. Du warst kaum zu sehen. Natürlich hast du mich kommen hören. Deine Ohren sind gut. Ich hab dich nicht gleich erkannt. Der Junge an der Rutsche, dem ich das Geld gab. Der nicht Mann werden darf. Wir haben dich nicht nehmen wollen mit deinem Buckel und den blinden Augen. Männer sehen die Beute, die sie jagen. Hören ist etwas für Frauen. Und wie wolltest du je fliegen mit deinem schief sitzenden Kopf? Dann nanntest du meinen Namen, aus deinem Dunkel heraus. Woher wusstest du? Deine schmutzige Hand legte sich auf mein Gesicht. Ich schüttelte sie ab. Was willst du von mir? Oh, nichts. Aber du folgtest mir überall hin. Wie ein Hund. Sprachst kein Wort. Einmal schoss dein Arm vor und hielt mich zurück. Abschütteln wollte ich dich zuerst, dann entdeckte ich die tiefe Spalte unter meinen Füßen. Woher wusstest du? Ich fragte dich misstrauisch, ob du dennoch siehst. Du schütteltest nur den Kopf. Aber du nahmst meine Hand. Und diesmal ließ ich dich. Obwohl mir vor deinem Schmutz ekelt. Du brachtest mich in dieses Haus. Von dem ich nicht weiß, wie tief in den Fels es gebaut ist. Eben noch standen wir draußen. Dann waren wir drin. Hier in dieser Kammer, durch die immer ein leichter Wind weht. Du gabst mir Früchte und Wasser. Ich nahm sie, weil ich hungrig war. Erst als du meinen Schurz wegzogst, wollte ich dir Einhalt gebieten. Aber du warst flinker. Ich ließ dich nicht an meinen Schwanz. Da drehtest du dich um und gingst. Ich band meinen Schurz wieder um und suchte nach dir. Aber es gibt keine Tür. Keine Fenster. Du warst nicht mehr da. Ich wartete. Du kamst nicht. Ich schlief an die Wand gelehnt. Wachte erst auf, als er eine Binde um meine Augen legte. Mein Schwanz kochte. Er war wieder da. Ich ließ zu, dass er mir Schnüre um Hände und Füße legte. Dass er mich auf den Tisch band. Ohne den Schurz. Dass er die nachgewachsenen Haare abkratzte und den blonden Busch an meiner Wurzel. Die Augenbrauen. Ich schrie leise, als etwas durch die Wand meiner Nase drang. Aber ich wehrte mich nicht. Ich spürte seine breiten Hände über meinen Körper gleiten. Nie, nie sollte das enden. Ich war süchtig und berauscht. Ohne vergorenen Wein. Immer wieder begann es in mir zu kochen. So als ob er das merkte, presste er dann seine Hand auf meinen Schwanz. Und der Sturm starb. Er sprach nicht. Ich sagte nichts. Unter meiner Haut lief ich der Berührung seiner Finger nach. Als ob mein Leben davon abhinge. Ein paarmal zog er spielerisch an dem goldenen Ring. Als ob er sagen wollte, dass ich ihm gehöre. Er wusste es. Er wusste es. Als er dann an den Nippeln zu reiben begann, konnte ich nicht mehr. Mein Körper krampfte sich an der nackten Wurzel zusammen. Und schoss hinaus, wie ich über die Rampe geschossen war.

4

Ich kam zu mir unten am Wasser. Ein paar Wortfetzen schwirrten in meinem umnebelten Geist. Ich liebe dich. Ja, ich liebe dich. Meine Worte, seine Worte. An meiner schmerzenden Nase ertastete ich einen Ring. Ich war mir sicher, auch er war aus Gold. Wie der an meinem Schwanz. Nur dass ich ihn nicht verbergen konnte. Hinter einem Tuch. Hinter meiner Hand. Über meinen Kopf wehte eine kühle Brise. Alles glatt. Wie die Augenbrauen. Jeder konnte sehen, dass ich ihm gehörte. Mochten sie.

In der Stadt ließen sie mich nicht mehr zu den Fischern. Nicht mehr zu den Jägern. Sie sagten kein Wort. Versuchten, mich nicht zu sehen. Meine Freunde. Sie sahen weg. Einer oder zwei verabschiedeten sich von mir im Schutze der Dunkelheit. Sie bedauerten. Sie fragten nicht. Der Ring und die fehlenden Haare hatten ihnen schon alles gesagt. Aber sie ließen Fisch und Wild für mich an der steinernen Stele zurück. Auf ihre Weise sorgen sie. Für mich und für dich. Wir teilten uns die Gaben. Und in meiner Einsamkeit ließ ich es wohl auch zu, dass deine schmutzigen Hände über meine glatte Haut fuhren. Im Schutze der Felsen rieben wir uns aneinander. Aber es war keine Freude darin. Immer sah ich seinen Schatten und eilte seinen Händen nach. Kümmert dich das überhaupt? Du sagst nichts. Obwohl du doch sprechen kannst. Wenn du da bist, denke ich an ihn. Wenn ich alleine bin, sehne ich mich nach ihm. Du gehst deiner Wege. Ich weiß, dass der Schmied hinter dem Hügel dich arbeiten lässt. Du unterhältst sein Feuer. Sie sagen, dass du auch manchmal den Hammer schwingst. Obwohl das nicht sein kann. Du siehst ja nichts. Sie meinen, du seist geschickt. Auf deine Art.

Ich wollte, dass du mich wieder zu ihm bringst. Du schütteltest den Kopf.

In den Tagen und Nächten danach suchte ich nach seinem Haus. So lernte ich die Insel kennen. Den Teil hinter dem Altenmann. Wo kein Mann hingeht. Der Jagdgrund der Geister. Ich entdeckte keine. Vielleicht zwei, drei Wände aus geflochtenem Bambus. Hoch wie drei Mann. Breit wie zehn. Mit einem Loch in der Mitte. Groß und lang. Der Wind jagt hindurch und zerrt an den Rändern. Hoch über mir stehen diese Segel gegen den Wind von der See gebeugt. Versunkenen Schiffen gleich. Unterschiedlich alt. Sie zerfallen wohl schnell. Der Wind zerpflückt sie. Eines war neu. Noch nicht einmal fertig. Lag am Strand, als hätten die Arbeiter es niedergelegt. Sie würden gleich kommen. Wir hatten so etwas noch nie gesehen.

Ich schlief, wo mich der Abend fand. Immer seltener kehrte ich in mein Haus zurück, das niemand mit mir teilen wollte. Als eines Tages ein neues Gesicht aus meiner Tür heraustrat, nahm ich es hin. Kehrte nicht mehr zurück.

Dann kamen die Abende, wo ich verzweifelt war. Wenn ich glaubte, so nicht mehr leben zu können, trat ein Schatten an mich heran und verband mir die Augen. Meine Liebe verließ mich nicht! Er band mir die Hände auf dem Rücken zusammen und knotete ein Band in den Ring. Daran führte er mich. An Nase oder Schwanz zog er mich mit verbundenen Augen. Immer in seine Welt. Diesen Raum mit den wittrigen Planken. Dieser Luft voller Geschichten. Diesem leisen Zug. Da lehrte er mich, für ihn, in seinem Namen, Schmerz zu ertragen. Und Lust. Aber nie sah ich seine Gestalt wie ich dich sah. In klaren Formen. Aber während deine Augen beschattet sind, leuchten seine noch immer. Halten mich in seiner Liebe. Die breiten Schellen an Armen und Füßen, der Zug an Schwanz und Nippeln, sie wiederholen seine Worte der Liebe. Zu mir.

Ich weiß jetzt, du stehst da hinten irgendwo. Wenn ich dich auch nicht sehen kann. Ich glaube, du verstehst auf deine Weise, was ich in meinen Knebel würge. Die Geschichte ist alt genug. Was du mit ihm zu tun hast, ist mir unklar. Doch seine Liebe ist mir. Mir allein. Du schreist nicht, weil er dich bindet, und du nicht weißt, ob dein Körper zerbricht oder dich zu den Sternen schleudert. Du leidest nicht, um seine Worte der Liebe zu verstehen. Du hockst da in deinen Lumpen und stinkst vor dich hin. Ich aber liebe.

Wie du mich gehört hast! Tatsächlich trittst du aus dem Schatten. Gehst zu der kleinen Truhe auf dem Tisch. Zupfst mit einem Lächeln an dem Band zwischen ihr und meinem Schwanz. Als ob du spielen wolltest. Es ist nicht dein Spiel. Was ich leide, tue ich nicht für dich. Geh mir aus den Augen. Lass mich allein!

Diesmal willst du nicht hören. Du hörst meine verstümmelten Schreie, wenn du die Truhe öffnest. Ihr den Schlüssel entnimmst. Wie liebevoll du ihn befingerst! Als ob er dein wäre; als ob du ihn im Feuer geschmiedet hättest. Komm mir nicht zu nah! Ich will nicht, dass du meine Fesseln löst. Du hast kein Recht dazu! Was schert es dich! Du bindest meine Hände an die Klammern um die Nippel. Ganz eng. Zwingst mich, sie hochzuhalten. Wenn ich den stechenden Schmerz nicht will. Du befreist, immer mit demselben Schlüssel, meine Beine. Doch bevor du die Halsschelle entfernst, verbindest du wieder die Augen. Dann, ohne Übergang, sind da wieder seine Hände, ruhig und groß. Hast du deine Stelle an ihn abgetreten? Er ist der Herr. Er bestimmt den Weg. Und die Qualen. Und die Ekstasen der Nacht.

An meinem Schwanz führt er mich nach draußen. Wie ein Schwein zum Fest. Wie das letzte Ried zum geflochtenen Korb. Alles endet. Ich weiß, er liebt mich. Ich weiß, er sorgt sich. Die Schönheit seiner Hände wird sein Werk vollenden.

Du bist verschwunden. Ich höre nichts mehr von dir. Ich stolpere hinter ihm her bis zum Strand. Er lässt mich niederknien. Links und rechts bindet er meine Füße an je einen Pfahl. Dann löst er die Hände. Bedeutet mir, mich nach vorn zu legen. In den nassen Sand. Pfahl zwischen den Beinen. Erst den einen Arm zur Seite gestreckt. Festgebunden. Dann den andern. Einen nackten Zweig legt er in mein Kreuz und bindet ihn fest. Mit meinem Bauch liege ich auf einem andern.

Er löst die Binde von den Augen. Sand und seine Füße. Ich bin aufgespannt in einem Rahmen, groß wie ein Segel. Und ich erinnere mich der versunkenen Schiffe. Mit den mächtigen Segeln. Und ihren Löchern darin hoch wie ein Mann. Mit ausgestreckten Armen. Er geht hinter mich. Weg. Ich höre Stöhnen. Etwas spannt sich. Eingebunden in das schifflose Segel zieht er mich hoch. Knarren von Seilen. Kurze Befehle. Er ist nicht allein. Ruckartig kommt das Segel zum Halt. Ich schwebe in Kindeshöhe über dem Strand. Du erscheinst wieder in deinen verdreckten Sachen. Hinter mir spüre ich, wie er die Wand des Segels betritt. So beginnt ihr also, mich, der ich zwischen Himmel und Erde schwebe, einzuflechten in die Bambuswand. Der Pfahl zwischen meinen Beinen schiebt sich wie von selbst vor. Drückt gegen meinen Unterleib. Seine Hände geleiten ihn zwischen die Beine. In meinen Arsch. Da windet er sich langsam hinein. Du bindest neue, lange Schnüre fest um die Klammern. Schnüre um den Nasenring. Um den Schwanz.

Mir ist es egal. Ich weiß, es vollendet sich alles. Ich weiß nicht warum. Warum er es tut. Er liebt mich. Er hat es selber gesagt. Mein Kopf hallt wider von diesen Worten. Ich liebe dich. Ich liebe dich.

Und wie sie mich ganz hochziehen, aufrichten in den Wind; wie der sich knatternd in den leinernen Säcken am

Ende der Schnüre fängt; die mit einem Zischen aufsteigen in den blauen Himmel, bis meine Nippel, mein Schwanz, meine Nase sie zurückhält; wie sie wütend, peitschend daran zerren, als wollten sie sich losreißen; wie also mein Schiff, kaum dass es die See sieht, auch schon wieder in Sand und Felsen versinkt, der Liebe wegen – da sehe ich unter mir Prada stehen, den alten Flechter mit der runzligen Haut, den zahnlosen Mund zum Himmel geworfen. Lautlos lacht.

JIM UND DIE CARABINIERI

VON ALBERTO F. CONTINI

Der Carabiniere lehnte an der Straßenecke, mittelgroß und schlank, schmalhüftig und breitschultrig. Das rechte Bein angewinkelt und gegen die Hausmauer gestemmt, die Arme über der Brust gekreuzt, so stand er und beobachtete unter dem tief in die Stirn gezogenen Schirm seiner Uniformmütze den vorüberbrausenden Verkehr.

Es war später Abend, die Uhr ging auf elf, und Jim hielt geradewegs auf ihn zu.

Der Carabiniere blickte ihm, ohne sich zu bewegen, entgegen.

Jim fragte nach einer Studentendisco, deren Namen er irgendwo gelesen hatte.

Der Carabiniere antwortete nicht sofort und sah Jim, der dem Blick standhielt, prüfend an.

Sieht verdammt gut aus, dachte Jim. Schmales, scharf geschnittenes Gesicht von olivdunkler Farbe, große dunkel glühende Augen; starker Bartwuchs, der wie ein aufreizender Schatten über Kinn und Wangen liegt.

Der Carabiniere beschrieb den Weg mit auffallend langatmiger Detailfreude.

Und Jim bemerkte, dass er sich gleichzeitig die rechte Hand auf die Hose legte. Er umfasste das Geschlecht und massierte es sanft.

Eine heiße Welle spülte durch Jims Körper. Sein Herz klopfte schneller, und sein Schwanz regte sich. Der Hodensack zog sich zusammen, das Glied schwoll leicht an.

Der Carabiniere knetete sein Geschlecht mit provozierender Deutlichkeit. Die Augen hielt er immer noch auf Jim gerichtet, der nun doch leicht verwirrt vor ihm stand.

Jim war Amerikaner, 20 Jahre, Sportstudent. Auf seinem Europatrip war er am Tag zuvor in Rom angekommen, ein gut gebauter, gut aussehender blonder Bursche mit leicht rötlichem Schimmer im Haar, die helle Haut bronzefarben gebräunt, das Gesicht offen mit strahlenden blaugrauen Augen.

»Ich kenne mich hier in der Gegend nicht aus«, sagte er. Er hatte auch kaum zugehört.

Ohne die Hand vom Sack zu nehmen, wiederholte der Carabiniere seine Auskunft.

Jim ließ die massierende Hand nicht aus den Augen. Er spürte instinktiv, dass der Sack allein für ihn, Jim, geknetet wurde.

Als der Carabiniere die Beschreibung beendet hatte, nahm er die Hand aus dem Schritt und stemmte beide Arme lässig in die Hüften.

Unter der engen Uniformhose zeichnete sich jetzt ein gewaltiger Ständer ab. Das steife Glied stemmte sich so heftig gegen den Stoff, daß es ihn kräftig anhob.

Da griff auch Jim sich beherzt an den Sack.

Sein Blick blieb an den dunklen, brennenden Augen des Carabiniere hängen.

»*Bene*«, sagte der. »Mein Dienst geht sowieso gleich zu Ende. Wenn du willst, bring ich dich im Wagen hin.«

Dass der Carabiniere ihn geduzt hatte, kam Jim ganz selbstverständlich vor.

»Ja«, sagte er, »vielen Dank.«

»Ich heiße Luca«, sagte der Carabiniere.

»Jim«, sagte Jim.

»Amerikaner?«

»Ja.«

Der Carabiniere lächelte.

»*Andiamo!*«

Er ging voran, Jim folgte. Sein Herz klopfte heftig. Das Glied rieb sich während des Gehens am Slip und blieb leicht angesteift.

Die Uniformhose des Carabiniere spannte sich über den runden festen Arschbacken.

»Wir müssen erst zu meiner Dienststelle«, sagte der Carabiniere und verlangsamte den Schritt, bis Jim ihn eingeholt hatte. »Hier gleich um die Ecke. Hast du Zeit?«

»Klar«, sagte Jim. Er wäre diesem aufregenden Kerl bis ans Ende der Welt gefolgt.

Er ging neben Luca her und blickte von der Seite auf dessen Hose.

Der Ständer schien etwas abgeschlafft zu sein; aber die Hose war immer noch stark ausgebeult.

Zwei Nebenstraßen weiter betraten sie eine kleine Wachstelle.

Das Büro war leer.

»He, Sergio!«, rief Luca.

»Moment«, sagte er darauf und verließ den Raum.

»Sergio!«, rief Luca im Innern des Hauses. Eine Tür wurde geöffnet und zugeschlagen.

Luca kam zurück.

»Der Kerl ist tatsächlich nicht da«, sagte er.

Er hängte die Schirmmütze an einen Haken und zog die Uniformjacke aus.

»Wir müssen warten, bis er kommt. Schlimm?«

»Aber nein«, sagte Jim schnell. Hoffentlich kommt dieser Sergio überhaupt nicht mehr!, dachte er.

»Willst du was trinken?«

»Gerne«, sagte Jim.

»Komm.«

Jim folgte Luca in den Flur und dann in einen kleinen Raum, möbliert mit einem Schrank, einem kleinen Tisch, zwei Stühlen und einem spartanischen Eisenbett. Das Bett war bezogen.

»Setz dich«, sagte Luca und wies aufs Bett.

Jim setzte sich gehorsam auf die Bettkante.

Luca holte eine Weinflasche aus dem Schrank und goss zwei Wassergläser voll. Dann pflanzte er sich breitbeinig vor Jim auf und reichte ihm ein Glas.

»*Salute!*«, sagte er und leerte das Glas auf einen Zug. Jim trank vorsichtig. Der Wein schmeckte herb.

Jim hatte Lucas Hose fast in Augenhöhe. Die Beule schien wieder größer geworden zu sein.

Plötzlich fuhren Lucas Finger mit kräftigem Griff durch Jims blondes Haar.

Jim hielt den Atem an.

Luca bog Jims Kopf leicht nach hinten. Sah ihn an, beugte sich herunter und presste seinen Mund auf Jims Lippen. Saugte sich an Jims Mund fest, bis dessen Lippen dem Druck nachgaben. Lucas Zunge schob sich herrisch in Jims Mundhöhle.

Jim sog die fremde Zunge in seinen Rachen. Sie fuhr in Jims Mund hin und her. Ihrer beider Speichel floss zusammen.

Dann riss Luca sich los. Er nahm Jim das Glas ab, stellte es zu seinem auf den Tisch, streifte die Krawatte über den Kopf und zog das Uniformhemd aus.

Jims Herz klopfte heftig, als er Lucas nackte Brust sah:

Breit und muskulös, mit großen dunklen Brustwarzen und breiter dunkelbrauner Behaarung, die sich zum Bauch hinunterzog und im Hosenbund verschwand.

Luca stieß die Schuhe von den Füßen und öffnete das Koppel, den Hosenbund, schob die Uniformhose über die Hüften, stieß sie beiseite und stand im engen Slip vor Jim.

Ein festes großes Glied bäumte sich darunter auf, stemmte sich gegen den dünnen hellblauen Stoff. Deutlich zeichnete sich die Eichel ab.

Jim saß regungslos und mit angehaltenem Atem.

Luca beugte sich zu Jim und öffnete ihm das Hemd. Bevor er es noch ganz aufgeknöpft hatte, zog er es dem Jungen ungeduldig über den Kopf.

Jim besaß die Brust eines gut trainierten Sportstudenten, auch hier war die Haut von bronzener Sonnenbräune; lediglich um die hellen Brustwarzen wuchsen dunkelblonde, jetzt auf der braunen Haut golden schimmernde Körperhaare.

Luca fasste Jims Brustwarzen mit zwei Fingern und zwirbelte sie zärtlich.

Jim atmete die Luft zischend ein und ließ sie aufseufzend ausströmen.

Luca stieß Jim an der Schulter rücklings aufs Bett. Dann warf er sich daneben, drängte den Körper heftig an ihn, schob ein angewinkeltes Knie über Jims Schenkel und bedeckte den Jungen halb mit seinem nackten Körper.

Lucas Lippen fuhren gierig über Jims Gesicht, über Hals und Schultern und verweilten wechselweise lange auf den Brustwarzen, die er zuerst mit der Zunge umspielte, um sie dann zärtlich zwischen die Zähne zu nehmen.

Jim stöhnte auf.

Seine Hände wühlten in Lucas dichtem schwarzen Haaren.

Luca atmete heftig mit leisen keuchenden Lauten.

Einen Arm hatte er unter Jims Rücken geschoben, die freie Handfläche strich, während er mit dem Mund die Brustwarzen bearbeitete, über Jims Bauch. Dann öffnete er Jims Hosenbund und versuchte, die Hose von Jims Körper zu streifen.

Jim half ihm, hob das Becken an und zog die Hose aus.

Jim lag nur noch mit dem Slip bekleidet unter Luca.

Da hatte Luca seine kräftige breite Hand auch schon auf Jims Geschlecht gelegt. Durch den Slip umfasste er das Glied und den Hodensack. Das brachte Jims inzwischen angedickten Schwanz zur endgültigen Erektion. Luca riss Jim den Slip herunter und fasste ihm an den nackten Sack.

Jim stöhnte erneut auf, lang gezogen und laut. In geiler Lust wand er sich unter Lucas festen Griffen.

Luca keuchte heftiger.

Während er sich immer noch an Jims Brustwarzen festsog, knetete und massierte er Jims Glied und Hodensack. Strich mit der Handfläche über Jims Hüften, fuhr mit den Fingern durch Jims Schambehaarung, die am Geschlecht dicht und voll war. Zwängte die Hand tiefer zwischen Jims Schenkel, bis er mit den Fingerspitzen die Arschkerbe erreichte. Schob die Finger zwischen die Arschbacken und presste sie auf Jims Rosette.

Jim stöhnte. Er ließ seiner Wollust freien Lauf. Er hob das Becken an, sein steifes Glied rieb sich an Lucas behaartem Unterarm, was er mit kleinen Stößen zu verstärken suchte.

»Luca!«, stöhnte Jim auf. »Luca!«

An seiner Hüfte spürte er Lucas steinharten Kolben, der immer noch im hellblauen Slip gefangen lag und den Luca mit schnellen Stößen heftig an Jims Körper rieb.

»Zieh mich aus«, stöhnte Luca und warf sich auf den Rücken.

Jim glitt vom Bett und zog Lucas Slip mit beiden Händen

über die Hüften und über die behaarten Schenkel und Beine herunter.

Lucas Kolben schlug sofort aus – ein großer, herrlich dicker Kolben, er stand steinhart empor, die große dunkle Eichel glühte am Ende des Schaftes, der Eichelmund stand vor Steifheit und Geilheit offen.

Der große Hodensack war über und über dicht mit dunklen Haaren bewachsen. Und über die ganze Bauchregion zwischen Nabel und Gliedwurzel erstreckte sich ein dichter schwarzer Haarteppich.

Voll geiler Gier warf sich Jim über Lucas herrliches Geschlecht. Heftig leckte er den harten Schwanz, der unter seiner Zunge immer wieder ausschlug, leckte den Hodensack, bis er nass war vom Speichel, leckte über den Schwanz bis hinauf zur prallen heißen Eichel, leckte sie nass, bis der Speichel am Gliedschaft herunterrann und schob den Mund über Lucas herrlichen Riemen.

»Aaahh!!«, brüllte Luca auf. »Aaaahhhh!!«

Er bäumte den Unterleib gierig empor und Jims Mund entgegen.

Jim sog sich an Lucas Schwanz fest, sein Mund war völlig ausgefüllt mit diesem Riesenkolben, er rieb die Zunge an der Unterseite und genoss die dicke Härte des Carabiniere-Schwanzes, der mit kleinen fickenden Stößen die geile Lust zu verstärken suchte.

Plötzlich ließ Luca seinen Körper aufstöhnend zurückfallen und riss das Glied aus Jims Mund.

Jim begriff, dass Luca dicht vorm Abspritzen gewesen war.

Luca wälzte sich vom Bett.

Er stellte sich hinter Jim, umfasste dessen Körper und drehte ihn zum Tisch.

»Stütz dich ab«, keuchte er.

Jim zögerte und sah ihn an.

»Ich will dich ficken«, sagte Luca. »Ich will dich ficken, du, ich will in deinen schönen prallen Arsch ficken.«

Jim erschrak. Lucas riesengroßer Kolben ... ?

»Ich tu dir nicht weh«, sagte Luca.

Er holte eine Tube Gleitgel aus der Tischschublade.

»Ich versprech dir, ich tu dir nicht weh«, wiederholte er. »Ich pass auf!«

Da spürte Jim Lucas harten Schwanz, der sich an seiner Arschkerbe rieb.

Sein Herz klopfte vor Aufregung. Und sein Arsch? Sein Arsch verlangte nach Lucas hartem Glied.

Und Jim beugte sich vor und stützte sich an der Tischkante ab.

Luca verteilte Gleitgel in Jims Arschkerbe. Dick bestrich er die Rosette und den Muskelring.

Dann steckte er den Zeigefinger vorsichtig in die Afteröffnung.

»Mmh«, stöhnte Jim leise auf. Er genoss den eindringenden Finger.

Vorsichtig führte Luca auch den Mittelfinger ein.

Wieder stöhnte Jim auf.

Luca schob den Ringfinger dazu.

»Aaah!«, stöhnte Jim. Eine neue Geilheit ergriff Besitz von seinem Körper.

Luca bewegte die gebündelten Finger behutsam in Jims After hin und her.

Wollüstig stemmte Jim seinen Unterleib mit kreisenden Bewegungen dagegen »Gut?«, keuchte Luca rau.

»Ja!«, stöhnte Jim. »Jaa!«

Nach einer Weile zog Luca die Finger aus Jims Arsch heraus. Er verteilte Gleitgel auf seiner eigenen Eichel und auf dem ganzen Gliedschaft.

Dann bog er den Oberkörper leicht zurück und fasste mit der linken Hand seinen harten Schwanz an der Wurzel, während er mit den Fingern der rechten Jims Arschbacken auseinander spreizte. Jetzt lag Jims Aftereingang, von weichen hellen Haaren umgeben, offen vor ihm.

Er legte die große pralle Eichel in die Kerbe und ließ sie einige Male sanft auf und nieder gleiten.

Jim genoss das herrliche Gefühl an seinem Arsch.

Dann drückte Luca die Eichelspitze langsam und behutsam gegen die Rosette, die dem Druck allmählich nachgab.

Vorsichtig drang er ein.

Jim hielt den Atem an. Im nächsten Augenblick war ihm, als würde sein Hintern auseinander gerissen, ein stechender Schmerz fuhr ihm durch Arsch und Körper bis in sein Geschlecht, das sofort erschlaffte. Schweiß brach ihm aus allen Poren.

Er schrie gellend auf.

Aber da war Lucas Eichel schon ganz in ihn eingedrungen.

Luca hielt sofort inne.

»Ruhig, ganz ruhig«, murmelte er und streichelte Jims Rücken. Seine Hand war ungemein zärtlich und sanft.

Wie eine warme Welle spülte es durch Jims Körper.

Er stöhnte leise.

»Soll ich raus?«, fragte Luca.

»Nein, nein«, keuchte Jim.

Und tatsächlich, der Schmerz verging ebenso schnell, wie er gekommen war.

Luca schob den Gliedschaft behutsam nach und drang langsam tiefer ein.

Jim schloss die Augen.

Lucas großer steifer Schwanz glitt nun unaufhaltsam in ihn hinein, und jetzt, da der Schmerz abgeklungen war, spürte Jim, dass Lucas Kolben ihn auszufüllen begann, und ein unbekanntes Wohlgefühl erwachte in ihm, das durch seinen Bauch strömte und in sein Herz drang.

Im nächsten Augenblick hatte Luca seinen Schwanz bis an die Wurzel in ihn eingeschoben.

Er legte beide Hände mit festem Griff an Jims Arschbacken.

Er bewegte sich nicht.

»Okay?«, fragte er mit rauer Stimme.

»Ja!«, stöhnte Jim.

»Tut's nicht mehr weh?«

»Nein, nein!«

Da begann Luca, langsam und behutsam zu ficken.

Er zog den harten Kolben vorsichtig zurück, bis nur noch die dicke pralle Eichel in Jims After steckte, und schob ihn langsam wieder in Jim hinein. Das Glied glitt leicht voran. Luca wiederholte den Vorgang, und nach und nach beschleunigte er das stoßende Eindringen.

Nach kurzer Zeit fickte er Jim mit großen tiefen Stößen.

Und Jim – ah, er genoss den fickenden Carabiniere! Er genoss den steinharten Schwanz in seinem Körper, er genoss Lucas Stöße, sein Körper brannte vor Lust.

Er stöhnte heftig auf.

Er stemmte sich Lucas Stößen entgegen und bewegte das Becken kreisend in Lucas Fickrhythmus.

Luca begriff, dass Jim Genuss empfand, und stieß in gleichmäßigem Rhythmus kräftiger zu.

Bei jedem Zustoßen, stöhnte er jedes Mal auf.

Nach einer Weile beugte er sich über Jims Rücken, umfasste mit der rechten Hand dessen Hüfte und packte ihn am Schwanz.

Der hing, seit Luca zu ficken begonnen hatte, dick und fest, aber ohne wieder erigiert zu sein, und mit zurückgezogener Vorhaut herunter.

Luca begann, das Glied zu massieren. Es dauerte nur ein paar Sekunden, da spürte er, daß es sich in seiner Hand verdickte und aufrichtete. Luca umschloss es mit der Faust und schob die Vorhaut kräftig hinauf und hinunter.

Jim keuchte heftig.

Er war glücklich. So hätte er sich die ganze Nacht ficken und massieren lassen.

Plötzlich keuchte Luca an seinem Ohr:

»Ich will am Ende in dich abspritzen.«

»Ja«, stöhnte Jim, »ja!«

»Willst du meinen Samen haben?«

»Ja, Luca, ja!«

Luca stöhnte lang gezogen auf.

In diesem Moment öffnete sich die Tür.

Jim erschrak und wandte den Kopf. Ein zweiter Carabiniere stand da, jünger als Luca, ein hübscher kräftiger Bursche von hellerer Haut- und Haarfarbe. Er schob die Tür hinter sich zu.

Luca grunzte und stöhnte, unterbrach aber die Fickstöße nicht. Er war jetzt gut in Fahrt, achtete aber darauf, nicht zu heftig zu stoßen, um den Samenerguss so lange wie möglich hinauszuzögern.

Der junge Carabiniere an der Tür blieb einige Augenblicke stehen und sah Lucas tiefen Fickstößen aufmerksam zu. Seine rechte Hand schob sich über die Uniformhose, und die Finger packten das Geschlecht.

Dann lockerte er die Krawatte, zog sie sich über den Kopf und knöpfte das Hemd auf.

Zog es aus und schnallte, während er ein paar Schritte in den Raum machte, das Koppel auf.

Und stellte sich in Jims Blickfeld.

Auch der junge Carabiniere war behaart, wenn auch nicht so stark wie Luca: über dem Bauch war die Behaarung spärlich und verengte sich um die Nabelvertiefung zu einer dünnen helleren Haarspur.

Der Carabiniere schob die Hose kurzerhand samt Slip über die Hüften und zog sie aus.

Und war nackt.

Sein großes Glied hing dick und fest über einem großen, schweren, rasierten Hodensack.

Der Carabiniere griff sich an den Schwanz, zog die Vorhaut kräftig zurück, umfasste die Rute mit der Faust und begann, sie zu massieren. Sofort stellte sich sein Schwanz auf und wurde dicker; auch die Eichel wuchs heftig an und ragte aus dem Ring, den Daumen und Zeigefinger um den Gliedschaft gebildet hatten, bald violett aufblühend heraus.

Ein paar Augenblicke später hatte sich der harte Schwanz des jungen Carabiniere steil aufgerichtet.

Der Carabiniere löste die Finger von der steifen Rute. Sie war jetzt sehr groß und sehr dick, sie strotzte vor Steifheit und stand fast senkrecht empor. Der Schaft war ein wenig zum Körper hin gebogen.

»Ich bin Sergio«, sagte er.

Jim antwortete nicht, die geile Lust in seinem Arsch, Lucas Hand an seinem Schwanz und der nackte Bursche neben ihm verschlugen ihm die Sprache.

Ein paar Stöße lang sah Sergio zu, wie Luca den Jungen fickte, rieb mit der Handfläche die Unterseite seines Gliedes, schob die Gliedhaut immer wieder tief hinunter und zog den Hodensack kräftig zwischen die behaarten Schenkel.

Dann griff er mit der andern Hand von unten an Jims Sack.

Luca ließ Jims Schwanz los, richtete sich wieder auf und fickte, indem er sich mit beiden Händen an Jims Arschbacken abstützte, mit starken Stößen weiter.

Sein keuchender Atem ging zuweilen über in lang gezogenes Stöhnen. Immer wieder warf er den Kopf vor Wollust heftig zurück und stöhnte dabei laut auf. Sein Stöhnen glich geilen Schreien.

Jim genoss den dicken harten Kolben in seinem Körper mit unendlich geiler Lust, er genoss Lucas gleichmäßigen tiefen Stoßrhythmus und zog den Atem aufzischend ein.

Als er Sergios Hand am Sack spürte, stöhnte er laut auf:

»Aaaahh!«

Und sein harter Schwanz schlug heftig aus.

Sergio stand breitbeinig neben Jim, packte Jims Glied und wichste ein paarmal auf und ab.

Jim keuchte ununterbrochen.

Sergio hockte sich vor Jim auf den Boden, bog Jims hartes Glied in die Waagrechte, wichste es noch ein paarmal und schob es sich in den Mund.

Jim stöhnte schreiend auf.

»Aaahh!«, brüllte er. »Aaahhh!!!«

Sergio sog sich das Glied tief in den Rachen. Die feuchte warme Zunge rieb die Gliedunterseite; dann bewegte Sergio seinen Mund an Jims Kolben auf und ab. Lucas Fickstöße stießen Jims Glied zunächst arhythmisch in Sergios Mundhöhle hin und her; aber nach einigen Augenblicken hatte sich Sergio Lucas Fickrhythmus angepasst.

Er fasste sein eigenes Glied, das zwischen den muskulösen behaarten Schenkeln senkrecht und prall emporstand, und begann, es langsam zu wichsen.

Jims Blut kochte. So etwas hatte er noch nicht erlebt, sein Körper wurde von gewaltigen Brechern der Lust erschüttert, die Geilheit brandete in ihm hoch, der Hodensack hatte sich zu einer festen Knolle zusammengezogen – lange würde er sich nicht mehr zurückhalten können.

Lucas Stöße verstärkten sich, sie verloren den gleichmäßigen Rhythmus, Luca versuchte, seinen harten Kolben mit Hilfe kurzer, scharfer Stöße noch tiefer in Jim einzustoßen.

Er keuchte und stöhnte ohne Unterlass.

Jim hatte sich mit einer Hand in Sergios Haare gekrallt, während er sich mit der andern an der Tischkante abstützte. Verzweifelt versuchte er, seinen steifen Schwanz nun seinerseits in Sergios fest um seinen Gliedschaft gespannten Lippen hin und her zu stoßen.

Sein Körper brannte wie unter einer Feuersbrunst.

Im nächsten Augenblick stieg der Samen aus seinen Hoden in den Gliedschaft, Jim stöhnte auf. »Ich komme!«, keuchte er, »jaa, aahh! Ich komme!«

Sergio massierte, während er das Glied mit dem Mund festhielt, Jims Hodensack und sog die steife Rute so tief in seinen Rachen, dass er Jims dichte Schamhaare an den Lippen spürte.

Jim entlud sich als erster. Den Kopf heftig zurückwerfend und vor Wollust unbeherrscht laut aufheulend, spritzte er seinen Samen in Sergios Rachen, spritzte gegen dessen Gaumen und füllte seinen Mund mit großen Mengen heißer, salziger Samenflüssigkeit.

Jims Samenerguss riss Luca in den Endspurt. Er fickte mit kleinen hektischen Stößen. »Ja«, stöhnte er, »ja, du, du verdammter kleiner Stricher, ich fick dich, du, ich fick dich, aah! Herrlich, herrlich, mein Gott! mein Gott!!«

Dann stieß Luca nur noch sinnlose Silben aus sich hervor, während der Samen in seinen Schwanz stieg, er rammte den harten Kolben tief in Jim hinein, und schon raste sein Sperma auch durch die Harnröhre und schoss aus dem aufgerissenen Eichelmund hinaus und in Jims Eingeweide hinein, füllte Jim an mit herrlichem weißen Männersaft, mit heißem Carabiniere-Saft. Luca brüllte laut auf und stieß noch einmal kräftig, fast brutal zu.

Nach vier oder fünf heftigen Entladungen hatte er abgespritzt und blieb zitternd hinter Jim stehen.

Es dauerte eine ganze Weile, bis er den Schwanz aus Jim herauszog. Sein Kolben war noch dick und fest, und an der Eichelspitze hingen weiße Spermatropfen.

Jim wollte sich aufrichten, aber Luca drückte ihn am Nacken in die gebeugte Stellung zurück.

Sergio war aufgestanden und nahm hinter Jim Aufstellung.

Jim begriff.

Es war Luca, der Sergios Rute mit Gleitgel einrieb. Sergio hielt ihm seinen Kolben anstandslos hin.

Als Luca das Gel mit der Faust auf Eichel und Gliedschaft verteilte, stöhnte Sergio leise auf.

Luca fuhr mit der Faust an Sergios Schwanz ein paarmal wichsend auf und ab.

Dann wandte sich Sergio zu Jim.

Und Jim spürte Sergios harten geil zuckenden Schwanz an der Arschkerbe; Luca fasste Jims Arschbacken und spreizte sie mit den Händen weit auseinander.

Auch Sergio ließ die Eichel in der bloßgelegten Arschfurche ein paarmal auf und abgleiten. Dann setzte er sie an der Rosette an, drückte zuerst sanft, dann immer kräftiger gegen die Öffnung und drang ein.

Jim stöhnte auf.

Sergio stieß ungerührt weiter vor. Das Gleitgel und Lucas Samencreme in Jims Eingeweide machten den Fickkanal so schlüpfrig, dass Sergios dicker harter Riemen leicht und rasch hineinglitt.

Jim empfand auch keinen Schmerz mehr.

Sergio begann sofort zu stoßen. Jim hatte den Eindruck, dass Sergios Stöße weniger heftig seien als die Lucas, aber wahrscheinlich hatte er sich lediglich ans Geficktwerden gewöhnt.

Nun hockte sich Luca zwischen Jims Beine. Er packte Jims Glied.

Jim wollte protestieren, aber da fühlte er, dass sein Schwanz in Lucas Hand erneut steif wurde.

Nach wenigen Augenblicken ragte seine Rute hart und steil empor.

Luca begann, ihn sanft zu wichsen.

Sergio stieß gleichzeitig kräftig in Jims Arsch hinein.

Das geile Lustgefühl gewann in Jims Körper wieder Oberhand; Lucas Faust wichste sein Glied wunderbar sanft, Jims Eichel blühte fest und prall.

Sergio aber hatte Jim an den Hüften gepackt und fickte ihn mit keuchend steigender Wollust.

Sergio stöhnte immer lauter. Sein großer schwerer Kolben fuhr in Jim hin und her, raus und rein, während Jim seinen Arsch den Fickstößen des Burschen entgegenstemmte. Die Lust in ihm war so groß, dass er sich von einem halben Dutzend junger geiler Carabinieri hätte ficken lassen mögen.

Luca griff an Jims Hodensack.

Jim stöhnte lauf auf.

»Gut?«, fragte Luca.

»Ja!«, keuchte Jim. »Jaa!«

Und nun schob Luca seinerseits den Mund über Jims Schwanz.

Jims Körper erbebte. Erneut erschauerte er unter ungeahnten Wonnen. In überwältigenden Wogen strömte die geile Wollust durch seinen Körper, sein Glied brannte in Lucas Mund, die Eichel stieß immer wieder gegen Lucas Gaumen, sein Arsch brannte gierig und geil unter Sergios festen Fickstößen.

Sergio fickte nun heftig und tief. Er wollte keine Verzögerung, er wollte abspritzen, wollte sein Sperma so schnell wie möglich in diesen blonden amerikanischen Boy hineinspritzen. Sergio fickte hemmungslos aufs Ende zu.

Da brach der Damm in seiner Gliedwurzel. Der Samen

staute sich, Sergio warf den Kopf zurück, brüllte auf und entlud sich in Jim und mitten in Lucas Sperma hinein.

Einen Augenblick später, durch Sergios Orgasmus angefeuert, bäumte sich Jims steifer Riemen in Lucas Mund auf und spritzte ab, Jim spritzte ein zweites Mal ab und kaum weniger heftig als das erste Mal, und Luca ließ sich den jungen salzigen Samen über die Zunge rinnen, und erst als sein Mund von Jims Sperma bis zum Überlaufen angefüllt war, schluckte er ihn hinunter.

Eine plötzliche Schwäche überfiel Jims Körper. Er zitterte heftig, konnte sich kaum auf den Beinen halten. Sergio, dessen festes Glied noch in ihm steckte, hielt ihn stützend an den Hüften fest.

Luca stand auf.

Sergio zog behutsam den Schwanz aus Jim heraus.

Luca nahm Jims Körper in die Arme und richtete ihn vorsichtig auf. Sergio fasste Jim von der andern Seite. So legten ihn die beiden Carabinieri sanft aufs Bett.

»Schlaf ein bisschen«, sagte Luca. Er lächelte. »Ich fahr dich dann in deine Disco. Wenn du noch willst ...«

Er beugte sich zu Jim herab und küsste ihn zärtlich auf den Mund.

Jim antwortete nicht. Er war in einen tiefen, samtdunklen Schlaf gefallen.

DER NEUE NACHBAR

VON UDO. A. HERRSCHER

Es lief alles ganz glatt, beruflich war ich schon fast ganz vorn bei uns auf der Bank.

Gleich um die Ecke hatte ich mir gerade eine Eigentumswohnung gekauft. Ein bisschen Erspartes und ein paar Aktienfonds, kein großes Risiko, denn für Risiken war ich nicht zu haben.

Jeden Tag hatte ich meinen gewöhnlichen Ablauf, Ordnung war für mich als Bankangestellter oberstes Gebot, und so sah auch meine Wohnung aus. Die Hosen ordentlich aufgeräumt, das Bett schön gemacht, alles an seinem Platz. Ja, ich war perfekt, nein, nicht gerade spießig, na ja – ein wenig vielleicht.

Ab und zu schaute ich schon mal auf so manchen Knackarsch, der so am Schalter vorbeiging. Vielleicht auch ein bisschen neidisch, denn all die schön verpackten Ärsche und die wunderbaren Knöpfe an den Jeans der Herren faszinierten mich immer wieder aufs Neue.

Ihre Dreitagebärte und wohl gestylten Frisuren, die schönen offenen Hemden, wo sie gerne ihre Pelze vorführten – wenn sie durch die Schalterhallen marschierten, musste ich oft aufpassen, dass ich nicht aus Versehen auf die Alarmanlage drückte.

Ich kannte jeden ganz genau, auch ihre Kontostände.

Auf einer Seite hatten sie mir schon etwas voraus, sie sahen gut aus die Herren, bloß Ihre Girokonten schrieben nicht die Zahlen wie meins, vielleicht lebten sie besser als ich. Eines stand fest, mehr Sex hatten sie bestimmt, denn meine One-Night-Stands konnte ich zählen. Und die waren eher langweilig.

Schön war ich nicht gerade, aber selten – vielleicht machte ich auch nicht viel aus mir. Ich hatte den Haarschnitt, den man so trägt in einer Bank. Besaß drei Anzüge die ich genau im Rhythmus wechselte, und meine Hemden waren gebügelt, so toll, dass es der Persilfrau in der Werbung die Augen verdreht hätte.

Pünktlich um Acht stand ich auf, und pünktlich um 8 Uhr 45 verließ ich das Haus, begegnete wie immer im Flur meiner Nachbarin, die gerade die Post holte. Sie kam jeden Morgen um die gleiche Zeit, wechselte ein paar Worte mit mir und verschwand dann in der Wohnung nebenan.

Nicht mehr lange, sie wollte ihre Wohnung verkaufen. Ich schlug mich schon mit der Überlegung herum, die Wohnung dazuzukaufen, verwarf den Gedanken aber immer wieder.

Es wäre sehr praktisch, dachte ich mir, und bei der Bank würde ich schon einen guten Zinssatz erzielen, nun ja.

Pünktlich um 8 Uhr 45 holte ich dann meine Post aus dem Kasten, und um 9 Uhr betrat ich mit einem üblich Guten-Morgen-Gruß die Schalterhalle der Bank.

War das spießig?

Der Gedanke an die Wohnung der Nachbarin ließ mich einfach nicht mehr los, so eine Chance kommt nicht alle Tage, auf der gleichen Etage neben meiner Wohnung zum Verkauf. Wand an Wand, nein, das konnte ich mir als kühler Rechner nicht entgehen lassen.

Und so kam eines zum anderen, innerhalb von 8 Tagen gehörte mir die Nachbarwohnung, die alte Dame zog aus!

Mir verschlug es fast den Atem, als er zur Schalterhalle hereinkam, was für ein Mann! Groß, ungefähr 1,90! Blond! Stoppelfrisur! Schlank! Und Oberarme, an die man zwei Autos hätte hängen können! Natürlich nur ganz kleine. Er hatte einen Hintern, der runder war als der Mond, einen Hüftschwung wie Richard Gere, Beine, die nie enden wollten, eine Beule in der Hose, die ich schon vom Eingang aus nicht übersehen konnte, und auch gar nicht wollte. Stahlblaue Augen, die so hell wie der Himmel waren, und trotzdem so geheimnisvoll wie die Nacht und ebenso gefährlich.

»Ich möchte ein Konto bei Ihnen eröffnen«, meinte er ganz lässig mit einer rauchigen Stimme, so dass mein Johannes die Signale sogar durch meine Stoffhose verstand. Ich versuchte nach allen Regeln der Kunst, meine Fassung zu bewahren und brachte die Kontoeröffnung ganz gut über die Runden.

Boris Reiter hieß er, und ich war mir sicher, dass er seinem Nachnamen alle Ehre machte. Er wollte Medizin studieren, und mir war klar, dass er irgendwann auch auf diesem Gebiet seinen Beruf sehr ernst nehmen würde.

Nach dem schriftlichen Kram kamen wir ein bisschen ins Reden, und ich erfuhr, dass Boris in einer WG wohnte. Doch so schnell wie möglich eine kleine 2-Zimmerwohnung suchte. Und über so eine verfügte ich ja. Ich hätte sie ihm am liebsten geschenkt, und mein Johannes unter dem Schreibtisch wippte mir bei diesem Gedanken fast aus der ordentlich gebügelten Hose.

»Ich hätte da was für Sie, eine kleine schnuckelige 2-Zimmerwohnung. Zum Glück hatte ich, bevor ich Herrn Reiter zum ersten Mal sah, meinen Kopf noch zusammengehabt und mir den Mietpreis schon zurechtgelegt. Es entsprach genau seiner Preisvorstellung, und noch am gleichen Abend wollte er sich die Wohnung ansehen. Als er aus der Schalterhalle verschwand, beruhigte sich mein Johannes wieder, und ich konnte mich von meinem Schreibtisch erheben und meine gewohnte Schalterarbeit, wenn auch eher schlecht als recht, weitermachen.

Gegen 19 Uhr klingelte es an meiner Wohnungstür. Ich hatte immer noch meinen beigefarbenen Zweireiher an, denn es war Mittwoch, und an diesem Tag trug ich immer diesen Anzug. Boris war der Termin anscheinend nicht besonders wichtig, denn als ich die Türe öffnete, stand er in einem wunderbaren roten Löcher-T-Shirt und einer roten Jogginghose vor mir. Man hatte das Gefühl, er käme direkt vom Sonnenbaden.

Er stützte sich mit einem Oberarm an dem Türpfosten ab, und ich blickte direkt in einen Urwald unter seiner Achselhöhle, in der ich in meiner Fantasie am liebsten meinen Mund darin vergraben hätte. Ich brachte nur ein »Schön, dass Sie so pünktlich sind« heraus, packte den Schlüssel der Nachbarwohnung und stand dann mitten im Wohnzimmer neben ihm.

Boris war einfach ein Traum, noch nie hatte ich so ein Kraftpaket gesehen, und selbst nachts in meinen Fantasiefilmen konnte ich mir so einen Mann nicht auf meinen Johannes projizieren, aber da stand er, mit beiden Beinen hier im Wohnzimmer meiner neuen Wohnung.

Er lächelte ein wenig, und sein blonder Oberlippenschnauzer zog sich zusammen, seine blauen Augen strahlten, zwar wohl nur vor Begeisterung über die Wohnung, aber nun ja. Seine Jogginghose war so prall gefüllt, dass ich annahm, er hätte nach dem Duschen sein Handtuch darin vergessen. Boris machte dann noch einen Rundgang durch die anderen

Zimmer, und ich wollte mich schon zu Boden werfen und ihm eine Mietkürzung anbieten. Mein Hormonspiegel glich nämlich einem abgrundtiefen See, in den ich Boris/Herrn Reiter sofort eintauchen lassen wollte, doch dazu kam es dann nicht.

Boris war durch und durch ein Frauenheld, das war mir klar. Und das war auch gut so, von wegen Mietverhältnis und so, tja.

»Ich nehme die Wohnung, wenn ich Ihnen als neuer Nachbar recht bin«, meinte er. »Das glaube ich schon; wir werden bestimmt gut miteinander zurechtkommen«, antwortete ich, ohne mit der Stimme zu stolpern. Er unterschrieb den Mietvertrag und wollte gleich am nächsten Tag mit seinen Habseligkeiten einziehen. Er verabschiedete sich noch mit einem so festen Händedruck, dass ich mich fragte, ob ich meine Finger im Büro noch würde gebrauchen können.

Am nächsten Morgen machte Boris sein Versprechen wahr und unterbrach meinen genau eingeteilten Rhythmus. Gleich um 7 Uhr in der Frühe hörte ich im Halbschlaf jene rauchige Stimme auf dem Treppenflur, an die sich mein Johannes sofort erinnerte. Na das kann ja heiter werden, dachte ich mir.

Kaum hatte ich seine Stimme gehört, klingelte es, und der neue Nachbar brachte Schwung in mein Leben. Ich öffnete im Halbschlaf die Tür, hob den Kopf und sah in dieses unverwechselbare grinsende Gesicht, in dem ich den Untergang der Welt am frühen Morgen zu erkennen glaubte.

»Guten Morgen, Ihr neuer Nachbar meldet sich zur Stelle. Ich möchte nur den Schlüssel abholen.« Ich wusste nicht, ob ich wach war oder träumte, ich begriff nur, dass ich wie gebannt auf seine rote Turnhose starrte, diese Keule, die mir mühelos den KO-Schlag für diesen Tag hätte verpassen können.

Ein Bankangestellter hat sich stets im Griff, und so gab ich ihm mit einem Kommentar schnell den Schlüssel. »Na, Sie sind ja früh dran«, worauf ich nur ein Grinsen aus strahlend weißen Zähnen erntete und aus blauen Augen, die mich schier in die Knie zwingen wollten.

Ich versuchte trotz des Einzugslärms, den Boris mit noch ein paar Studenten veranstaltete, meinen gewohnten Ritualien zu folgen, was mir aber nur schwer gelang. So vergaß ich an den Briefkasten zu gehen, stolperte hingegen gleich beim Rausgehen über ein paar Umzugskartons und landete mit meinem Donnerstagsanzug direkt auf einem dicken Daunenfederbett, wohin es mich zwar durchaus zog aber doch nicht gleich früh um 10 vor 9.

Boris lachte, als er mich so daliegen sah. »Das tut mir aber Leid, dass Sie mit Ihrem schönen Anzug in meiner Daunendecke liegen.« Ich verzog das Gesicht, griff mir meine Aktentasche, wünschte ihm noch einen schönen Tag und flüchtete mit einem sicherlich unübersehbaren roten Kopf durch die Haustür.

Boris war ein Chaot durch und durch, das bekam ich nun jeden Tag aufs Neue zu spüren. Mal verlor er den Hausschlüssel und holte sich den Ersatzschlüssel, ein anderes Mal fehlte Zucker oder Salz. Ansonsten klingelte es immer wieder bei mir, und irgendwelche wohl geformten Damen fragten nach ihm, wenn er nicht zu Hause war.

Nicht nur die Damenwelt, der er ohne Zweifel das gab, was sie wollte, verzehrte sich nach ihm. Ich ertappte mich selbst immer häufiger, dass ich an ihn dachte. Was mich anfänglich ärgerte, begann dann jedoch immer spannender zu werden. Ganz zu schweigen von seinem Konsum an Frauen, verstand er es – bewusst oder unbewusst – auch an mich Komplimente zu verteilen, die ich auf jeden Fall, so verstehen wollte, wie ich es brauchte. Und das brachte mein Bankerleben ganz schön durcheinander.

Die Damenwelt kam abends wohl geschminkt zu ihm, und wenn ich morgens zum Briefkasten ging, sah ich die eine oder andere schon mal rauswackeln aus der Wohnung. Ich fragte mich, ob das wirklich die Gleiche war wie gestern Abend, denn irgendwie schauten alle immer so fertig aus. Kein Wunder, Herr Reiter machte seinem Namen alle Ehre.

Was ging's mich an, seine Miete kam pünktlich, und zu mir war Herr Reiter nett und freundlich. Vielleicht hätte ich gerne selbst mal so fertig ausgesehen wie jene Damen. Na ja.

Ich versuchte, die nötige Distanz zu halten und hatte eigentlich das Gefühl, dass er mein Privatleben nicht durchschaute, worauf ich anfänglich auch gar keine Lust hatte.

Nur meine nächtlichen Fantasien machten mir immer wieder zu schaffen, wenn ich ihn dann so vor mir sah, in seinen wunderbaren Jogginghosen oder den kurzen Turnhosen, wo man nicht wusste, wo dieser Schwanz begann und wo er aufhörte. Es wäre mir dabei nicht um Zärtlichkeiten gegangen, ich wollte vielmehr von ihm genommen werden, hemmungslos, ohne lange zu fragen, mehr wollte ich nicht von ihm. Ich wollte seinen Schwanz – einmal oder ab und zu, tja. Hatte ich eine Chance gegen seinen ganzen Harem? Ich wollte es wissen.

Ein bisschen neidisch war ich schon auf ihn, denn Boris lebte sein Leben, ohne Wenn und Aber. Er hatte sein Medizinstudium begonnen, am Wochenende jobbte er in einem Fitnessstudio, und die Feste feierte er, wie sie fielen. Seine Garderobe war sportlich und leger, dann wieder frech, wie es sich für einen 22-jährigen Studenten eben ergab. Anziehen konnte er was er wollte, seinen großen Schwanz konnte und wollte er sicherlich auch nicht vor der Damenwelt verstecken. Ohne Zweifel gefiel es ihm so. Ihm war bewusst, was er zu bieten hatte, und er war wild entschlossen, all das auszukosten, was sich ihm bot.

Ich war hungrig auf ihn. So sehr ich mich auch bemühte, ihn mir aus dem Kopf zu schlagen, es ging nicht. Wir wohnten Wand an Wand, und es verging kein Tag, an dem wir uns nicht begegneten.

Ich versuchte, mich mit kleinen One-Night-Stands abzulenken, doch es gelang mir nicht. Es trennten uns nur wenige Jahre, doch zwischen uns lagen Welten, und ich begann mich zu fragen, ob das nicht alles ein bisschen lockerer bei mir gehen könnte.

Ich wollte mehr wissen von ihm, außer ihn zu sehen oder nachts zu hören, wie er seine Damen bis zur Ohnmacht rammelte. Und so lud ich ihn zum Abendessen zu mir ein, was er auch prompt annahm!

19 Uhr – Aufregung – Stress, alles was man sich so macht, wenn man etwas will und nicht weiß, ob man es je bekommen wird. Es war Donnerstag, und ich hatte nicht meinen schicken Anzug an, nein, ich hatte mir zu meinen wunderbaren nicht-spießigen Anzügen eine Jeans gekauft und ein paar richtig schöne T-Shirts. Außerdem war ich zum Friseur gegangen, und siehe da, komischerweise gefiel ich mir sogar, man soll's nicht glauben.

Als er dann vor mir stand, begann er doch zu grinsen. Boris hatte einen dunkelblauen Anzug mit weißen Hemd und gelber Krawatte an. Ich trug eine Jeans, dazu ein sportliches Hemd, und schau an, für meine Haare hatte ich mir sogar ein Styling Gel gegönnt. Bloß wie ich das alles verbuchen sollte in meiner Haushaltskasse, wusste ich noch nicht so recht. Aber irgendwie war mir das im Moment ganz egal.

»Ich wollte mich ihrem legeren Kleidungsstil einmal anpassen«, brachte ich kurz heraus. Worauf Boris/Herr Reiter meinte, »Ich dachte mir, hol mal deinen guten Anzug raus, wenn du zu deinem Vermieter gehst.« Aber so sehr er sich auch bemühte, eine gute Figur abzugeben, es passte einfach nicht zusammen.

Er zeigte die besten Manieren, so wie ich es von den vielen Geschäftsessen, an denen ich immer teilnehmen musste, gewohnt war. Ich hatte es schon vollkommen verlernt, locker zu sein. Und gerade dieser Herr Reiter gab mir zu verstehen, dass in meinem Leben noch so einiges nicht richtig gelaufen war.

Herr Reiter fühlte sich sichtlich unwohl in seinem Anzug und verschwand nach dem Essen kurz in seiner Wohnung.

Nun hatte er es wirklich geschafft, mich von einer Sekunde auf die andere auf Hundert zu bringen, denn das, was er jetzt anhatte, oder besser gesagt, was noch übrig geblieben war, überstieg alles, was ich je an ihm gesehen hatte.

Eigentlich hätte ich mich am liebsten gleich auf den Boden geschmissen, bevor er sich noch hinsetzen konnte. Doch ein bisschen hatte ich mich noch im Griff, auch wenn es mir für ein paar Sekunden die Sprache verschlagen hatte, als er so vor mir stand, gewaltig, ein einziges Muskelpaket, das eigentlich zu schade für das Medizinstudium war und viel zu schade für die Damenwelt. So was jeden Tag, und man hätte ausgesorgt, dachte ich mir.

Er trug eine ausgewaschene kurze Jeans, die gerade das bedeckte, was man bei diesem Kraftpaket bedecken musste. Sie war leicht ausgefranst und kräuselte sich ein wenig zusammen. Ich versuchte zu schauen, ob er Links- oder Rechtsträger war, doch bei diesem Stoff schien es mir, war eigentlich alles ausgefüllt. Dazu hatte er ein schwarzes T-Shirt an, das er in diesen Fetzen von Jeans reingesteckt hatte. Das knappe T-Shirt hatte oben nur ganz dünne Träger. Und man sah sie, diese wunderbaren geilen blonden Achselhaare, die mich nur noch wirrer im Kopf machten, als ich schon war. Kein Gramm Fett, nicht eines zu viel, und wenn ich bis dahin auch nie genau gewusst hatte, warum das immer Waschbrettbauch heißt, jetzt wusste ich es.

Ein schwarzer Nietengürtel hielt alles zusammen. Ich bin mir sicher, dass es ohne diesen Gürtel die Jeans zerrissen hätte. Boris setzte sich breitbeinig auf die Couch. Ich saß ihm gegenüber. Herr Reiter gab mir einen Logenplatz, der mir alles, wirklich alles, was sich jetzt im Moment bot, zu sehen gab.

Es war sinnlos – so sehr ich mich auch bemühte, man konnte kein vernünftiges Gespräch führen. Boris grinste ständig, und wenn er sich nach seinem Getränk zum Tisch vorbeugte, hatte man das Gefühl, dass seine Jeans aufsprang. Seine durchtrainierten Oberschenkel, die er sicherlich nicht nur vom Sport hatte, sondern auch von den nächtlichen Ausschweifungen mit der Damenwelt, waren mit wunderschönen blonden Haaren bedeckt. Tennissocken und weiße Turnschuhe gaben dem Ganzen noch den Rest.

Nicht nur, dass mir das Wasser im Munde zusammenlief, bei diesem Anblick, nein, ich hatte das Gefühl, ich müsse aufspringen und mir diesen Schwanz holen, der in so greifbarer Nähe war. Er wusste es, und er spielte seine Trümpfe aus. Es gab kein Pik As und keinen König in diesem Feuerwerk der Gefühle. Es ging hier nicht um Gewinner oder Verlierer, im Grunde ging es darum, so schien es mir, mich entweder mit diesem Schwanz umzubringen oder mich in den Himmel zu heben. Ich war mir jetzt sicher, Boris wusste es genau.

Es gefiel ihm, das spürte man, wie meine Fassade so allmählich bröckelte. Für ein paar Sekunden wurde es ein bisschen still, bis Herr Reiter oder, ja, Boris sagte: »Sicherlich ist es ab und zu mal recht laut, so Wand an Wand, oder?«

»Nun ja, manchmal hört man schon mal dies oder jenes Geräusch.« Ich erhob mich bei seiner Frage und setzte mich neben ihn. Er spreizte seine Oberschenkel ein wenig, und ich hatte das Gefühl, dass er seine ganzen Muskeln noch ein bisschen mehr anspannte.

Er grinste, es war kein verlegenes Grinsen, nein, es war ein Grinsen, das etwas Verwegenes hatte. Das gefiel mir, verdammt noch mal. Ich hatte genug von diesem risikolosem Leben, das ich führte. Er hätte mich zerreißen können, dann hätte ich wenigstens einmal richtig gelebt oder wäre einen Heldentod gestorben – ich war bereit.

»Sie müssen mir das sagen, wenn es ihnen zu laut wird.« Dabei legte er seinen rechten Arm hinter mir auf der Couch ab. Ich war so dicht an seiner Achselhöhle, dass ich seinen wunderbaren herben Duft nach Moschus in mich aufnahm.

Ich blickte ein wenig auf zu ihm, »Heute ist es ja nicht laut in ihrer Wohnung, heute sind Sie ja hier bei mir!« Wieder verzog er seinen Mund zu einem leichten Grinsen, so dass sich sein Oberlippenschnauzer ein wenig hob und seine Zunge, so schien es mir, ein wenig gierig wurde.

Boris zog, wie ich, alle Register: er war es, der sich hier bedienen lassen wollte. »Glauben Sie mir, ich bemühe mich, so leise wie möglich zu sein.« Dabei stand er auf und klopfte an die Wand. Er drehte sich um, so dass ich nur ein paar Zentimeter von seinem Schwanz entfernt war. »Die Wände sind ja wirklich sehr dünn«, meinte er. Boris behielt seine Haltung bei. »Wie kann ich Sie nur entschädigen für all den Lärm, den ich mache?«

»Vielleicht sollten Sie den Lärm ab und zu mal in diese Wohnung verlagern.« Ich sprach aus, worauf er die letzen zwei Stunden hingearbeitet hatte. Entweder er nimmt mich jetzt, dachte ich mir, oder er geht.

Jetzt wurde es wieder für ein paar Sekunden ein wenig still. Ich rutschte von meiner Couch und kniete vor Boris nieder. »Ja, ich glaube das würde unserem Nachbarschaftsverhältnis bestimmt gut tun, aber können Sie all das auch aushalten?« Er schaute fragend zu mir herunter.

Dann zog er seinen Nietengürtel blitzschnell aus der Jeans. Noch ehe ich antworten konnte, spürte ich seinen Gürtel unter meinen Armen. Boris hatte mich da, wo ich sein wollte.

Jetzt war ich in seiner Gewalt, ich spürte sie, diese Gewalt, nach der ich mich sehnte. Er zog mich mit dem Gürtel zu seinem Schwanz und spreizte seine Beine. Ich roch den Duft seiner unverwechselbaren Männlichkeit und blieb in der eingenommenen Position, hatte auch gar keine Möglichkeit, auszuweichen, es gefiel mir. Es war ein Gefühl, das alles in Frage stellte, und Boris stellte alles in Frage.

»Ist es das, was Sie wollen?« Ich war willenlos, sagte kein Wort. Boris nahm den Gürtel und band meine Hände zusammen. Er schnaufte dabei wie ein Tier, und ich ließ es auf mich zukommen. All die Wochen, die sich aufgeheizt hatten zwischen uns, kamen zum Ausbruch. In Windeseile zog er sein T-Shirt aus und bot mir ein Schauspiel von Muskelkraft, das sich zwischen Mensch und Tier bewegte. Seine Brust senkte und hob sich wild und ungezähmt. Seine Nippel zeigten mir die Geilheit, die in ihm steckte, er war geil auf mich, das wollte ich haben. Ich wollte jeden Zentimeter von ihm ihn mir spüren.

Mit beiden Händen riss er die Knöpfe seiner Jeans auf, und es war Musik in meinen Ohren. Er schob seine Jeans runter, stellte sich wie ein Fels vor mir auf. Ich bekam eine kurze orangefarbene Boxershorts zu sehen, die vorne mit einem wunderbaren Netzteil versehen war. Mit seiner rechten Hand spielte er an seinem Stamm, der diese gewaltige Ladung versprach, die nur nach mir verlangte, die mich in den Himmel schicken wollte.

»Gib ihn mir, komm schon, gib ihn mir.«

Er lachte, kam auf mich zu und befreite mich von den Handfesseln.

»Zieh dich aus, na komm schon, zieh dich aus«, konterte er. Mit einem Ton, der alles und nichts verriet, stand Boris alias Herr Reiter fordernd vor mir. Ich hatte ihn endlich, jetzt hatte ich ihn. Erstmal befreite ich mich ganz schnell von meinem Hemd, ließ meine Jeans aber noch an. Ein bisschen sollte er sie mir noch runterreißen. Es erregte ihn. Boris packte aus, und nun wurde mir doch ein wenig mulmig. Ich hatte in meiner Laufbahn schon einiges gesehen, aber dieser Schwanz stellte vieles in Frage.

Nein, davon würde ich nie genug bekommen, waren meine ersten Gedanken, als er nur ein paar Zentimeter einfach so vor mir stand. Sein Körper war stahlhart, durchtrainiert, sein Schwanz ragte steif vor mir auf. Man konnte seine dicken Adern sehen, auch er war durchtrainiert, daran bestand kein Zweifel. Sein Sack war wunderschön behaart, so wie sein ganzer Körper. Er streckte sich mir ein wenig entgegen, griff mit seiner Hand über seinen Schwanz.

Wie ein kleiner Junge, etwas verlegen und doch bestimmend, wusste er genau, was er von mir wollte. Es bestand kein Zweifel daran, dass er es bekommen würde. Er spannte seine Oberschenkel an, so dass sich seine Arschbacken zusammenzogen. Seine rote Kuppe öffnete sich leicht, und ich dachte, das Blut schösse zum ersten Mal durch dieses mit Wucht geladene Gerät. Seine dicken Adern hatten etwas von einem großen Baum mit starken Wurzeln. Wie lange hatte ich mir schon gewünscht, Boris so vor mir stehen zu sehen. Er kam immer näher mit seinem Schwanz auf mich zu. »Ist er so wie du ihn dir in deinen Träumen vorgestellt hast?«, grinste Boris. Ich konnte nichts mehr dazu sagen, sondern öffnete gierig meinen Mund. Meine Zunge berührte die große Schwanzkuppe. Er raunte mir entgegen. Ich fuhr mit meiner Zunge über diesen gewaltigen Stamm, spürte diese kraftvollen Adern, bis ich zu seinem Sack kam, den ich bereitwillig leckte. Boris stützte sich an der Wand ab, meine Hände umklammerten seinen festen Arsch.

Herr Reiter hob mich mit seinen Armen hoch zu sich und strich mir leicht über die Brust. Gierig saugte er an meinen Brustwarzen. Seine Hände wanderten immer tiefer, suchten den Gürtel, seine Bewegungen wurden etwas wilder und gezielter. Er zerrte an meiner Unterhose, schob sie schnell nach unten, dann beugte er sich ein wenig und begann, meinen Schwanz tief und gierig in sich aufzunehmen.

Ich spürte das Kratzen des Dreitagebartes an meiner Haut, das mich immer wilder werden ließ. Er konnte einfach alles. Ja, nicht nur die Damenwelt hatte ihre wahre Freude an diesem Naturburschen, nein, ich war mir sicher, auch die Männerwelt hatte von Boris schon ab und zu eine Kostprobe bekommen. Er war ein Naturtalent, und jetzt war ich an der Reihe – warum sollte ich das nicht genießen? Als Vermieter hat man eben ein paar Privilegien mehr als die anderen.

Boris kniete vor mir, hob mit seiner ganzen Kraft meine Beine nach oben, und ich spürte seine Zunge, die immer wilder in die Mitte meines Arsches wanderte. Boris leckte tief und gierig meinen Eingang aus, schob einen Finger hinein und langsam noch einen, bis er mir dann seinen kräftigen Schwanz zu spüren gab, den er mir an meine Arschbacken knallte.

»Schick mich in den Himmel, Boris«, konnte ich nur noch schnaufend sagen.

»Noch nicht, noch nicht gleich. Der Abend hat doch erst begonnen.« Seine Augen funkelten, ich konnte seine Gedanken nicht ergründen, doch ich wusste, das hier war erst die Vorspeise für ein langes Dinner for Two.

Er setzte sich zurück auf die Couch, spreizte seine Beine so weit, dass ich vom Boden aus seinen wunderbaren vollen Sack bewundern konnte. Sein Schwanz bäumte sich auf, zeigte Richtung Nabel. Kerzengerade wich er nicht ein bisschen von seiner geraden Linie ab. Boris machte es sich auf der Couch bequem, ich lag ihm zu Füßen. Er hatte wunderbare große Füße. Es machte mich an, ich verspürte das Verlagen, mich vollkommen zu unterwerfen. Herr Reiter erkannte meine Gedanken. Seine Augen zogen sich zusammen, sein Gesichtsausdruck wurde entschlossener. Mit meinem Mund lag ich nur ein paar Zentimeter von seinen Füßen entfernt, so dass er meinen keuchenden Atem spüren musste.

»Leck sie, na los, mach schon. Leck sie.« Seine Aussprache war hart und bestimmend und doch ein bisschen verspielt – trotzdem war nichts mehr von meinem freundlichen Nachbarn zu erkennen! Mein Schwanz wurde noch härter, so dass ich glaubte, er müsse zerspringen, so pulsierte er vor sich hin.

»Ich weiß du kannst es, na mach schon«, meinte Boris. »Du kannst es. Dann wirst du meinen Arsch auslecken, meinen Schwanz bedienen, so wie ich es will. Ich werde dich schön in deinen Mund ficken, weil du es brauchst. Du wartest doch schon lange darauf. Dann, ja dann erst mein Lieber, schicke ich dich in den Himmel.«

»Das wirst du nie vergessen«, fügte er grinsend hinzu, »das versprech ich dir.«

»Los fang an, na los mach schon. Leck mich.« Nicht einmal, dass ich mich sträubte oder zögernd begann, nein, ich nahm seinen rechten Fuß und begann, die große Zehe in den Mund zu nehmen. Es war ein seltsames Gefühl, ich verlor alle Kraft, fühlte mich leicht, vergaß Raum und Zeit.

Nach und nach leckte ich seine Zehen, sah immer wieder nach oben. Boris stöhnte, sein Gesichtsausdruck war geklärt und frei. Leichte Schweißperlen bildeten sich auf seiner gebräunten Brust. Durch das Dämmerlicht konnte man schöne Schattenspiele seiner Muskeln erkennen. Ich wollte ihn auskosten diesen Abend.

»So ist es gut, ja so machst du es gut.«

»Ja, ich mach es dir, so wie du es willst. Sag es mir, na los sag es mir.« Es war ein Spiel, ein angenehmes Spiel, weit weg von den Normen, innerhalb derer ich mich bewegte. Ich fühlte mich wunderbar. Er stand auf, packte mich und legte sich über den kleinen stoffbezogenen Hocker der Couch, spreizte seine Beine und zeigte mir den Eingang zur Hölle.

»Leck mich, na komm schon, leck mich.«

Ich kniete vor ihm nieder. »Schön lecken ja, das ist es«, hörte ich ihn sagen, es tat ihm gut. Seine Spalte war mit kleinen blonden Haaren bedeckt, und bei jedem Vorstoß meiner Zunge hörte ich ihn grunzen. Er hob seinen Arsch ein wenig in die Höhe, so dass ich schön an seinen Sack herankam. Ja, er ließ sich bedienen. Langsam drehte Boris sich herum, ließ mich noch immer zappeln. Er streckte mir seine Achsel hin. Ich nahm ihn auf, diesen frischen Schweiß, hielt mich fest an seinen Oberarmen, die mich nun mit einem festen Ruck auf den Rücken zwangen. Das Schauspiel nahm seinen Lauf. Mit seinen Knien drückte er mich fest zu Boden, bäumte sich wie eine Statue vor mir auf, und zeigte mir seinen Riemen, der nun nichts mehr in Frage stellen konnte.

»Gib ihn mir Boris, gib ihn mir.« Er ließ sich von meinem Flehen nicht beirren, sondern ging genauso vor, wie er es wollte, und ich beugte mich dem Willen meines neuen Nachbarn.

»Nimm sie, na komm schon, nimm sie.« Sein Sack hing vor mir wie ein wunderbares Überraschungspaket. Boris bot es mir an. Ich saugte gierig daran, bis ich diesen wunderbaren Sack ganz und gar in meinen Mund reinbekam.

»Ja so ist es gut, jetzt geb ich dir meinen Schwanz.« Er stellt sich auf, begann über mir zu wichsen. Ich kniete vor ihm nieder, sah diesem wunderbaren Schauspiel entgegen, das auf mich zukam.

»Mach ihn auf deinen Mund, na mach schon.« Ich riss meinen Mund weit auf. Boris schob mir diesen Kolben rein, und schnell entzog er ihn mir wieder, bis ich flehend zu ihm hoch sah und er mir sein Gerät für ein paar Minuten wieder gönnte. Fest hielt er ihn, streichelte mir zuerst mit seinem Schwanz sachte übers Gesicht. »Es tut so gut Boris, verdammt tut mir das gut.« – »Gleich mein Lieber, gleich wird es dir noch wohler.« Aus dem Streicheln wurde ein langsames Schlagen. »Ich glaube das brauchst du, oder? – Sag es mir, na komm schon, sag es mir! Ich will es hören, wie gut es dir tut. Ich will, dass es meinem Vermieter an nichts fehlt.« Dabei strich er mir sein Gehänge längs und quer übers Gesicht, und ich genoss diesen warmen Segen.

»Schick mich in den Himmel, ich halt es nicht mehr aus.« Ich legte mich freiwillig auf die Schlachtbank, hielt ihn hoch meinen Arsch. Hinter mir hörte ich, wie er ihn einrieb seinen Schwanz, mit irgendeiner Creme. Ich war bereit. Ich spürte, wie er sich langsam rantastete an meinen Arsch. Er brauchte nicht viel Kraft, ich hatte das Gefühl, mein Arschloch öffnete sich, als könnte es vor lauter Lust sehen, was sich da reinzuzwängen versuchte. Ich biss mir bei jedem Millimeter auf die Zähne. Meine Schließmuskeln glichen sich dem Rhythmus an und schoben ihn ins Himmelstor.

Boris fing an, mich zu ficken. Nach und nach schob er mir sein Gerät rein, und zog es wieder heraus fast bis zum Anfang, wobei er schneller und schneller wurde. Sehr viel bekam ich dann aber eigentlich nicht mehr mit, sondern versuchte nur noch, zwischen Schmerz und Lust eine Brücke zu bauen. Boris kannte keine Gnade, sein ganzer Körper gab mir seine Kraft, und er dachte nicht im Traum daran aufzuhören. Ich konnte nicht mehr. Ich wollte ihn haben, lag da und wusste nicht mehr, ob es jemals ein Morgen danach geben würde. Ich sah Bilder in Tausenden von Farben vor mir, und mein Körper fühlte sich ganz leicht an und schwebte zwischen Himmel und Hölle.

Immer wieder spürte ich diese gewaltigen Oberschenkel gegen meinen Arsch klatschen. Auf die Nachbarwohnung fiel mein Blick, von dort jedoch kamen die Schreie nicht, als Boris seinen Schwanz rauszog, mich schnell umdrehte und mir seinen heißen Saft über den Körper spritzte, der sich immer wieder verkrampfte. Ich spürte ein Farbenmeer der Gefühle, als er mich an meinem Schwanz packte und mich wichste, bis ich dann ebenfalls kam. Wie ein Tier, das aufgehört hat zu kämpfen, legte er sich schnaufend auf mich und verrieb unserer beider Seen ineinander.

Nach einer Weile stand Boris wortlos auf, zog seine Unterhose an, packte den Rest seiner Kleider, schob den Kopf zur Eingangstür heraus und drehte sich nochmals kurz zu mir um. »Hoffentlich kann ich noch lange Ihr Nachbar sein.« Dann verschwand er. In dieser Nacht hörte ich nebenan keine Geräusche mehr.

Am nächsten Tag kam ich zum ersten Mal zu spät zur Arbeit. Meine Wohnung sah furchtbar aus. So viele Stornobuchungen wie an diesem Tag hatte ich noch nie gehabt, aber mir ging es einfach gut. Immobilien, dachte ich mir, sind doch immer eine gute Anlage. Oder?

SCHULDEN

VON JOSHUA F.

1

Seit zwei Jahren hatte ich nun meine Detektei auf der Kö in Düsseldorf.

Den Polizeidienst hatte ich auf dem Höhepunkt meiner Laufbahn quittieren müssen, nachdem ich den Sohn des Polizeipräsidenten entjungfert hatte.

Die Geschäfte liefen gut, besonders da ich noch gute Kontakte zu meiner früheren Dienststelle unterhielt, die mir ab und an ein paar Fälle zuschanzte.

Es war 17.00 Uhr, und ich schickte mich an, mein Büro zu verlassen, als meine Sekretärin Yvonne klopfte und fragte, ob ich noch einen Klienten empfangen wolle.

Eigentlich wollte ich mich ja heute nach Feierabend mit Lars treffen und mal wieder die Szene unsicher machen. Aber das konnte warten. Ich bat den Besuch herein.

Als Yvonne zur Seite trat und dem jungen Besucher den Weg in mein Büro wies, stockte mir der Atem: Ein etwa achtzehnjähriger blonder Hüne trat ein. Mindestens einsneunzig groß und trainiert. Sein maskulines, aber jugendliches Gesicht wirkte durch den Dreitagebart markant, und seine körperbetonte Kleidung meißelte seine Vorzüge hervor. Was für ein Kerl, dachte ich nur, setzte mich in meinen Sessel und wies mit der Rechten auf den Lehnstuhl mir gegenüber.

Als sich der ›Kleine‹ setzte, musste ich das Sabbern unterdrücken.

»Was kann ich für Sie tun«, begann ich geschäftsmäßig.

»Mein Name ist Stefan Hagen.« Der Bariton passte deutlich zu seiner Größe, nicht jedoch zu seinem offensichtlichen Alter. »Ich soll Ihnen schöne Grüße von Kommissar Lars Weber ausrichten. Er war es auch, der mich zu Ihnen geschickt hat, weil die Polizei *noch* (er betonte dieses Wort) keine Handlungsmöglichkeit sieht.«

Lars, das Schlitzohr, saß jetzt sicherlich bereits in der Kneipe und stellte sich mein Gesicht bei dem Anblick dieses Knäbleins vor. Ich brauchte mir nun auch keinen Kopf um unser Treffen zu machen, denn er ahnte sicherlich, dass ich später kommen würde.

Ich räusperte mich. »Und um was geht es nun genau?«

Es dauerte einen Augenblick, bis er fortfuhr. Dabei wechselte sein Gesicht mehrmals die Farbe. Ganz offensichtlich war ihm die Sache peinlich.

»Es geht um meinen Zwillingsbruder, Markus. Er hat Probleme. Und irgendwie macht er seine zu unseren Problemen. Uns heißt in diesem Fall: zu denen unserer Mutter und meinen.«

Er schlug dabei, wie zum Schuldbekenntnis, auf seine Brust. »Er ist aggressiv, bedroht mich und meine Mutter, die uns seit Jahren allein mit Putzjobs über Wasser hält. Er plündert regelmäßig die Haushaltskasse, um bei seinen angeblichen Freunden den großen Max zu machen. Ich weiß einfach nicht mehr, was ich tun soll.«

Ich unterbrach ihn: »Warum setzen sie ihn denn nicht einfach vor die Tür?«

»Es ist mir peinlich, aber er erpresst uns. Er sagt, wenn Mutter ihn rausschmeißt, erzählt er in der Oberstufe, dass ich ein Schwanzlutscher bin...« Er stockte, bekam sich aber wieder in den Griff. »Wissen Sie, wir sind in der Oberprima eines katholischen Gymnasiums. Ich will unbedingt im nächsten Jahr meinen Abschluss machen, und wenn die in der Schule das erfahren, wird das ein Spießrutenlauf für mich. Auf der Uni wird das kaum ein Problem sein, aber bis dahin ...« Er schaute mich mit großen Augen an.

Ich vollendete den Gedanken: »... müssen Sie stillhalten und tun, was er sagt. Deshalb kann auch die Polizei nichts unternehmen!?«

Er nickte nur.

Ich dachte nach. Dem Jungen stand ganz offensichtlich das Wasser bis zum Hals. Ich brauchte auch kaum zu fragen, ob er sich meine Dienste leisten konnte, denn ich verlange für einen Tag mit Spesen so viel, wie die putzende Mutter wohl in zwei Wochen nach Hause brachte. Andererseits kotzte mich das an, was ich da zu hören bekam. Ich beschloss, die Sache zu übernehmen, griff zum Hörer und rief Jacko, einen Freund aus dem Milieu, an. Nach dem ersten Klingeln schon meldete sich der Gauner. »Hi, Jacko, hier ist Mike. Könntest du dich mal nach einem Markus Hagen umhören. Es ist wichtig. Vielleicht gibt es irgendwas über ihn zu erfahren, was meinem Klienten weiterhelfen würde.« Von der anderen Seite kam ein Stöhnen: »Da brauche ich mich gar nicht lange umzuhören. Der Kleine steht bei mir mit fünf Mille in der Kreide. Wenn nicht in zwei Tagen die Kohle an Land kommt, breche ich ihm alle Knochen.«

Ich grinste, denn ich wusste, dass Jacko viel zu nett für seinen Job war, um auf diese Art sein Geld einzufordern. Aber drohen konnte er, und das reichte meistens.

Ich war zufrieden. Damit ließ sich eine Menge anfangen.

»Jacko, was hältst du davon, wenn wir uns in einer halben Stunde im ›Wilden Mann‹ treffen. Lars wird auch da sein.«

Ich wusste, das zog. Jacko und Lars verband eine Hassliebe. Beide konnten sich *beruflich* zwar auf den Tod nicht ausstehen, waren aber wie zwei Turteltauben, wenn sie sich außerdienstlich trafen, und schon mehrmals zusammen in die Kiste gesprungen.

»Okay, aber nur, wenn mich dieser Möchtegern-Bulle nicht wieder nach meinen Einkünften fragt …« Er hatte aufgelegt. Ich lächelte wissend.

Stefan hatte stillschweigend aber mit hochgezogenen Augenbrauen zugehört und schaute mich nun fragend an.

Ich war knapp und sachlich: » Die Sache lässt sich gut an. Wenn alles so klappt, wie ich mir das vorstelle, wird Ihr Bruder in einer Woche nicht mehr wiederzuerkennen sein. Bitte geben Sie meiner Sekretärin Ihre Personalien, die Anschrift Ihrer Schule und Ihre Telefonnummer, ich werde mich bei Ihnen melden.«

Zögernd stand der neue Klient auf: »Da gibt es noch ein Problem: Wie sieht das mit Ihren Gebühren aus?«

Ich winkte ab: »Ich bin mir sicher, da werden wir uns ganz bestimmt einig werden.«

Ich gab ihm die Hand und schaute auf seinen traumhaft knackigen Hintern, als er den Raum verließ.

2

Nachdem der Knabe mein Büro verlassen hatte, führte ich noch zwei Telefonate und verließ dann meine Detektei. Das Treffen mit meinen beiden Freunden im ›Wilden Mann‹ verlief, wie ich es mir vorgestellt hatte. Nachdem ich die beiden über die ganze Geschichte aufgeklärt und mir Jacko seine Mithilfe zugesichert hatte, erklärte ich meinen Plan. Beide grinsten wie Honigkuchenpferde, und der Abend wurde feuchtfröhlich. Wir zogen noch durch einige andere Kneipen, und während ich danach alleine nach Hause fuhr, gingen die beiden anderen eng umschlungen zusammen nach Hause.

Am nächsten Tag rief ich unter falschem Namen bei der Schule der Hagen-Söhne an und ließ mir den Schulschluss von Markus Hagen durchgeben. Dann setzte ich mich in meinen Porsche und war eine Viertelstunde vor Schulende zur Stelle.

Keine Sekunde zu früh, denn natürlich ließen die Lehrer bei traumhaften achtundzwanzig Grad im Schatten ihre Schäfchen früher ins Wochenende. Eine Gruppe von knapp bekleideten Girlies kam schnatternd auf meinen Wagen zu. Ihnen hinterher eine Gang von fünf ›Stieren‹, die den Mädels zotige Sprüche nachbrüllten. Ein Boy fiel mir direkt ins Auge: War es Stefan oder Markus? Nein, es musste Markus sein, so wie er sich verhielt, denn er schloss mit mehreren großen Schritten zu den Mädchen auf und packte einer von ihnen von hinten an den Po. Das Mädchen drehte sich geistesgegenwärtig um und versetzte ihm eine schallende Ohrfeige. Ebenfalls schallend war das Gelächter seiner Kollegen, als er sich grinsend zurückfallen ließ und theatralisch auf seinem Hintern landete.

Die Mädchen verdrückten sich schnell, und ich stieg aus meinem Wagen aus und ging zu den noch immer lachenden Jungs hinüber.

Markus musste mehrere Stunden am Tag im Fitnesscenter zubringen: Er trug weite knielange Jeans, aus denen kräftige Waden schauten. Der Oberkörper wurde von einem Muskelshirt mehr hervorgehoben als verdeckt. Starke Bizeps und eine fast gemeißelte Brust, auf der, die Muskeln betonend, eine deutlich gestutzte Behaarung wuchs, erinnerten mich an amerikanische Teeniestreifen. Auch seine Freunde standen ihm in nichts nach, und ich musste aufpassen, dass meine Hose kein Zelt bekam.

Als ich die Gruppe erreichte, hörte das Flachsen der Jungs schlagartig auf. Ihre Haltung versteifte sich, und mit vorgerecktem Kinn warteten sie wie Raubkatzen auf ihre Beute.

Ich stellte mich direkt vor Markus, der sich in der Zwischenzeit aufgerappelt hatte, und schaute ihm tief und bedrohlich in die Augen.

Auch ich brauchte mich für meine Erscheinung nicht zu schämen: Mit meinen fünfunddreißig Lenzen hatte ich eine gute Figur. Zwar nicht so aufgepumpt wie die Halbstarken mir gegenüber, aber drahtig und gewandt. Dreimal die Woche ging ich zum Sport, legte aber mehr Gewicht auf die Kondition meiner Einssiebenundachtzig als auf Masse, und zwei Abende absolvierte ich, mit Ausnahmegenehmigung, das Karatetraining in der Polizeisportgruppe.

Um dem kleinen Angeber direkt die Luft aus den Segeln zu nehmen, blaffte ich ihn zynisch an: »Na Markus! Hast du denn auch schön gespart? Mein Freund Jacko möchte dich nämlich sehen.«

Das arrogante Gehabe des geilen Boys fiel wie ein Kartenhaus in sich zusammen, er erstarrte, und seine Unterlippe begann leicht zu zittern. Ganz offensichtlich konnten seine Freunde mit dem Namen Jacko nichts anfangen, denn sie schauten der ganzen Szene ziemlich irritiert zu. Besonders schien sie der Stimmungseinbruch ihres Kumpels zu erschrecken. Mit offenen Mäulern starrten sie Markus an, der mich beim Arm fasste und von den anderen fortzog.

Ich schaute ihn weiter an, bemüht, nicht in schallendes Gelächter auszubrechen – so ein kleiner Scheißer. »Hast du den Zahltag etwa vergessen?«, fragte ich bissig.

Er flüsterte: »Ich habe die Kohle nicht. Ich brauche noch Zeit. Bitte!«

Ich erwiderte: »Nee, nee mein Kleiner. Du hattest wirklich genug Zeit, und Jacko hat wirklich Geduld bewiesen. Aber es gäbe da noch eine Möglichkeit ...«

Er erinnerte mich immer mehr an seinen Bruder, wie dieser mir gestern gegenüber saß, als er mich flehend ansah: »Und? Ich tue alles, aber bitte brich mir nicht die Finger!«

Also hatte Jacko wohl schon bei Vertragsabschluss die Modalitäten geklärt. Ich konnte mich nur wundern, wie gut die Sache klappte. Ich zeigte auf meinen Wagen, und Markus kehrte zu seinen Freunden zurück. Dort gab es ein kurzes Palaver. Ich ging zu meinem Renner, und Markus trottete hinter mir her. Ich startete und fuhr mit kreischenden Reifen los, kaum dass der Knabe eingestiegen war.

Ich lenkte meinen Wagen in Richtung Industriegebiet, wo ich nach vierzig Minuten vor einer Lagerhalle anhielt.

Mehrmals hatte mich Markus unterwegs nach meinem Fahrtziel gefragt, doch ich hatte nur süffisant gelächelt und geschwiegen.

Ich stieg wortlos aus und gab ihm Zeichen, mir zu folgen.

In der Halle war es deutlich kühler, und Markus schauderte, als er hinter mir eintrat. Im hinteren Bereich waren Videokameras und Strahler um ein Sofa und ein Bett herum aufgebaut.

Verunsichert schaute sich mein ›Opfer‹ um, als Peter, ein alter Kunde, hinter einem Scheinwerfer, den er justiert hatte, hervortrat. Peter drehte Werbefilme und war mir von früher noch einen Gefallen schuldig, weshalb er auch prompt zugesagt hatte, bei meiner kleinen Erziehungsübung mitzumachen.

Draußen hörte ich Reifen auf dem Schotter bremsen und Autotüren gehen. Als Schritte zu hören waren, die auf die

Eingangstür zukamen, drehte sich Markus gehetzt um. Vier junge Männer, ebenso wie mein Gernegroß in Muskelshirts, die ihre körperlichen Vorteile gut hervorhoben, traten ein. Sie nickten mir zu und stellten sich schweigend in einem Kreis um den Großkotz auf. Um die Wirkung noch etwas zu unterstreichen, trug jeder in der rechten Hand einen Baseballschläger und schlug damit in die linke. Wirklich gutes Timing.

Ich wandte mich dem Jungen zu, der verängstigt von einem zum anderen blickte: »Nun, heute werden die Zinsen abgegolten. Jacko möchte, dass du das einzige Kapital einsetzt, das du hast. Geh rüber zur Couch, und tu das, was Peter von dir verlangt.«

Markus ging wie befohlen zu dem Sofa und stellte sich davor.

Peter hatte bereits die Scheinwerfer eingeschaltet und ging nun zu einer der Kameras und nahm sie auf die Schulter. Er lächelte Markus an »So, Kleiner«, sagte er. »Du hast ja gehört, was Onkel Mike gesagt hat. Nun wollen wir etwas von dir sehen. Zieh dich aus!«

Das Gesicht von Markus versteinerte. »Niemals!«, brüllte er. »Diese Scheiße macht ihr nicht mit mir!«

Kaum hatte er das gesagt, gingen die vier Boys langsam auf den Boykotteur zu. Man sah, wie es hinter der Stirn des Gymnasiasten arbeitete und er sich seine Chancen gegen die bewaffneten Schläger ausrechnete.

Er schüttelte verzweifelt den Kopf, griff entmutigt zum Saum seines Shirts und zog es sich über den Kopf. Nun streifte er mit den Fußspitzen die Turnschuhe von den Füßen und begann, seine Hose abzustreifen.

Peter hielt die ganze Zeit mit der Kamera auf ihn. Mit einer Fernbedienung schien er die anderen beiden Kameras zu steuern. Auf den Monitoren hinter der Coach konnte man die verschiedenen Einstellungen der Aufnahme mitverfolgen.

Markus trug keine Unterhose, und sein Paket war sehr ansehnlich, als er schließlich nackt und mit hängenden Armen dastand.

Peter gab weitere Kommandos, und der Oberstufler setzte sich auf die Couch. Ganz offensichtlich hatte er seinen Widerstand aufgegeben, denn er nahm seinen Schwanz in die Hand und begann, die Vorhaut vor- und zurückzustreifen. Langsam fing der Knochen an zu wachsen, und er hatte wirklich etwas zu bieten. Er wurde steif und ragte über den Bauchnabel hinaus.

Peter war begeistert, und auch der Junge schien heiß zu werden. Ein wirkliches Naturtalent. Der Bursche nahm nun, wie gefordert, seine andere Hand zu Hilfe und knetete sich die großen Eier.

In die Gruppe, die ich aus meinem Sportcenter rekrutiert hatte, kam Bewegung. Die Kerle geilte das Treiben des Achtzehnjährigen auf, und sie begannen, sich die Pakete in der Hose zu reiben.

Aus dem Schwanz des Hauptdarstellers tropfte immer stärker der Vorsaft und sammelte sich im Bauchnabel.

Mit geschlossenen Augen spreizte er seine Schenkel und schob das Becken im Takt seiner Wichsbewegungen vor, so dass er auf dem Sofa nach vorne rutschte und man seine Rosette sehen konnte. Erst jetzt fiel mir auf, dass seine Schambehaarung gestutzt und sein Sack und der Hintern an dem sonst stark behaarten Jungenkörper rasiert waren, wie man in der Nahaufnahme der Kameras gut sehen konnte.

Ich schüttelte verwundert den Kopf.

In der Zwischenzeit war Peter wirklich voll in seinem Element: Er turnte um den Laiendarsteller herum, ohne dass dies den Jungen zu stören schien.

»Stopp!«, rief er plötzlich.

Der Junge zuckte zusammen und riss weit die Augen auf. Keinen Moment zu früh, denn der Schwanz zuckte, und ein paar Spritzer Vorsaft schossen aus der Spitze der Megalatte. Erschöpft ließ der so Gestörte den Kopf zurückfallen und atmete mehrmals hörbar aus.

Peter räusperte sich. »So, das war gar nicht schlecht. Doch jetzt wollen wir richtige Action!« Er wand sich an die Muskelprotze und fragte: »Hat einer von euch Lust, ein bisschen Spaß mit dem Kleinen zu haben?«

Geschlossen traten die Männer vor und umringten den Jungen auf dem Sofa. Der erwachte aus seiner Lethargie und brüllte: »Nee, ihr Schwuchteln!«, brüllte er. »Mit mir nicht.« Er sprang auf und hätte es beinah geschafft, die Mauer der Männer zu durchbrechen, doch ich stand ihm im Weg. Blitzschnell griff ich mir sein Handgelenk und drehte ihm den Arm auf den Rücken. Dabei drückte sich sein noch immer tröpfelnder Penis an den steifen Schwanz in meiner Hose und hinterließ einen dunklen Fleck auf meiner Jeans.

Die anderen Männer kamen mir zur Hilfe und zerrten den sich windenden Zwilling zurück zum Set, wo sie jedoch nicht zur Couch zurückkehrten, sondern den schreienden Jungen auf das Bett warfen.

Peter richtete die Scheinwerfer und die Kameras neu aus und folgte mit seiner Handkamera den Männern, wobei er sie so dirigierte, dass sie nicht im Licht oder ungünstig zu den Festkameras standen.

Nach und nach fielen die Kleidungsstücke der aufgegeilten Männer, und vier steife Latten zeigten auf ihr ›Opfer‹.

Ich folgte ihnen und wandte mich an den Jungen, der sich noch immer wie ein Wilder gegen die Kollegen aus dem Fitnesscenter zur Wehr setzte: »Markus, wenn du nicht kooperierst, werden wir dir sehr, sehr weh tun müssen. Zudem kannst du hier ein wenig von deinen Schulden abarbeiten. Wenn du gut bist, werden die Jungs hier bestimmt die eine oder andere Mark locker machen, und wenn Jacko mit dem Film zufrieden ist, könnte es sein, dass er dir sogar den Rest erlässt. Also, machst du nun, was wir dir sagen, oder sollen wir grob werden?«

Markus schaute mich wütend an, aber er beendete seine Gegenwehr und nickte fast unmerklich.

Er ließ sich zurückfallen, worauf der erste und muskulöseste der Männer mit kurzen schwarzen Haaren und einem ansehnlichen Lustkolben sich auf Markus' Brust kniete und mit seinem Schwanz gegen dessen Lippen drückte, die sich langsam öffneten. Mit mehr Gefühl, als ich ihm zugetraut hätte, fuhr er mit seinem riesigen Schwanz in dem Mund ein und aus.

Ein tiefes Seufzen drang aus seinem Mund – der Kleine schien, seine Sache gut zu machen. Die anderen Männer streichelten inzwischen Markus, dessen Schwanz sich unter den zärtlichen Berührungen wieder versteifte. Ein stämmiger Rothaariger begann, zärtlich die Brustwarzen des Bläsers zu zwirbeln. Ein Schauer ging durch den Körper des Gymnasiasten, als zusätzlich ein anderer seinen Schwengel in den Mund nahm und ihn blies.

Der Schwarzhaarige kam in Fahrt und stieß nun immer schneller in den Schlund des Pennälers, der erstaunlich gut damit zurecht kam. Er hatte den Kopf des Jungen in beide Hände genommen und fickte den Mund mit großen Hüben. Ohne Vorwarnung versteifte er sich und schoss seine Ladung tief in den Schlund des Boys, der vollkommen überrascht wurde und zu würgen begann. Gott sei Dank zog der erschöpfte Stecher seinen schnell schlaff werdenden Schwengel aus dem Mund des Würgenden, der darauf hustend auf die Seite kippte. Als er sich wieder beruhigt hatte, wurde er von den vier Sportlern auf den Bauch gedreht, und der nächste kniete sich vor ihn und steckte seinen nicht ganz so großen Schwanz in den Mund des Zwillings, der widerwillig seine Lippen darum schloss.

Zwei Männer knieten sich zu beiden Seiten des Jungen nieder, zogen seine strammen Pobacken auseinander und kneteten sie, während der vierte, ein Dolph-Lundgren-Typ, sich zwischen die gespreizten Beine des Boys legte und dessen Rosette leckte. Als er nach einiger Zeit begann, mit der Zunge in den nun weich gewordenen Muskel einzudringen, ging erneut ein Schauer durch den Körper von Markus. Der Mann hob den Kopf an, spuckte einen Batzen Speichel auf die Rosette und drang vorsichtig mit einem Finger ein. Der Oberstufler versteifte sich und versuchte erneut, sich zu winden, um den Finger aus seinem Hintern loszuwerden, womit er jedoch genau das Gegenteil erreichte. Die Männer, die den Hintern des Jungen festhielten, drückten nach unten, und der Mann stieß nun erst zwei, dann drei Finger in das Loch des Boys.

Ich konnte nicht anders: Ich musste meinen steifen Schwanz aus der Hose holen, sonst wäre ich geplatzt. Ich streichelte meinen sabbernden Schaft, der freudig zuckte.

Ich ging zu einem Tisch, auf dem die nun benötigten Utensilien lagen, und reichte Präservative und Gleitgel an die Männer, wobei ich darauf achtete, nicht mit auf den Film zu kommen.

Der Fingerficker zog sich nun den gereichten Präser über, schmierte ordentlich Gel auf seinen Schwanz und das Loch des Pennälers und stieß ohne Vorwarnung zu. Der Kopf des Junge sauste nach oben, er verlor den Stängel aus seinem Mund und schrie wie am Spieß. Doch der Schwanz wurde in seinen Mund zurückgeschoben und glitt wieder ein und aus. Tränen liefen über das Gesicht des Zwillings, doch tapfer ließ er die Vergewaltigung über sich ergehen.

Der Typ, der seinen Mund fickte, erreichte die Zielkurve. Sein Stöhnen war bestimmt noch auf der Straße zu hören, als er in konvulsiven Zuckungen seine Sahne in die Kehle seines Bläsers spritzte. Markus schien besser vorbereitet zu sein, denn er schluckte den ganzen Sabber hinunter, ohne zu husten.

Jetzt kam als letzter der vier Sportler der Rothaarige an die Reihe. Bevor er jedoch in den Mund des Achtzehnjährigen stieß, drehten sie den Jungen nochmals auf den Rücken. Ein praller Schwanz klatschte dem ›Opfer‹ auf den Bauch und gab jede Menge Vorsaft ab, der sich erst in der Haarspur, die von seiner Brust zu seinem Schwanz verlief, sammelte und dann in einem langen Faden aufs Laken tropfte.

Zum Endspurt ansetzend, schnappte sich der Dolph Lundgren-Typ die Beine des Jungen, legte sie sich über die Schultern und dockte an. Als sich der andere Kerl gerade den Kopf des Gymnasiasten schnappen wollte, kam ihm dieser zuvor und schluckte den Schwanz in einem Zug, als wolle er ihn aufsaugen.

Die eine Hand an seinem Schwanz, die andere am Hintern seines Mundfickers, kam Markus in Fahrt und begann, regelrecht zu bocken. Den Stößen seiner beiden Hengste entgegenkommend, sah es aus, als würde nicht er gefickt sondern die beiden Typen.

Alle drei kamen mit irrsinnigem Gestöhne. Die beiden Ficker zogen ihre Schwänze aus den Löchern und wichsten, bis sie sich die Sahne entgegenspritzten. Die Soße des Zwillings schoss mindestens anderthalb Meter in die Luft, um dann mit großem Klatschen auf der Brust des Knaben aufzuschlagen, wo ein Teil im Brusthaar hängen blieb und dort von den Vieren, die neben ihm knieten, verrieben wurde.

3

Als ich Markus vom Dreh zurück nach Hause fuhr, sah er irgendwie zufrieden aus. Er hatte von den Kumpels aus dem Sportcenter mehr als dreihundert Euro in den Taschen seiner Jeans. Aber ganz so glücklich schien er doch nicht zu sein, denn er fragte mich: »Mike, wird der Film wirklich verkauft?«

Ich dachte einen Moment nach, dann sagte ich: »Jacko hat vor, den Film zu behalten, wenn du bereit bist, dir einen anständigen Job zu suchen, die Kohle abzubezahlen, deine Mutter und deinen Bruder in Zukunft in Frieden zu lassen und dir andere Freunde zu suchen.«

Er schaute mich mit großen Augen an und lächelte dann. Er hatte verstanden.

Zwei Tage später klingelte es abends an meiner Haustür, und die beiden Zwillinge standen vor meiner Tür. Ich war überrascht, bat sie aber doch herein.

Als wir auf der Couch saßen, fingen die beiden an, sich auszuziehen. Markus oder Stefan, ich wusste nicht wer es war, hauchte: »Wir wollten nur unsere Schulden bezahlen…!«

Dann wurde ich zurückgeworfen und hatte Sekunden später meine Klamotten verloren. Auch die Zwillinge waren nackt und rutschten mit ihren Köpfen gleichzeitig zu meinem Schwanz. Beide Zungen glitten über meinen Schaft. Der eine nahm meinen Ständer in den Mund, der andere schlabberte an meinen Eiern.

Mein Gott, war das gut. Sie waren hemmungslos. Ihre Münder waren überall, sie leckten über meine Brust, meine Beine, meinen Hintern. Ich wurde hingestellt, und wieder war eine Zunge an meinem Schwanz, während die andere meine Rosette erkundete.

Fast wäre es mir in diesem Moment gekommen. Doch dann wurde ich auf den Boden gedrückt, und plötzlich lagen meine Beine über den Schultern des einen, und mir wurde ein Riesenschwanz eingeführt, während der andere mit seiner Eichel an meinen Lippen anklopfte.

Ich war im siebten Himmel: ein und derselbe Mann fickte mich in Mund und Arsch. Es war gigantisch.

Ich kam wie schon lange nicht mehr. Die beiden spritzen in mich ab, und ich konnte die sengende Hitze ihres Spermas in meinen Eingeweiden spüren und schmecken.

Wir zogen ins Schlafzimmer, wo wir uns noch die ganze Nacht liebten und streichelten. In dieser Nacht fickte ich noch beide, und als wir am frühen Nachmittag aufstanden, beschlossen wir, dass beide nach ihrem Abitur ein Praktikum bei mir absolvieren würden …

BLUE MOVIE EXPERIENCE

VON ALEX VARLAN

Die Nacht ist noch jung, und ich schlendere ohne Ziel durch das bunte, hektische St. Pauli. Die Reeperbahn ist belebt wie eh und je, die Leuchtreklamen der Bistros, Casinos und Erotikshops glänzen in grellen, roten und blauen Farben, einladend und verführerisch. Aus den Table-Dance-Lokalen und Stripkneipen dringt heiße, rhythmische Musik, und die Türsteher preisen lauthals die laufenden Shows an, um so viele neugierige Besucher wie möglich in die Etablissements zu locken. Eigentlich habe ich mir nichts Bestimmtes vorgenommen für heute Abend. Es ist eine jener Nächte, in denen man zu geil ist, um allein ins Bett zu gehen, und zu gelangweilt, um sich einfach einen runterzuwichsen. Man hofft, irgendwo einen heißen Typ aufzureißen, man findet keine Ruhe und hat das Gefühl, dass etwas passieren muss.

In solchen Nächten ziehe ich es vor, einen unverbindlichen Bummel durch die Sex-Shops zu machen und einfach abzuwarten, was auf mich zukommen mag. Meistens sehe ich mir die neuesten Video-Covers an oder blättere durch die unzähligen Magazine auf der Suche nach Traumkörpern und Riesenschwänzen und werde dadurch noch geiler, als ich es ohnehin schon bin. Trotzdem kann ich es mir nicht verkneifen, jedem Mann diskret nachzusehen, der wie ich scheinbar uninteressiert durch den Shop schlendert oder sich eine Kinokarte kauft und in den unteren Bereich verschwindet. Heute Abend haben es mir aber besonders die Dildos angetan, und zwar diejenigen, die angeblich einem echten Megaschwanz nachgebildet sind. Und wie so oft stelle ich mir die Frage, wie es wohl wäre, von einem 30-cm-Knüppel aufgerissen und anschließend bis zum Gehtnichtmehr durchgeknallt zu werden. Ein hartes, pulsierendes Stück Fleischknüppel, das meinem knackigen Hintern so gut tun würde, dass ich mich in den siebten Himmel gefickt fühle. Natürlich habe ich mir irgendwann auch so ein Ding zugelegt und mich hin und wieder damit bis zum Abspritzen bearbeitet, aber ein Gummischwanz, auch wenn handbemalt, kann eben einen echten Mann doch nicht ersetzen. Bloß die Vorstellung von so einem echten Hengstschwanz an meinem Arsch macht mich ganz schwindlig, und da kommt es oft vor, dass ich mit offenen Augen träume und für ein paar Sekunden die Beziehung zur Realität völlig verliere.

»Na Alex, bei dir ist wohl der Schwanznotstand ausgebrochen«, grinst mich der Verkäufer an.

Markus kennt mich beim Namen, da ich meine nicht jugendfreien Einkäufe stets bei ihm mache. Er hat ein hübsches, fröhliches Gesicht mit blauen Augen und einem geilen Drei-Tage-Bart, der verdammt gut zu ihm passt, und ist zwar stockschwul, aber für meinen Geschmack leider viel zu vollschlank.

»Na ja, wenn man die da sieht, kommt man schon ins Grübeln«, seufze ich und befummele gewissenhaft ein ausgestelltes Kris Lord-Modell.

»Du hast wohl nie genug, was? Den würdest du nicht reinkriegen«, meint Markus fachmännisch.

»Willst du wetten?«

»Schon, wenn ich ihn dir persönlich reinstecken darf?«

»Bekomme ich dann einen Preisnachlass«, will ich wissen.

Das Wortgefecht macht uns beiden Spaß, und Markus grinst mich unverschämt an.

Doch just in diesem Augenblick kommt Kundschaft, und Markus muss die Kasse bedienen. Ich lege verträumt Kris Lords bestes Stück ins Regal zurück und richte meine Aufmerksamkeit auf die riesige Auswahl an Pornomagazinen. Ich suche nach Schwänzen. Möglichst groß und fett. Die *Tom of Finnland*-Alben bieten da eine wahre Augenweide. Kaum einer, der so knackige, schweinisch geile Typen zeichnen konnte. Ich bin gerade dabei, eines der Hefte durchzublättern, als ich eine dunkle, fröhliche Stimme vernehme.

»Tag, Markus, ist heut was los in den Kinos? Bin schon den ganzen Tag saugeil.«

»'n paar Leute sind schon unten. Lass dich einfach überraschen.«

Ich mustere den Typ im Wandspiegel (sich umzudrehen und zu gaffen, finde ich unpassend). Und was ich sehe, lässt mich überhaupt nicht kalt. Ein stämmiger Mann, vielleicht Ende zwanzig oder Anfang dreißig, lehnt lässig am Kassenpult und grinst Markus frech an. Er muss ungefähr 1,80 Meter groß sein, trägt schwere Lederboots, dunkle Jeans und eine schwarze Lederjacke. Das Haar ist kurz geschnitten, eine Locke fällt kess über seine Stirn. Im linken Ohr baumelt ein silberner Ohrring, und seine Haut ist sehr braun gebrannt. Ich tippe auf regelmäßige Sonnenstudiobesuche.

Der Typ sieht einfach zum Anbeißen aus, denke ich, und in meinem Kopf materialisieren sich gerade die schmutzigsten Gedanken, die sich ein 23-jähriger Boy vorstellen kann. Mein Herz hämmert immer schneller gegen die Brust, und auf meiner Stirn bilden sich kleine Schweißperlen, wenn ich mir vorstelle, wie sich sein heißer Körper auf meinen presst und wie er mich in die Knie zwingt, um sich so richtig verwöhnen zu lassen.

Der Mann löst gerade eine Kinokarte.

»Viel Spaß«, wünscht Markus.

»Werde ich haben«, verspricht der Typ.

Dann dreht er sich um, sieht ganz kurz in meine Richtung und geht zum ›Blue Movie‹-Eingang. Hat er mir gerade anerkennend nachgepfiffen, oder war es bloß das leise Säuseln einer monotonen Melodie, die er gern vor sich hinsummt? Er hat einen geschmeidigen, ruhigen Gang. Ein kurzes Biepen, die Tür zu dem Blue-Movie-Bereich öffnet sich, er verschwindet. Die Tür fällt mit Knall ins Schloss, und ich überlege fieberhaft, was ich tun soll.

Ihm nach, hämmert es in meinem Schädel.

Es passiert selten, dass mich ein Typ auf den ersten Blick so scharf macht, doch nun hat es mich erwischt. Alles, woran ich denken kann, sind seine starken Hände, die mich hart packen und fesseln, sein heißer Schwanz, der mich erbarmungslos aufspießt und durchknallt, bis Ströme der Lust meinen jungen Körper durchzucken.

»Na Alex, wär das nichts für dich?«, höre ich Markus sagen. »Ein ganzer Kerl ist doch immer noch besser als ein Gummischwanz …«

Ich gehe zu ihm.

»Kennst du ihn?«

»Nicht so, wie ich möchte«, seufzt Markus. »Er steht auf schlanke, junge Boys. So wie dich.«

Das ist es, was ich hören wollte. Mein Blick wandert zu der Tür, hinter der mein Schwarm vor wenigen Augenblicken verschwunden ist.

»Na los, Alex, worauf wartest du? Schnapp ihn dir, und erzähl mir danach, was ich verpasst habe…«

»Gibt's Studentenrabatt?«, frage ich trocken.

»Für dich immer«, grinst Markus und hält mir eine Karte vor die Nase.

»Danke.«

Nun heißt es, keine Zeit mehr zu verlieren. So ein Typ bleibt nicht lange allein, das ist gewiss. Und auf die Gefahr hin, dass ich mir eine Abfuhr einfange, betrete ich entschlossen die Kinolandschaft. Es ist dunkel und riecht etwas muffig. Zehn Stufen führen nach unten, der Gang ist von gedämpftem blauen Neonlicht beleuchtet, die Wände sind mit Spiegeln verkleidet. Ich kenne mich in diesem Blue Movie aus. War zwar nicht allzu oft hier, aber Markus hat mir einmal die ganze Landschaft gezeigt. Ein eigentliches Kino findet man hier nicht, vielmehr mehrere große Fernsehapparate an verschiedenen Stellen platziert. Es gibt lange, schwach beleuchtete Flure, die sich als Kontaktlandschaft prima eignen. Die Dunkelheit ist hier willkommen, denn sie garantiert diese gewisse Anonymität, die alle Hemmungen verschwinden lässt. Gestalten sind nur schemenhaft zu erkennen. Hände sehen mehr als Augen, und Gesichter sind unwichtig. Leise Trance-Musik erfüllt die Räume, die Videos laufen ohne Ton. Für diskrete Abenteuer gibt es Einzel- oder Doppelkabinen. Für ausgefallene Wünsche eignet sich der Cage-Room. Da gibt es einen Fickbock und ein Andreaskreuz, irgendwo ist auch ein Sling aufgestellt. Und ganz hinten ist der Darkroom: dunkle Gänge mit vielen Ecken und Nischen für den total anonymen Sex. Mein Lieblingsraum ist das Spiegelzimmer. Da hab ich einmal ausprobiert, was mein Arsch alles aushalten kann. Markus hat mir immer fettere Dildos reingedrückt. Erstens den Jeff Stryker-, dann den Brad Stone-Schwanz und schließlich den sagenhaften Kevin-Dean-Knüppel. Ich konnte dabei sehen, wie meine Fotze sich dehnte und die fetten Gummiteile in sich aufnahm. Wenn ich glaubte, meine Grenzen erreicht zu haben, ließ mich Markus an einem Fläschchen Poppers schnuppern. Augenblicklich begann mir das Blut bis in die Ohren zu rauschen, und mein Arsch schluckte die harten Gummiteile weiter in sich hinein. Stück für Stück, immer tiefer und tiefer. Ja, das war schon ein geiles Erlebnis …

Ich habe mich inzwischen an die schwache Beleuchtung gewöhnt. Nicht viel los um diese Zeit, denke ich. Da wird es wohl nicht so schwer sein, ihn zu finden oder mich finden zu lassen.

Letzteres klingt bequemer. Mit 'nem kühlen Drink in der Hand auf den Traummann warten …

Am Getränkeautomaten steht ein etwas älterer Typ mit Halbglatze und cooler Lederjacke. Sobald ich mich nähere, setzt er ein schleimiges breites Lächeln auf.

Bloß weg hier, sonst habe ich den den ganzen Abend am Hals, schießt es mir durch den Kopf, und entschlossen schlage ich eine andere Richtung ein. Ich hasse diese hartnäckigen Typen, die glauben, nur weil man jung und geil ist, wäre man auch leicht zu haben. Und da ich aus Erfahrung weiß, dass man in solchen Fällen verdammt gut aufpassen muss, nicht irgendetwas zu tun, das den Typ ermutigen könnte, einem zu folgen, verschwinde ich so rasch wie möglich aus seinem Blickfeld.

Vor dem Cage-Room steht auch einer und blockiert den Durchgang. Ungefähr 1,75 Meter groß, mit schlanker Figur. Er hat mir den Rücken zugewandt, vielleicht weiß er gar nicht, dass ich vorbei möchte. Oder er will jeden Cruiser zwingen, so nah wie möglich an ihm vorbeizuschleichen, um ihn gegebenenfalls easy befummeln zu können. Enge schwarze Lederhosen trägt der Kerl, die seinen runden, knackigen Arsch verdammt gut zur Geltung bringen. Er streicht sich gerade mit der Hand über sein hellblond gefärbtes Haar und dreht sich zur

Seite. Ein schönes Profil. Geschwungene dunkle Augenbrauen, freche Stupsnase und volle Lippen. Leckerer Typ! Jetzt bemerkt er mich, und ehe ich mich in irgendeiner Weise bewegen kann, blicken seine braunen Augen in meine. Ich werde richtig verlegen. Eigentlich wollte ich auf der Suche nach jemand ganz Bestimmten bloß an ihm vorbeirauschen, und jetzt weiß ich nicht, ob ich weitergehen soll oder lieber ...

Er hat offensichtlich bemerkt, dass ich ihn angestarrt habe, und das ist mir etwas peinlich, besonders wenn es um einen Schönling wie ihn geht. Bei solchen Typen weiß man nie, ob sie tatsächlich was zum Ficken suchen oder sich nur an der Bestätigung aufgeilen, von anderen begehrt zu werden. Deshalb nehme ich mich zusammen und gehe an ihm vorbei, ohne ihn nochmals anzusehen, beschleunige meine Schritte und sehe zu, dass ich hinter der nächsten Ecke verschwinde.

Zu meiner Linken befindet sich der S/M-Bereich. Die Tür steht halb offen, der Raum ist schwach von einer dunkelroten Glühbirne beleuchtet. Ein wohl ziemlich junger Kerl liegt mit erhobenen Beinen im Sling und wartet darauf, durchgeknallt zu werden. Egal von wem. Hauptsache er kriegt einen harten Schwanz in den Arsch. Er trägt Sportschuhe und weiße Jocks und sein Hintern streckt sich einladend jedem Cruiser entgegen.

Das kann nicht mein Typ sein, beschließe ich. Und wenn doch, dann hat sich die Sache sowieso erledigt.

Dann fällt mir erleichtert ein, dass ›mein Typ‹ schwarze Lederboots trug, und ich ziehe hoffnungsvoll weiter.

Um diese Uhrzeit ist in den Kinos ziemlich tote Hose, und ich nehme mir vor, ein ruhiges Plätzchen zu suchen, wo ich die Cruisinglandschaft im Auge behalten kann. Irgendwann muss mein Traummann ja vorbeischlendern.

Ich setze mich auf einen hohen Barhocker und lasse den Blick über die dunklen Gänge schweifen. Stahlblaues

Neonlicht erhellt spärlich die Flure. Zu meiner Linken ist eine Fernsehwand aufgebaut. Auf drei Geräten laufen verschiedene Pornos, doch ich habe keine Lust, mir das Treiben auf den Monitoren anzusehen. Geil bin ich sowieso, außerdem könnte ich *ihn* ja verpassen, und dann würde ich mich schwarz ärgern.

Es vergehen keine drei Minuten, da höre ich Schritte. Jemand nähert sich. Mein Herz klopft voller Erwartung. Jetzt heißt es, cool aussehen und den Blickkontakt vermeiden. Klingt etwas paradox, aber er soll nicht den Eindruck haben, ich wartete geradezu darauf, angesprochen zu werden. Und dann sehe ich den Mann aus der Dunkelheit auftauchen. O nein, es ist der Blondie von vorhin. Er schlendert ganz langsam den Gang entlang, die Hände in den Hosentaschen, den Blick betont lässig. Der Oberkörper bewegt sich ganz leicht im Takt seiner Schritte. Ich muss gestehen, er sieht verdammt gut aus. Enges Shirt, kräftige Oberarme und Augen, die im kalten Schein des Neonlichtes fast gespenstisch glänzen. Ich starre ihn schon wieder ungewollt an. Als er vorbeigeht, dreht er seinen Kopf leicht in meine Richtung. Hat er mir gerade zugelächelt? Ich bin unentschlossen. Und er bleibt leider nicht stehen, sondern verschwindet wieder in der Dunkelheit. Irgendwo macht er halt. Beim Getränkeautomaten vielleicht? Richtig! Augenblicke später kullert eine Getränkedose mit lautem Poltern herunter. Von irgendwoher höre ich unterdrücktes Stöhnen. Da scheinen zwei Spaß zu haben, denke ich. Und den Geräuschen nach zu urteilen, geht es richtig zur Sache. Na ja, falls es ›mein‹ Typ sein sollte, hat sich die Suche eh erledigt, also gehe ich weiter. Es gab Zeiten, wo ich ab und zu fremden Typen beim Ficken zusah. Doch irgendwie hat mich das Ganze nicht richtig angetörnt, denn es waren halt nicht diese Bilderbuchjungs, die in den Falcon-Produktionen oder Kristen Björn-Videos ihre

Geilheit vorzeigten. Und ich stehe nun mal auf bildschöne Typen. Schon wieder sich nähernde Schritte. Blondie kommt zurück, in der linken Hand eine Cola-Dose. Die rechte steckt immer noch in der Hosentasche. Und er schaut mich an. Und lächelt. Kein Zweifel, diesmal habe ich es genau gesehen. Ich spüre mein Herz gegen meinen Brustkorb hämmern wie bei einem aufgeregten Teenie, der zum ersten Mal seinem Schwarm gegenübersteht. Mein Blick wandert über seinen flachen Bauch, zu den eng anliegenden Lederhosen, die gegen das linke Hosenbein zu ganz schön beulen. Blondie scheint es auch dringend nötig zu haben und kommt nun geradewegs auf mich zu.

»Hallo«, sagt er freundlich und hält mir seine Cola-Dose hin. »Möchtest du einen Schluck? Kühl schmeckt sie immer noch am besten.«

Na ja, eigentlich stehe ich mehr auf Eistee, aber ich schlage sein Angebot nicht ab. Schließlich kann man so ins Gespräch kommen und sich gegenseitig abchecken.

»Ich heiße Mike«, sagt er dann.

»Alex«, antworte ich und versuche, ihn dabei ganz natürlich anzusehen.

Er steht nun ganz nahe bei mir. Bei jedem Atemzug berührt sein Oberkörper fast meine Brustgegend. Er duftet nach frischem Aftershave, ein angenehmer Kontrast zu dem muffigen Geruch der Räumlichkeiten um uns herum. Seine Nähe tut mir gut, und ich fühle, wie mein Schwanz immer dicker wird und schließlich hart gegen den Stoff der Jeans drückt. Ich bin so aufgeregt, ich kann keinen klaren Gedanken fassen. Muss ich wohl auch nicht, denn Blondie ist anscheinend kein Fan von großen Reden. Er fasst mich an die Hand, streichelt mit den Fingern ganz leicht über die Handfläche – eine Geste, die mich total antörnt. Ich starre in seine braunen Augen und öffne den Mund, um irgendetwas zu sagen.

»Du bist hübsch«, flüstert Mike und presst dann seine Lippen auf meine. Es geschieht ganz schnell, und plötzlich spüre ich seinen heißen, feuchten Mund auf meinem. Er zieht mich näher an sich, umarmt mich. Ich schließe die Augen, lasse es zu, dass Mike mit seiner Zunge meine Lippen liebkost, dann erwidere ich seinen innigen Kuss. Meine Hände umfassen sein süßes Gesicht, ich lutsche an seiner weichen Oberlippe, meine Zunge dringt in Mikes Mund und sucht seine. Immer wilder küssen wir uns. In seinen Berührungen liegt etwas Vertrautes, es ist, als ob wir uns schon ewig kennen würden, und ich spüre, wie Hitzewellen durch meinen Körper rasen. Ich bin richtig scharf auf den jungen Kerl, und er ist alles, was ich jetzt will! Und zwar mit Haut und Haaren!

»Komm mit«, sagt er und zieht mich in den erstbesten Raum. Eine harte Liegestätte und ein großer Farbfernseher sind die einzigen Möbelstücke. Doch das Besondere daran ist der riesige Spiegel, der die ganze vordere Wand bedeckt. Oh ja, den Raum kenne ich gut!

Mike schließt ab und schmiegt sich dann von hinten an mich heran. Seine Hände wandern über meine Brustmuskeln, ich spüre die angenehme Wärme seines Oberkörpers und die harte Beule zwischen den Beinen, die sich an meinen Arsch presst. Ich lege den Kopf auf seine Schultern, Mikes heißer Atem streift über meinen Hals. Dann öffnet er die Lippen und leckt ganz genüsslich über meinen Hals bis zu den Ohrläppchen, drückt mich dabei ganz fest an sich. Mann, tut das gut! Er sucht meinen Mund, dann küsst er mich wieder. Der Junge ist kein unbeschriebenes Blatt, das ist klar! Seine Hand gleitet über meinen Oberkörper. Mit gekonnten Griffen knetet er dabei meine Brustwarzen, saugt sich dann an meinem Hals fest. Sein Lustgestöhne erfüllt den Raum. Ich sehe uns im Spiegel. Er hält mich fest umschlungen. Wie ein hungriger Vampir, der seine Beute in den Klauen hält und gerade dabei ist, seine Beißerchen tief in die Schlagader des zuckenden Opfers zu versenken.

»Mann, du gehst aber ran«, keuche ich erregt.

Mike sieht mich an und lächelt.

»Tja, ich finde dich eben total süß. Bist genau im richtigen Moment aufgetaucht, ich wollte schon aufgeben.«

Ich drehe mich um und lege den Arm um seine Taille. Er schmiegt sich richtig an mich, unsere Lippen finden sich erneut in einem leidenschaftlichen Kuss. Seine dunklen Augen haben eine hypnotische Wirkung, ich merke gar nicht, wie er mich sanft auf die harte Pritsche drückt. Er steht nun vor mir mit gespreizten Beinen und streift sein Shirt mit einem Ruck vom Körper. Glatte, unbehaarte Haut kommt zum Vorschein, schimmert matt im Lichtschein des Fernsehgerätes. Seine Oberarme sind kräftig, die Schultern schön geformt.

»Zieh dich aus, Alex, ich will dich ganz spüren«, bittet Mike.

Ich öffne mein Hemd, ziehe es ganz langsam aus. Er beobachtet jede meiner Bewegungen mit hungrigen Blicken, leckt sich ein paarmal über die Lippen, dann beginnt er, seinen Gürtel aufzumachen.

»Lass mich das tun«, flüstere ich.

Er lässt die Arme sinken und kommt noch einen Schritt näher. Ich lege meine Hände auf seine Arschbacken und taste mit den Lippen die Umrisse seines harten Hammers ab, der sich mühevoll im linken Hosenbein Platz verschafft hat. Dabei knete ich seine wundervollen, prallen Arschbacken. Die Behandlung scheint ihm zu gefallen, denn er legt mir eine Hand in den Nacken und presst mein Gesicht noch härter auf seinen Schwanz. Der herbe Geruch von Leder macht mich wahnsinnig. Ich öffne mit zitternden Händen die Hosenknöpfe, er zieht die Hose auf Kniehöhe herunter. Ein weißer hautenger Slip bedeckt nur spärlich seine Männlichkeit. Ich fasse hinein, ziehe ihm den betonharten Knüppel seitlich heraus. Ein schöner, beschnittener Schwanz, etwa 17 cm lang, pulsiert in meiner Hand. Ich beuge mich vor und hauche ihm einen Kuss auf die samtige Eichel. Mikes Schwanz zuckt dabei wie unter Strom und wird noch härter. Ein paar Tropfen Vorsaft schimmern auf seinem Pissschlitz, ich lecke die Perlen genüsslich ab, lasse den Geschmack auf meiner Zunge zergehen. Es törnt mich so an …

Mike befreit endlich seinen Knüppel von dem unbequemen Stoff der Unterhose und präsentiert ihn mir in voller Pracht. Hart, geädert mit prallen, rasierten Eiern. Meine Zunge schnellt vor und leckt über seine geilen Saftspender, wandert an dem Stamm hoch bis zum Pissschlitz, dann schließen sich meine Lippen über seiner zuckenden, heißen Eichel, und ich sauge seinen Prügel ganz tief in meinen Mund, reibe meine Zunge daran, lasse ihn so weit wie möglich in mich eindringen, damit er die Wärme meiner Maulfotze voll zu spüren bekommt. Mike stöhnt und beginnt meinen Mund zu ficken. Ganz vorsichtig lasse ich das zu; wenn er sich zu heftig bewegt, lege ich eine Hand auf seinen Oberschenkel, um ihn ein wenig zu bremsen. Mehrmals versucht er, mir seinen Prügel bis in den Hals zu schieben, aber das ist letztendlich doch zu viel. Ich will doch nicht an seinem Schwanz ersticken, selbst wenn er so verdammt geil schmeckt.

Inzwischen fingere ich eifrig an meiner Jeans herum, um meinen Knüppel ebenfalls an die frische Luft zu lassen. Heiß und schleimig fühlt er sich an und unglaublich hart. Ich habe nicht vor zu wichsen, dafür bin ich viel zu aufgegeilt. Ich hätte es lieber, Mikes Lippen daran zu spüren. Um ihn zu reizen, schlage ich meinen harten Fleischhammer mehrmals gegen meine Handfläche. Als mein Mund Mikes schmackhaften Schwanz loslässt, fällt Mike in die Knie und macht sich über meinen Prügel her. Er umfasst ihn mit der Faust, drückt die Vorhaut zurück, dann stülpt er seine Lippen über meine Eichel und saugt sich daran fest. Mann, ist das ein Gefühl! Als ob tausend kurze Stromschläge durch meinen Körper rasen würden! Ich schließe die Augen und lasse den süßen Boy sich um mich kümmern. Der schluckt meinen Schwanz gierig in seinen Mund und beginnt, hart daran zu lutschen. Seine Lippen fahren an meinem Stamm auf und ab, und mit der rechten Hand unterstützt er seine Lutschbewegungen und stöhnt, was das Zeug hält. Besonders meine Vorhaut hat es ihm angetan. Er zieht sie sanft mit den Zähnen, nuckelt daran, schiebt seine Zunge unten durch und leckt mir die Eichel ab.

Wenn der so weitermacht, kann ich meinen Saft unmöglich noch lange zurückhalten, hämmert es in meinem Kopf, und ich flehe Mike an aufzuhören. Er tut es. Dann erhebt er sich und zieht die Hosen ganz aus, streift Schuhe und Socken hastig ab. Völlig nackt steht er da vor mir, lässt sich betrachten, streicheln und liebkosen. Ich lecke sanft über die Innenseite seiner Oberschenkel, während meine Hände sich seiner festen, straffen Arschbacken annehmen und sie genüsslich zu kneten beginnen. Schließlich kniet er sich auf die Liegestätte hin und geht in die Hundestellung. Ohne ein Wort zu sagen, streckt er mir seinen formvollendeten Arsch entgegen. Ich weiß, was ich zu tun habe. Ich bugsiere mich hinter ihn, nehme ein Kondom und streife das Gummi über meinen schleimigen Prügel. Mike beobachtet mich im Spiegel, schiebt eine Hand zwischen die Beine und streicht mit den Fingern zwischen seinen Arschbacken.

Keine Angst, ich weiß schon, was du brauchst, denke ich und lege mich über ihn. Ich knabbere an seinen Ohrläppchen, setze meinen Schwanz so an, dass die Eichel genau auf seinem Schließmuskel ruht. Ich merke, wie Mike sich entspannt, und stoße zu. Ganz kurz. Sofort spüre ich den Widerstand seines Schließmuskels! Geil! Eine schöne, enge Fotze, die sich nach meinem Schwanz sehnt. Um ihm den Einstich zu erleichtern, nehme ich aus meiner hinteren Hosentasche ein Fläschchen mit Poppers und halte es ihm vor die Nase.

»Riech mal ein bisschen, dann geht es leichter«, sage ich zu ihm.

Mike nimmt ein paar kräftige Atemzüge, und ich spüre, wie sich seine Muskeln lockern, wie sein Körper erzittert und er bereit ist, meinen Fleischknüppel in sich aufzunehmen. Langsam dringe ich in seine Fotze ein, um ihm dann meine ganzen 17 cm Fickfleisch bis zum Anschlag reinzuknallen. Mike brüllt auf, verharrt mit geschlossenen Augen, um sich an den Schwanz in seinem Arsch zu gewöhnen. Ich beginne, ihn langsam zu ficken. Mike ächzt und stöhnt bei jedem Stoß, und ich weiß nicht recht, ob ich ihm wehtue oder die größte Lust bereite. Nach ein paar Minuten jedoch ist er völlig entspannt und streckt mir seinen Arsch entgegen. Er stützt sich mit den Händen auf der Fickpritsche ab, hebt den Kopf und lässt sich knallen, als ob er einen Monat Sexentzug hinter sich hätte. Der Junge kann was aushalten, das spüre ich genau. Ich packe ihn an den Hüften und beginne, ihn richtig hart durchzustoßen, und sehe dabei in den Spiegel, sehe sein vor Lust verzerrtes Gesicht, und das macht mich verdammt geil! Hätte nie gedacht, wie anregend es sein kann, sich beim Sex selbst zuzusehen. Ich höre mein Blut in den Ohren rauschen, fasse nach seinem Schwanz und wichse ihn im gleichen Tempo, wie ich seine heiße Lustgrotte knalle. Mikes junger Köper ist ganz verschwitzt, er lässt sich richtig gehen, gibt sich meinem Fleischknüppel total hin, presst seine Arschbacken an meine Lenden, röchelt und wimmert, dann zieht sich sein Arschloch zusammen, und er beginnt, in meine Hand loszuspritzen. Schuss um Schuss quillt seine heiße Sahne aus der Nille heraus, rinnt dickflüssig zwischen meinen Fingern herunter und tropft auf die harte Matratze unter uns.

Ich setze zum Endspurt an, ficke ihn in einem Wahnsinnstempo, lasse meine Eier an seine Haut klatschen und bohre den Schwanz so tief wie möglich in seinen Arsch. Mike lässt sich auf die Matratze fallen, sein Arschloch zuckt immer wieder und reizt mich bis zum Extremen. Es dauert nicht lange, und ich fühle, wie Hitzewellen in meine Lenden steigen, wie sich meine Eier zusammenziehen und mein Sperma schließlich den Pariser überflutet. Keuchend und zitternd lasse ich mich auf Mike fallen. Der Junge, der sich gerade wieder aufbäumen wollte, ist zu erschöpft, um mein Gewicht zu tragen, und bricht unter mir zusammen. Sein Herz klopft bis zum Hals, er atmet heftig.

Ganz allmählich beruhigen wir uns. Vorsichtig ziehe ich meinen Schwanz aus seiner glühenden Fotze heraus und lasse den vollgespritzten Pariser im Müllkübel verschwinden.

»Hast du ein Taschentuch«, frage ich ihn und zeige ihm meine vollgewichste Hand.

Er hat. Ich wische seinen Saft gründlich ab, obwohl ich ihn im ersten Augenblick eigentlich ablecken wollte. Dann lege ich mich wieder auf ihn und gebe ihm einen langen, ganz innigen Kuss.

Nachdem wir uns angezogen hatten, gibt Mike mir seine Telefonnummer.

»Einen süßen Boy, der so gut fickt, findet man nicht jeden Tag«, sagt er und zwinkert mir zu. Dann verabschiedet er sich mit einem zärtlichen Zungenkuss. Er schmiegt sich wieder wie ein Kätzchen an mich, und ich muss gestehen, dass ich seine Nähe sehr genieße.

»Kann leider nicht länger bleiben. Würde dich aber gern wiedersehen.«

Da er auch in Hamburg wohnt, sollte sich das bei Gelegenheit machen lassen.

Mein Hals ist trocken, ich brauche unbedingt etwas zu trinken. Der Getränkeautomat hat eine dürftige Auswahl, schließlich entscheide ich mich für eine Cola und begebe mich wieder in die Cruising Area. Meine Knie zittern ein wenig, und ich fühle mich etwas außer Atem.

Eine Pause wäre jetzt nicht schlecht, denke ich. Meinen Traumtyp kann ich mir ja eh abschminken, der hat sein Opfer längst gefunden.

Ich schlendere zu den Einzelkabinen. Bisschen verschnaufen und bei einem geilen Film neue Kräfte sammeln, das habe ich vor. Vier Türen sind am Ende des Flurs, und bloß vor einer leuchtet die rote Lampe – ein Zeichen, dass hier jemand drinnen hockt.

Die mittlere Kabine steht einen Spalt offen. Ich gehe rein und schließe die Tür ab. Nicht, dass ich es nicht geil fände, wenn mir jemand beim Wichsen zusehen würde. Ich möchte mich aber allzu gern ein paar Minuten entspannen und mich vom ersten Fick des Abends erholen.

Die Luft ist stickig und schwer. Das heißt, nicht direkt stickig, eher muffig, und ich glaube, zwischen dem Duft von Poppers und Gummis den Geruch von unzähligen Aftershaves von all den geilen Männern, die vor mir ihre Wichse auf den versifften Fußboden gespritzt haben, zu erschnüffeln. Ich lasse mich bequem in den harten Stuhl fallen und suche ein Video aus, das geeignet ist, mir die nötige Entspannung zu bieten. Auf Kanal 4 läuft ein ziemlich harter S/M-Streifen. Ein blonder schlanker Junge wird gnadenlos von einem maskierten Mann ausgepeitscht. Der Rücken des Jungen ist überdeckt mit roten Striemen, seine Haut zuckt jedes Mal zusammen, wenn die raue Lederpeitsche hart auf seinen Körper knallt. Na ja, nicht so mein Ding. Auf Kanal 5 fickt ein fleischiger, behaarter Hengst eine großbusige Tussi und wird gleichzeitig von einem schwarzen Bullenschwanz durchgeknallt. Ich zappe weiter. Auf Kanal 6 wird der Film gerade zurückgespult, nichts als Flimmern ist zu sehen.

Auf der Neun schließlich eine Einstellung, die mir das Herz höher schlagen lässt. Ein dunkler, braun gebrannter Typ reißt seinem Lover die Arschbacken auseinander, um ihm zärtlich und genüsslich den Eingang feucht zu lecken. Langsam gleitet seine saftige Zunge über die Arschfurche, die Hände kneten die prallen Arschbacken, dann dringt die Zungenspitze durch den engen Schließmuskel. Die glatte, haarlose Rosette erzittert vor Lust, dann entspannt sich der Typ und genießt leicht stöhnend die hingebungsvolle Behandlung seines Freundes. Mit geschlossenen Augen und halb geöffneten Lippen lässt er sich auf die Kissen fallen, streckt sein Becken der langen, heißen Zunge entgegen, um so tief wie möglich liebkost zu werden. Es ist offensichtlich, dass er die zärtlichen Liebesdienste in vollen Zügen genießt.

Die Szene törnt mich total an. Ich lehne mich zurück, starre auf die Flimmerkiste und streichle mit einer Hand über meinen linken Oberschenkel bis zwischen die Beine, wo sich inzwischen eine beachtliche Beule gebildet hat. Obwohl ich erst vor kurzem abgespritzt habe, bin ich schon wieder megascharf. Na ja, ich habe wohl auch eine leicht voyeuristische Seite, die ab und zu zum Vorschein kommt. Ich knete mein Schwanzpaket, fühle die harten Umrisse durch den rauen Stoff der Jeans. Mit der anderen Hand knöpfe ich mein Hemd auf und suche meine Brustwarzen. Ich spüre warme und kalte Schauer über den Rücken laufen, als meine Finger über die empfindlichen Stellen streicheln. Der Mann auf dem Bildschirm hat inzwischen die weiche Zunge durch seinen harten Fickprügel ersetzt und stößt nun ganz leicht zu. Die große, glänzende Eichel dringt durch den Muskelring, die Fotze seines Lovers schmiegt sich wie eine zweite Haut um den dicken Schwanzkopf.

In diesem Moment höre ich schwere Schritte auf dem Gang. Wahrscheinlich Lederstiefel. Sie nähern sich, dann wird die Tür in der Nebenkabine geöffnet.

Aha, noch so ein geiler Bock, denke ich. Ob das jetzt mein Traumtyp ist? Instinktiv stelle ich den Fernsehton auf ›stumm‹ und lausche. Ich höre, wie sich die Tür schließt, dann wird es plötzlich still. Ich weiß, dass der Mann stehen geblieben ist. Dann höre ich das Geräusch eines sich öffnenden Gürtels. Der Reißverschluss wird heruntergezogen. Für einen kurzen Augenblick denke ich, wie toll es wäre, wenn es gerade mein unbekannter Traumprinz wäre, der sich hinter der dunklen Wand versteckt: Erst jetzt bemerke ich das runde, große Loch an meiner Seite. Ein Glory Hole, ich fasse es nicht! Etwa doppelt so groß wie ein Tennisball, genau in Schwanzhöhe platziert. Ganz langsam stehe ich auf und schleiche zur Wand. Ich gehe in die Knie und blicke durch die runde Öffnung. Ich sehe schöne, behaarte Oberschenkel und helle Jeans, die in Kniehöhe heruntergelassen sind. *Er* ist es nicht, dafür sind die Hosen viel zu hell. Doch enttäuscht bin ich nicht. Nicht nachdem ich gesehen habe, was für ein Prachtschwanz zwischen seinen geilen Schenkeln baumelt. Halbsteif ist das Ding und ganz schön dick. Unterhosen trägt er keine, der geile Bock! Mit ein paar Wichsbewegungen bringt der Mann sein Gerät zur vollen Größe und Härte, und mir läuft bei diesem Anblick das Wasser im Mund zusammen. Jetzt streift er sein Shirt vom Oberkörper. Braune, behaarte Haut kommt zum Vorschein. Ich hoffe, der Typ bemerkt meine hungrigen Blicke nicht, mit denen ich seinen Knüppel bestaune. Oder will er etwa, dass man ihn beobachtet? Macht es ihn geil zu wissen, dass ein unbekannter Junge ihn begehrt und sich in diesem Moment nach seinem Prügel sehnt? Seine Schwanzspitze zeigt genau in meine Richtung. Es ist so was von geil!

Seine kräftige, behaarte Hand umschließt das dicke Gerät und bewegt sich langsam über den leicht glänzenden Schaft. Die fette Eichel flutscht in ihrer vollen Pracht aus der Faust, wenn der Mann seine Vorhaut ganz zurückzieht. Dann hält er einen Augenblick inne und präsentiert mir den dunkelroten, pulsierenden Schwanzkopf. Vielleicht will er mich damit scharf machen, was nun wirklich nicht mehr nötig ist, denn ich kann meine Blicke nicht mehr von diesem megaheißen Knüppel lösen. Meine Lippen zittern leicht, als ich sie mit der Zungenspitze befeuchte. Wie gern hätte ich den Mann an seinen prallen Arschbacken gepackt, um den köstlichen Fickprügel mit einem Ruck zwischen meinen Lippen verschwinden zu lassen, seinen Geruch in mich hineinzusaugen und hingebungsvoll an seiner harten Gurke zu kauen. Ich bemühe mich, das Gesicht dieses Sexgottes zu sehen, doch das verdammte Loch ist einfach zu klein. Was ich von ihm bekommen kann, sind die muskulösen, braun gebrannten Schenkel und der flache, durchtrainierte Oberkörper, der im Rhythmus seiner Wichsbewegungen leicht zusammenzuckt. Im Gegensatz zu den Oberschenkeln, dem Unterarm und der Bauchgegend, die von dunklen Haaren bedeckt sind, hat er seinen Schwanz und die Eier glatt rasiert, und ich könnte wetten, sein Arschloch ist auch ganz haarlos. Ein traumhafter Anblick. Mein Schwanzpaket drückt hart und ungeduldig in meiner Hose, ich kann es nicht länger aushalten und ziehe den Reißverschluss nach unten, um meinen Prügel endlich aus der Enge der Jeans zu befreien. Augenblicklich schnellt er heraus. Der Mann hinter der Wand rückt näher.

Ja, komm nur her, du Hengst, denke ich erregt. Meine Zunge sehnt sich so sehr nach dir …

Mit der Linken umfasse ich meinen Schwanz. Ich wichse nicht, dafür bin ich viel zu aufgeregt, ich möchte nur das Gefühl der Hand an meinem Luststab genießen. Die rechte Hand schiebe ich durch das Glory Hole und tue so, als ob ich nach seinem Schwanz greifen wollte. Der Typ versteht mein Zeichen und kommt entschlossen auf mich zu. Er löst seine Hand von dem zuckenden Ständer und presst seinen Körper an die Wand. Der Schwanz und die prallen Eier prangen nun vor meinem Gesicht. Ganz nahe. Dabei bemerke ich den ledernen Cockring, der um sein bestes Stück gelegt ist. Breit, mit silbernen Nieten. Einfach geil! Ich umfasse mit der Rechten seinen Stamm. Betonhart! Vorsichtig ziehe ich die Vorhaut zurück und entblöße seine leckere Eichel. Ein unglaublich betörender Duft von Vorsaft steigt mir in die Nase. Ich öffne den Mund und schmiege meine Lippen um seinen fetten Schwanzkopf. Es fühlt sich samtig und klebrig an. Ich lutsche wie besoffen daran, lasse den Vorsaft auf meiner Zunge zergehen. Dem Mann gefällt meine Behandlung offensichtlich sehr, denn er quittiert sie mit einem lauten Stöhnen, das durch die Wand dringt, und presst sein Becken noch mehr gegen das Loch, damit ich möglichst alles von seinem heißen Prügel schlucken kann. Und ich gebe mein Bestes. Meine Zunge arbeitet sich vor und ertastet immer ein Stück mehr von seinem knallharten Fleisch. Bald spüre ich seine Spitze an meinem Zäpfchen. Gewöhnlich ist dies der Zeitpunkt, wo ich mit dem Schlucken aufhöre, diesmal will ich aber mehr und entspanne meine Halsmuskeln so gut ich kann. Ich schließe die Augen und beginne ihn langsam zu lutschen. Jedes Mal gelingt es mir, ein Stück mehr in mich aufzunehmen. Da sich zwischen uns die Wand befindet, kann er nicht ohne Vorwarnung zustoßen, und so darf ich bestimmen, wie weit ich ihn eindringen lassen will. Ich höre aber erst auf, als ich seine kurz rasierten Schamhaare an meiner

Nasenspitze spüre. Nun kann ich den Duft seines Körpers wahrnehmen sowie den rauen Geruch von Leder, der mich immer so antörnt. Hätte ich meine Lippen noch weiter vorbewegt, hätte ich seinen Cockring berühren können.

Ich kann nun mit beiden Händen meinen Schwanz bearbeiten, während ich seinen lutsche. Meine Gaumenmuskeln massieren seinen glühenden Knüppel, und die Zunge leistet volle Arbeit. Zwischendurch lasse ich seinen Schwanz aus meinem Maul, um ihm dann die prallen, glatten Bulleneier zu lecken. Wie an heißer Eiscreme lutsche ich daran, schlecke genüsslich darüber. Dabei wippt sein Schwanz über meinem Gesicht und die riesige Eichel kleckert Unmengen von Vorsaft zwischen meine Augen. Das ist für mich das Zeichen, mich wieder um dieses scharfe Stück Fleisch zu kümmern, und ich mache es mit voller Hingabe. Ich wichse meinen Prügel im gleichen Rhythmus, wie ich seinen Schwanz blase, umfasse ihn dabei besonders kräftig und stelle mir vor, dass meine Hände seine sind. Immer schneller sauge ich ihn, wohl wissend, wie gut es ihm tut. Sein Stöhnen geht langsam in ein unkontrolliertes Röcheln über. Ich weiß, dass er bald kommen wird, also löse ich widerstrebend meine Lippen von seiner Eichel und beginne, ihn mit der Rechten hart zu wichsen. Es dauert nicht lange, bis ich spüre, wie sein Schwanz vor Lust erbebt. Der Mann donnert wie von Sinnen mit den Fäusten gegen die Wand, stößt einen unterdrückten Schrei aus, und im gleichen Augenblick sprudelt sein heißes Sperma aus der glühenden Eichel. Es ist, als würde man eine Flasche Champagner mit lautem Knall öffnen. Weiß und dickflüssig spritzt es mir mitten ins Gesicht. Die ersten Ladungen benetzen mir Lippen und Kinn, die nächsten landen auf Hals und Brust. Ihn so spritzen zu sehen, bringt auch mein Blut in Wallung, und es sind bloß noch ein paar Wichsbewegungen nötig, bis meine Sahne herausquillt und gegen die kalte Wand klatscht. Es ist der reine Wahnsinn!

Doch eher als mir lieb ist, zieht mein unbekannter Mann seinen Schwanz zurück. Ich höre, wie er die Jeans zuknöpft und sein Shirt überzieht. Im nächsten Augenblick öffnet er die Tür. Erneut die schweren Schritte, die sich nun entfernen, bis sie völlig verstummen.

Die Stille scheint mir bedrückend. Ich bin wieder allein. Erst jetzt wische ich mir den klebrigen Saft und den Schweiß aus dem Gesicht und vom Oberkörper und versuche, klar zu denken. Zu gern hätte ich mich in die Hände dieses Unbekannten begeben, um mich von ihm verwöhnen zu lassen. Ich habe so wenig von dem Mann gehabt, und es war trotzdem so rattenscharf gewesen.

Ok, erst mal muss ich mich irgendwie säubern, sonst kann ich heute keinen mehr mit meinem unschuldigen Augenaufschlag betören, denke ich und suche das Bad auf. Das helle Licht sticht mir unangenehm in die Augen, und es dauert einen Moment, bis ich mich an das weiße Neonlicht gewöhnt habe. Ich wasche mir Gesicht und Hände, dann ziehe ich das Hemd aus und reinige meinen Oberkörper mit lauwarmem Wasser. Mit der nassen Hand streiche ich übers Haar, um meiner Frisur irgendeine coole Form zu geben. In einer der Toiletten ist jemand. Ich bin aber so sehr mit meinen Haaren beschäftigt, dass ich es erst merke, als der Typ die Spülung betätigt. Im nächsten Augenblick reißt er die Tür auf, und mir stockt der Atem. Hinter mir steht *er*, der Top-Lederboy, der mich überhaupt dazu bewegt hat, in das Scheißkino hineinzugehen.

Ich kann es nicht fassen! Nun steht er da: schwere Lederboots, dunkle Jeans, knallenges weißes Shirt und schwarze Lederjacke mit aufgestelltem Kragen. Seine hellblauen Augen blicken nun genau auf mich; ich kann meinen Blick nicht von dem Gesicht des Mannes lösen. Schwarz gefärbtes Haar, braun gebranntes Gesicht und geschwungene Augenbrauen verleihen seinen Zügen einen sehr männlichen, fast rauen Touch. Umso mehr heben sich die hellen Augen und die schönen, wohl geformten Lippen ab, und plötzlich glaube ich, sehr softe Züge an ihm zu entdecken. Er lässt mich nicht aus den Augen, geht zum Becken, wäscht sich kurz die Hände und pfeift anerkennend.

»Geiler Body, Kleiner. Und nass dazu. Da wird mir gleich ganz anders.«

Dabei fasst er sich kräftig zwischen die Beine und grinst unverschämt. Er hat schöne perlweiße Zähne. Doch mein Blick ist geradezu magisch von der prächtigen Beule in seinen Jeans angezogen, über die er gerade mit seiner kräftigen Hand streicht. Und ich blöder Schwachkopf stehe wie ein begossener Pudel da, unfähig, irgendeinen bescheuerten Anbaggerspruch über die Lippen zu bringen. Er kommt auf mich zu, packt mich an den Hüften und drückt mir einen heißen Kuss auf den Mund.

Für einen kurzen Augenblick saugen sich seine Lippen an meinen fest. Ich öffne leicht den Mund, schließe die Augen und ziehe den herben, männlichen Duft seines Aftershaves in mich hinein. Mein Schwanz reagiert augenblicklich und schwillt innerhalb von Sekunden zu einem harten Knüppel an. Ich will ihm ins Haar fassen, erwische statt dessen seinen Ohrring, ziehe ganz leicht daran. Viel schneller als mir lieb ist, lässt der Typ mich aber los.

»Ich heiße Tim«, sagt er mit dunkler Stimme. »Und du machst mich ver-dammt gei-il!«

Ehe ich irgendetwas sagen kann, geht die Tür auf, und zwei Typen um die Vierzig treten ein. Einer von ihnen sieht zu uns herüber und grinst. Dann verschwinden die beiden in einer der drei Klokabinen.

»Du findest mich im Darkroom«, flüstert Tim und beißt mir ins Ohr. »Aber lass mich nicht zu lange warten, Kleiner ...« In der nächsten Sekunde ist er draußen und knallt die Tür hinter sich zu.

Ich versuche, ganz schnell einen klaren Gedanken zu fassen. Ok, jetzt heißt es, keine Zeit zu verlieren. Letztendlich bin ich seinetwegen hier. Ich trockne mich mit einem Haufen Papierhandtücher ab und will mein Hemd überziehen. Da kommt mir eine bessere Idee, und ich binde es um die Hüften. Ich finde, dass es geiler aussieht, wenn das dunkelblaue Licht des Darkrooms meinen trainierten Oberkörper in einen weichen, matt glänzenden Schein taucht.

Hinter der Klotür höre ich schmatzende Geräusche, ein Zeichen dafür, dass einer sich gerade von heißen, gierigen Lippen den harten Fickprügel bearbeiten lässt. Hin und wieder stöhnt er leise und murmelt: »Mann, ist das geil. Ihr Schwule lutscht wie die Weltmeister.«

Zeit für mich zu gehen. Nicht, dass ich unter Umständen nicht gern zusehe oder zuhöre. Manchmal hole ich mir auch einen runter, wenn ich die Geräusche höre, die zwei Männer im Augenblick höchster Lust von sich geben, aber die Vorstellung, dass ein verklemmter Heteroarsch seine Geilheit an einem schwulen Mann auslässt, ekelt mich an. Außerdem habe ich ein Date im Darkroom.

Die Darkrooms. Dunkle Räumlichkeiten, wo Namen, Gesichter, ja manchmal sogar Körper keine Bedeutung haben. Einzig und allein die Geilheit zählt, der Kick eines hemmungslosen Ficks mit dem Unbekannten. Schatten, die sich von den Wänden lösen, Hände, die nach dir greifen, dich anfassen. Augen, die krampfhaft versuchen, die schemenhaften Umrisse des Auserwählten zu einem klaren Bild zu formen. Harte Schwänze, willige Zungen, hungrige Arschfotzen und gierige Hände. Sie suchen, cruisen, bieten sich an ...

Ich betrete die dunklen Gänge. Ein fast unmerkliches dunkelblaues Licht hilft mir, dass ich nicht gegen die Wand renne. Es dauert seine Zeit, bis sich meine Augen an die Dunkelheit gewöhnt haben und ich die schwarzen Gestalten der Cruiser unterscheiden kann. Jemand muss ganz in der Nähe sein, ich spüre es. Wenn ich angestrengt lausche, meine ich, den Atem zu hören, der irgendwo von rechts kommt. Still ist es im Darkroom nicht. Leise, monotone Trance-Musik verhindert, dass man die Schritte hören kann. Doch Männer sind da! Sie warten auf jeden, der diesen verzauberten Bereich betritt. Sie cruisen und sie lauern. Wie zum Teufel finde ich Tim wieder, bevor er jemanden findet, schießt es mir durch den Kopf.

Das Einzige, worauf ich mich verlassen kann, ist mein Geruchssinn. Tim hat ein herbes, stark duftendes Aftershave. Außerdem ist er etwa einen halben Kopf größer als ich.

Ich mache ein paar Schritte vorwärts. Eine Hand streift meinen Oberschenkel. Könnte *er* sein. Um sicher zu gehen, folge ich der Hand, stehe dicht vor einem Typ. Der raue Geruch von Leder steigt mir in die Nase und verwirrt mich. Kräftige Hände suchen meine Arschbacken, kneten sie. Ich kann sein Gesicht unmöglich sehen, ich drücke meinen nackten Oberkörper an ihn, suche seinen Mund und hoffe, die weichen Lippen zu finden, die mich vorhin so aus der Bahn geworfen haben. Erwische statt dessen sein Ohrläppchen. Ich knabbere daran. Kein Ohrring! Also ist es der falsche Kerl. Ich löse mich von ihm, murmle ein »Lass gut sein«, und taste mich weiter durch die Gänge. Meine Augen haben sich an die Dunkelheit gewöhnt, ich erkenne nun Umrisse und Schatten. Zu meiner Rechten höre ich verdächtige Geräusche. Ein Reißverschluss zippt langsam nach unten, kurz danach ein unterdrücktes Stöhnen, dann ein fast unmerkliches, schmatzendes Geräusch, wieder ein Stöhnen.

Da hat jemand seinen Traumschwanz gefunden, kommentiere ich in Gedanken und sehe zu, dass ich weiterkomme. Hoffentlich ist da nicht mein Typ in Action.

Ungefähr zwei Meter vor mir sehe ich einen glühenden roten Punkt in der Dunkelheit. Ein Zigarettenstummel. Da muss einer wohl auf sich aufmerksam machen. Ich kann den Kerl überhaupt nicht erkennen, kann aber auch nicht achtlos an ihm vorbeiziehen. Und plötzlich spüre ich diesen betörenden, herben Duft, den ich die ganze Zeit suche. Mein Herz klopft bis zum Hals, während ich mich dem Kerl nähere.

»Tim?«, frage ich zaghaft, als ich vor ihm stehe.

Der Mann drückt die Zigarette aus. Dann packen mich zwei kräftige Hände, und mein Oberkörper wird fest an eine raue Lederjacke gedrückt. Das Leder fühlt sich geil auf meiner nackten Haut an, dennoch stemme ich instinktiv meine Arme gegen die muskulöse Brust des Mannes.

»Ich sagte doch, du sollst mich nicht lange warten lassen, Kleiner«, raunt er mir zu.

Es ist Tim! Ich habe ihn gefunden! Nun liege ich buchstäblich in seinen Armen, spüre die Wärme seines Körpers, seinen von Rauch durchtränkten Atem, seinen regelmäßigen Herzschlag. Ich könnte Luftsprünge vor Freude machen, doch dazu habe ich keine Gelegenheit, denn Tim lässt mir ganz wenig Bewegungsfreiheit. Dennoch kriege ich meine Hände frei, um über die schwarze Haarlocke zu streichen, die auf seine Stirn fällt. Ich ziehe seinen hübschen Kopf zu mir herunter und biete ihm meinen Mund an. Sein Atem ist heiß und schnell. Er weiß, was ich will. Seine Zunge leckt über meine Lippen und dringt zwischen die Zähne in meine heiße Mundhöhle. Ich sauge mich fest an Tims nasses, raues Leckorgan. Der Geruch von Zigarrenqualm, Leder und Aftershave macht mich so was von geil, und ich lasse mich völlig in seinen Bann ziehen. Wie oft habe ich von so einem

Lederboy geträumt! Geil und hart, der mir zeigt, wo's langgeht und was ich tun muss, um ihn zu befriedigen, so wie er es will. Und jetzt ist es so weit. Er hat mich in seiner Gewalt, und ich weiß, dass er genau weiß, was man mit einem süßen jungen Boy anstellen muss. Seine Küsse sind leidenschaftlich und besitzergreifend, er reibt seinen Körper an meinen, während seine Pranken meine Arschbacken kräftig kneten. Dann fasst er mir zwischen die Beine und drückt gegen meinen harten Schwanz. Ich fingere an seinem Gürtel herum und ziehe den Reißverschluss seiner Jeans herunter.

Tim legt die Hände auf meine Schultern und zwingt mich in die Knie. Er stemmt ein Bein über meinen Rücken, presst die Oberschenkel zusammen. Der rechte Teil meines Oberkörpers ist fest eingezwängt zwischen seinen behaarten, leicht verschwitzten Schenkeln, ich kann mich kaum bewegen. Der Kerl holt endlich seinen harten Schwanz heraus. Er duftet unglaublich antörnend. Tim schlägt ihn mir ein paarmal übers Gesicht, verschmiert den klebrigen Vorsaft auf meiner Haut. Seine riesige Eichel ist von einem dicken Metallring durchstochen. Ich kann es nicht glauben, dass er hier gepierct ist. Das kühle Metall stellt einen geilen Kontrast zu seiner heißen Schwanzspitze dar, die samtig und schmierig vor meinen Lippen ragt. Der Mann hat richtige Traummaße. Sein Knüppel ist etwa 20 Zentimeter lang und ganz schön dick. Die Eier sind prall und glatt rasiert.

Bestimmt voller heißer, leckerer Sahne, denke ich, als ich probehalber mit den Fingern darüber streiche. Tim zuckt erregt zusammen. Er packt mich am Hinterkopf und drückt mein Gesicht in Richtung Schwanz.

»Zeig mir jetzt, wie gut du lutschen kannst, Kleiner«, keucht er und steckt seinen Hammer in meinen Mund. Hart stochert der Metallring an meine Zähne. Sein Schwanz ist dick und heiß. Ich spüre die pulsierenden Blutäderchen an meiner Zunge, als er sich tief in meinen Mund schiebt. Ein paarmal stößt er zu, dann werden seine Bewegungen ruhiger und langsamer.

Ich kann endlich den Prügel kosten, auf den ich schon den ganzen Abend lang scharf gewesen bin. Meine Lippen saugen sich fest an seinem Stamm, die Zunge streicht über seinen Pissschlitz und umkreist den Metallring. Es fühlt sich so geil an! Tim fasst mir nun ins Haar, seine Berührungen sind fast zärtlich. Er stöhnt und bewegt langsam seine Lenden, um seinen Fickprügel an meinem Gaumen zu reiben.

»Gut machst du das, Kleiner«, lobt er meine Bemühungen. »Ich wusste gleich, dass du schwanzgeil bist. Ich hab's in deinen Augen gesehen! Ihr kleinen Jungs seid die versautesten Typen überhaupt, man muss euch bloß richtig anpacken.«

Und Tim kann richtig anpacken, das spüre ich deutlich. Immer wieder schiebt er seinen Schwanz an meinem Zäpfchen vorbei. Ich schnaufe und würge, kann mich aber unmöglich seinen Händen entziehen. Tim hält mich ganz fest umklammert, zieht seine Schenkel noch mehr zusammen, bis der Druck in meiner rechten Schulter kaum noch auszuhalten ist, und genießt offensichtlich den Mundfick in vollen Zügen.

Dann nimmt er seinen fleischigen Hammer aus meinem Mund und schlägt ihn mir wieder über das Gesicht.

»Das war guuut. Und ich wette, du kannst noch viel mehr, Kleiner«, raunt er mir zu.

Jetzt dreht er sich um. Immer noch hält er meinen Hinterkopf fest und dirigiert mein Gesicht zwischen seine festen, prallen Arschbacken. Ich zieh sie mit beiden Händen auseinander und drücke meine Zunge dazwischen. In langen Zügen lecke ich seinen Eingang feucht. Tim grunzt zufrieden. Dann stoße ich meine Zunge durch seinen Schließmuskel in die heiße, betörende Fotze. Es riecht ganz leicht nach Schweiß, doch sehr anregend. Wie am Schwanz und an den Eiern ist er auch hier glatt rasiert. Sein Muskel zuckt nervös zusammen, wenn meine Lippen sich daran festsaugen und lutschen. Immer fester presst er mein Gesicht zwischen seine Arschbacken. Ich bekomme kaum noch Luft.

»Ja, komm, leck mich tiefer«, höre ich Tim keuchen. »Tiefer, Kleiner! Je tiefer du mich leckst, desto tiefer kriegst du meinen Schwanz reingehauen, und das willst du doch, oder?«

Ja, das will ich. Also lecke ich ihm die Fotze so tief und gut ich es überhaupt kann. Noch nie habe ich einen Arsch so intensiv gelutscht, doch Tim macht mich mit seiner Machoart unglaublich scharf. Sein Arschloch saftet bereits gewaltig. Ich verteile meinen Speichel über sein Loch bis zu den prallen Eiern, will sie auch in den Mund nehmen, doch Tim dirigiert meinen Mund wieder zu seiner Fotze. Ich versuche, ihn mit meiner Zunge zu ficken, spanne meine Halsmuskeln und schiebe mein Leckorgan so tief wie möglich in seine heiße Höhle hinein. Tim scheint das tierisch zu gefallen, denn er stöhnt ununterbrochen und spornt mich an weiterzumachen.

Schließlich dreht er sich erneut um und präsentiert mir seinen triefenden Schwanz.

»Jetzt noch mal, Kleiner, und mit viel Gefühl.«

Ich schmiege meine Lippen um seine Eichel, lutsche den schleimigen Vorsaft, kaue an seiner Vorhaut. Inzwischen habe ich meine Jeans geöffnet und meinen Schwanz hart gewichst. Da ich in den letzten zwei Stunden bereits zweimal abgespritzt hatte, dauert es ein wenig, bis mein Schwanz die maximale Härte erreicht, obwohl ich megascharf auf diesen Kerl bin.

Tim zieht mich nun hoch, drückt mich mit dem Gesicht zur Wand.

»Los, mach die Beine breit«, flüstert er erregt.

Er zieht mir mit einem Ruck die Hosen herunter, legt meinen Arsch frei. Breitbeinig steht er hinter mir, sein Schwanz ruht auf meinem heißen Hintern; ich spüre den kühlen Metallring auf meiner Haut.

Tims Hand drückt zwischen den Arschbacken und befühlt meine willige Fotze. Dann steckt er zwei Finger hinein, dreht sie und tastet sich immer weiter in meiner heißen Höhle vor. Es schmerzt etwas, doch es ist ein geiler Schmerz, von dem ich nie genug bekommen werde.

»Komm, streck mir deine Fotze entgegen, ich will spüren, wie geil du auf mich bist«, knirscht er in meine Ohren.

Nachdem Tim meinen Eingang gründlich massiert und gedehnt hat, streift er einen Gummi über seinen knallharten Schwanz und setzt zum Anstich an. Er umklammert meine Hüften mit beiden Händen und spießt meinen Arsch auf seiner heißen Latte auf. Ich spüre den harten Metallring durch den Pariser, die geschwollenen Blutadern seines fetten Prügels reiben sich total geil an meinem Darm. Ich entspanne mich, so gut es geht, und lasse Tim tief in mich eindringen. Er drückt sich ohne Unterbrechung in meine Fotze hinein, bis seine prallen Eier fest an meine Haut gepresst sind. Dann stemmt er sein ganzes Gewicht gegen mich, packt meinen Schwanz mit der Rechten und beginnt, mich durchzuficken. Genauso wie ich es mir erträumt habe: hart, erbarmungslos. In langen, kräftigen Stößen bohrt er seinen Megaknüppel so tief wie möglich in mich hinein, zieht ihn fast ganz heraus, um dann erneut mit voller Wucht zuzustoßen. Dabei lutscht er mein Ohrläppchen, stöhnt und flüstert mir die geilsten Schweinereien zu, malt mir bis ins kleinste Detail aus, wie er mich durchknallen will, um sich an meiner Lust und an meinem Schmerz aufzugeilen.

Tim muss wohl auch schon mal an diesem Abend Saft gelassen haben, denn er legt eine unglaubliche Ausdauer an den

Tag und fickt mit der gleichen Selbstverständlichkeit, mit der er atmet. Nichts an seinen Stößen deutet darauf hin, dass er die Absicht hat, den Fick in Kürze zu beenden. Seine rechte Hand bearbeitet hart meinen Schwanz, die linke ist auf meinen Hinterkopf gestemmt und drückt mich gegen die kalte Wand. Ich bin ihm total ausgeliefert, völlig in seiner Umklammerung gefangen und genieße es, als ob es der erste Fick seit Wochen wäre. Heiße Wellen der Lust durchströmen meinen Körper, und ich weiß, dass ich es nicht mehr lange aushalten werde, bis ich meinen Saft in seine Hand abspritze. Der harte Metallring an seiner Schwanzspitze massiert meinen Arsch auf noch nie erlebte Weise, und sein Fleischhammer bohrt sich immer wilder in meine junge Fotze hinein. Ich lasse mich gehen, bäume mich auf, presse meinen Arsch zusammen. Tim brüllt vor Geilheit, seine Zähne schnappen nach meinem Ohrläppchen. Ein stechender Schmerz durchzuckt mich, ich schließe die Augen, sehe rosa Sternchen zerplatzen, und im nächsten Augenblick wird mein junger Körper von heftigen Zuckungen durchschüttelt, als ich unkontrolliert Schuss um Schuss meine heiße Sahne in Tims Hand entleere. Tim saugt sich an meinem Hals fest, seine Zähne beißen in die zarte Haut, er fickt mit einer Leidenschaft, wie ich sie ich noch nie erlebt habe, und es dauert noch eine ganze Weile, bis er seinen Schwanz herauszieht, den Pariser runterreißt und sich in rasendem Tempo mit der spermaverschmierten Hand fertig wichst. Dabei drückt er mich erneut in die Knie, stemmt seinen Stiefel gegen meine Brust und zwingt mich zu Boden. Ich liege auf dem Rücken, meine Hände bemühen sich, das schwere Gewicht von meinem Körper loszuwerden. Tim drückt aber weiter zu, bis mein Widerstand völlig aufhört. Dann setzt er sich auf meine Brust, umklammert meinen Oberkörper mit seinen kräftigen Schenkeln. Sein Gewicht ist kaum auszuhalten. Mit den

Stiefeln zwingt er meine Beine auseinander, seine Hand sucht meinen Arsch, um zwei Finger in das wund gefickte Loch zu stecken. Ganz tief bohrt er in meiner Fotze herum und wichst dabei in einem Höllentempo weiter. Dann spüre ich, wie sein Körper erzittert, und aus seiner fetten Eichel spritzen wahre Spermafontänen durch die Luft, prasseln heiß und klebrig auf mein Gesicht, auf Hals und Brust. Sein Samen duftet köstlich. Ich protestiere überhaupt nicht, als Tim mir seinen Schwanz in den Mund bohrt und mir befiehlt, alles abzulecken. Während ich ihn säubere, tropfen noch ein paar Saftperlen auf meinen Mund herab. Ich schiebe meine Zunge durch sein Metallpiercing und ziehe leicht daran. Tim ächzt und stößt mir zur Strafe seinen saftverschmierten Schwanz mit aller Wucht in den Rachen.

»Sei lieb zu mir, Kleiner, ich steh nicht auf harte Sachen«, knurrt er. Humor hat er jedenfalls.

Nachdem sein Schwanz sauber geleckt ist, muss ich meinen eigenen Saft aus seiner Handfläche lutschen. Erst danach löst Tim seine Umklammerung und richtet sich auf. Breitbeinig steht er da und blickt auf mich herunter, in der Gewissheit, mich völlig unter Kontrolle gebracht zu haben. Das muss ihm eine schier unendliche Genugtuung geben.

Ich fühle mich wie gerädert. Jeder Knochen tut mir weh, der Schweiß rinnt mir aus allen Poren und vermischt sich mit seinem geilen Saft. Tim hilft mir auf, umarmt mich, seine Hände streichen mir beruhigend über den Rücken. Dann gibt er mir einen unglaublich sanften Kuss. Seine Lippen berühren kaum meinen Mund, und trotzdem spüre ich eine mir bisher unbekannte Leidenschaft.

Erst jetzt bemerke ich, dass wir die ganze Zeit Zuschauer gehabt haben. Unweit von uns stehen drei oder vier Typen und wichsen sich einen runter. Aus ihrer Haltung kann man leicht schließen, dass sie nicht miteinander beschäftigt sind.

»Und? Auch Spaß gehabt«, fragt Tim in ihre Richtung. Dann nimmt er mich an die Hand und führt mich sicher aus den verwinkelten Gängen des Darkrooms heraus.

Gemeinsam gehen wir ins Bad. Tim säubert seinen Schwanz und kümmert sich dann um mich. Er wischt seinen Saft langsam und gründlich von meiner Haut ab und lässt nicht zu, dass ich ihm dabei helfe.

»Lass mich das machen, Kleiner«, sagt er bestimmt.

Seine Hände fühlen sich jetzt sanft an und haben eine beruhigende Wirkung auf mich. Mein Pulsschlag normalisiert sich allmählich, und ich komme wieder zu Besinnung.

»Bleibst du noch?«, fragt Tim.

»Nach der Nummer mit dir? Was könnte mir da noch begegnen?«

Tim grinst zufrieden. Er hat wahrscheinlich wieder die Bestätigung bekommen, dass er der geilste Fickhengst überhaupt ist.

»Gib mir deine Hand, Kleiner«, verlangt er, dann kritzelt er seine Telefonnummer in meine Handfläche.

»Melde dich am Wochenende bei mir. Du bist zu schade für ein kurzes Darkroom-Abenteuer. Am besten rufst du Samstagvormittag an, damit wir ein Date ausmachen können.«

»Meinst du das im Ernst?«, frage ich. Solche Sprüche, im Geilheitsrausch gesagt, hört man ja öfter.

»Ja, meine ich«, lächelt Tim. »Ich konnte mich gar nicht so richtig um dich kümmern.«

Das stimmt allerdings. Und ich will auch gern mehr lecken als nur seinen Arsch. Im übrigen will ich ihn ganz nackt erleben, mich ihm richtig hingeben und seine Haut, seine Geilheit und seine Leidenschaft ganz spüren.

»Das nächste Mal ficke ich dich zusammen mit meinem Kumpel, das wird ein Erlebnis, das du im Leben nie mehr vergisst«, verspricht Tim. »Er ist genauso wild wie ich auf brave, schwanzgeile Jungs, und wir werden dich mal so richtig in die Mangel nehmen. Es wird der Fick deines Lebens werden, und du wirst nur noch um mehr betteln.«

Der Gedanke daran lässt meinen Schwanz wieder anschwellen, doch irgendwie fühle ich, dass ich für heute genug habe. Trotzdem kann ich mich an seinen detaillierten, schweinischen Schilderungen nicht satt hören.

Es ist schon lange nach Mitternacht, als wir das Blue Movie verlassen. Markus strahlt über das ganze Gesicht, als er uns sieht.

»Na, haben sich zwei einsame Herzen gefunden«, stichelt er.

»War ein geiler Abend«, sage ich und versuche, möglichst cool zu wirken.

»War ein geiler Anfang«, korrigiert Tim und gibt mir einen Klaps auf den Hintern.

Dann zwinkert er uns zu und verlässt den Sex-Shop. Sein Gang ist lässig, ruhig, als ob überhaupt nichts Aufregendes passiert wäre.

Doch ich weiß es besser.

DIE AUTOREN

Leon DaSilva (Ein Duschquickie)
18 Jahre alt, lebt in der Schweiz und in Mailand, u.a. als Model tätig, schreibt seit einiger Zeit erotische Abenteuer nieder, nimmt Feedback unter leondasilva@gmx.ch entgegen

Sebastian Dox (Ein Nachmittag am See)
geb. irgendwo auf dem Weg zwischen deutscher Teilung und Mauerfall. Mittelmeer-Fan, Stadtmensch, gläubiger Anhänger der Pärchenlüge. Geht gern ins Theater, lebt deswegen in Berlin.

Marco Siegel (Weiße Nächte, heiße Nächte)
in künstlerischem Beruf tätig, lebt in Berlin, arbeitet nebenberuflich als Kritiker und Journalist

Lars Lanzner (Fishermen's Fuck)
lebt mit Freund und Katze mitten in Berlin (wo auch sonst?). Außer saftigen Kurzgeschichten schreibt er auch anderes Zeugs und streift auf der Suche nach neuen Eindrücken und Abenteuern gern durch die große Stadt.

Reiner Ötisheimer (Dimmi, der Türke)
Jahrgang 1957; gebürtiger Rheinländer; in Karlsruhe lebend u. arbeitend; schreibt Kurzstorys (und lange…)

GG. Dick (Versunkene Schiffe)
schreibe, träume auf der suche nach den grenzen dieser welt. neue wege erkunden. entsetzen und freude. dunkel und licht.

Alberto F. Contini (Jim und die Carabinieri)
Alemanne, Europäer, Nichtraucher, TV-Muffel, Musik-, Literatur-, überhaupt Kunst-Fan, aber auch anderer Dinge. Schreibt hier unter Pseudonym – sorry!

Udo A. Herrscher (Der neue Nachbar)
geb. am 19.06.60 in Ludwigsburg-Pflugfelden, wohnt seit 1994 in 91522 Ansbach.
Berufsausbildung: Bürokaufmann, Restaurantfachmann – arbeitet in seinem Beruf als Restaurantfachmann und schreibt in seiner Freizeit gerne Gedichte, welche auch im Erlen-Verlag ›Gedichte von Dir zu mir‹ zur Veröffentlichung kamen.
Zur Zeit schreibe ich gerne Kurzgeschichten, in denen ich versuche, auf witzige und humorvolle Weise Grenzgedanken festzuhalten und diese auf Papier zu bringen, welche sich zwischen Moral und gedanklicher Grenzzone in den Köpfen als Wunsch und nicht ausgelebte Sexualität abspielen.

Joshua F (Schulden)
geboren 1967 in Bonn, stellte sich für mich schon in jungen Jahren sehr schnell heraus, dass viele angebliche Heteros nur richtig überzeugt werden müssen. Versucht es doch einmal selbst…

**Alex Varlan – auch Alex Walter –
(Blue Movie Experience)**
Diplom-Jurist, Unterwäsche-Model und Nachrichtensprecher der Hamburger Gay-Lifestyle-Sendung ›Schwul – das Magazin‹, hat 1998 das erste Mal ein Buch mit homosexueller Erotikliteratur gelesen und entschieden ›so kann ich auch schreiben‹. Seine Geschichten erscheinen nun regelmäßig in der Zeitschrift GAY CONTACTE, aber auch in HOMOH und den amerikanischen Publikationen MANDATE, INCHES und PLAYGUY konnte man seinen Namen schon unter der Rubrik ›Stories‹ finden. Seine Zukunftspläne: Ein Taschenbuch herausgeben mit bisher unveröffentlichtem Material

LOVERBOYS - EROTISCHE ROMANE UND ERZÄHLUNGEN

Broschur, jeweils € 11,95 (D) / SFr 22 / € 11,95 (A)

Loverboys 19:
John Preston: Die Arena
220 Seiten,
ISBN 3-86187-049-5

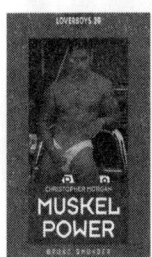

Loverboys 20:
Christopher Morgan: Muskelpower
188 Seiten,
ISBN 3-86187-050-9

Loverboys 21:
D. Vining: Hüttenfieber
220 Seiten,
ISBN 3-86187-051-7

Loverboys 22:
Ben Cassidy: Danny Boy
188 Seiten,
ISBN 3-86187-052-5

Loverboys 23:
Lars Eighner:
Biker Boy
192 Seiten,
ISBN 3-86187-053-3

BRUNO GMÜNDER

Bitte fordern Sie unseren Verlagsprospekt an!

LOVERBOYS - EROTISCHE ROMANE UND ERZÄHLUNGEN

Broschur, jeweils € 11,95 (D) / SFr 22 / € 11,95 (A)

Loverboys 24:
Derek Adams: Geheime Wünsche
224 Seiten,
ISBN 3-86178-053-3

Loverboys 25:
Eric Boyd: Stoßtrupp Sex
208 Seiten,
ISBN 3-86187-005-x

Loverboys 26:
David May: Raue Nächte
176 Seiten,
ISBN 3-86178-058-4

Loverboys 27
Roger Harman: Sexbeichten
256 Seiten
ISBN 3-86187-056-8

Loverboys 28
Kyle Stone: Schwarze Verführung
208 Seiten
ISBN 3-86187-057-6

BRUNO GMÜNDER

Bitte fordern Sie unseren Verlagsprospekt an!

LOVERBOYS – EROTISCHE ROMANE UND ERZÄHLUNGEN

Broschur, jeweils € 11,95 (D) / SFr 22 / € 11,95 (A)

Loverboys 29
Scott O' Hara: Geiles Handwerk
176 Seiten
ISBN 3-86187-059-2

Loverboys 30
Nächte im Internat
Roman, 176 Seiten, kartoniert
ISBN 3-86187-720-1

Loverboys 31
Thorsten Barring: Strenge Zucht
Roman, 240 Seiten
ISBN 3-86187-721-X

Loverboys 32:
Max Exander:
Heiße Jungs in kühler Nacht
176 Seiten,
ISBN 3-86187-732-5

Loverboys 33:
William Maltese: Lust auf Schweiß
224 Seiten,
ISBN 3-86187-733-3

BRUNO GMÜNDER

Bitte fordern Sie unseren Verlagsprospekt an!